SU FRUSTRACIÓN CURVILÍNEA

UNA NOVELA ROMÁNTICA DE UNA CHICA CURVILÍNEA EN UN PUEBLO PEQUEÑO

EN BUSCA DEL GALÁN DE PAPEL
LIBRO CUATRO

MARY E THOMPSON

BluEyed Press

EN BUSCA DEL GALÁN DE PAPEL

¡Hola amigo! Coge un trozo de pastel y una bebida. Siempre es agradable recibir tu visita. Sabemos que no quieres perderte nada, así que regístrate para mantenerte en contacto.

LIBRO 4

Su Frustración Curvilínea

James

Esa mujer tenía una manera de meterse bajo mi piel. Desde el momento en que nos conocimos, Trinity me provocaba. Con cada provocación, la deseaba más, pero ella me odiaba. Lo veía en sus muecas de desprecio, en cómo ponía los ojos en blanco y en sus miradas de asco cuando me llevaba a otra mujer a casa. No necesitaba saber que solo lo hacía para fastidiarla.

Nunca me pedía nada ni siquiera me reconocía la mayoría

del tiempo. Hasta una noche. Me necesitaba. Y no había ningún otro lugar donde prefiriera estar que sosteniéndola entre mis brazos.

Excepto tal vez sosteniéndola entre mis brazos mientras gritaba mi nombre.

Trinity

La última persona de quien quería algo era el Oficial James Rucker. Si hubiera tenido cualquier otra opción, no lo habría llamado, pero no tenía alternativa. Necesitaba un policía.

Para mi sorpresa, vino. Me ayudó. Fue el tipo que todos los demás conocían en lugar del imbécil que siempre era conmigo.

No sabía qué hacer con eso. Era fácil mantenerlo en la caja donde lo había metido. Decirme a mí misma que no importaba lo sexy que fuera su sonrisa o lo fuerte que se contraían mis entrañas cuando se iba con otra mujer.

No. No. No. No iba a pensar en James de esa manera. No podía. Quería diversión en mi vida, y él era lo opuesto a eso.

No éramos compatibles. No éramos una opción. No importaba si él era el protagonista de mis sueños. O si llamaba a mi puerta...

Para Mary, que siempre está ahí para mí con ánimo, comprensión, ¡y una patada en el trasero cuando la necesito!

JAMES

Di un sorbo a mi cerveza y observé a la gente a mi alrededor. Era una noche tranquila en O'Kelley's, y podía beber en paz. Lo necesitaba. Últimamente, todo en mi vida parecía estar patas arriba. No sabía qué era, pero tener un nuevo compañero de trabajo no iba a ayudar a la situación.

—Hola —dijo una voz femenina junto a mí.

Levanté la mirada y forcé una sonrisa. Era guapa, pero no estaba interesado. —Hola.

—¿Quieres salir de aquí? —preguntó.

La miré más de cerca y finalmente la reconocí. Habíamos dormido juntos antes, así que no eran necesarios los preámbulos. Fue bueno, pero solo había salido a tomar una copa. No buscaba a una mujer para llevar a casa.

—Lo siento, pero no puedo —le dije. Ni siquiera podía recordar su nombre. ¿En qué tipo de persona me había convertido?

—¿Estás seguro? Porque puedo esperar si necesitas terminar tu bebida o algo.

Negué con la cabeza. —No, está bien. Deberías irte.

Entrecerró los ojos y me miró fijamente durante otro minuto. Esperé a que hiciera algo como arrojarme una bebida a la cara, pero simplemente se alejó.

—¿Todo bien? —me preguntó Hudson Grant, el dueño y camarero de O'Kelley's.

Asentí. —De maravilla. Dame otra. Vuelvo enseguida.

Hudson asintió y reemplazó mi cerveza vacía por una llena mientras me deslizaba del taburete y me dirigía a los baños.

Yo no era el tipo de hombre que se esconde de la gente en el baño, pero eso era exactamente lo que estaba haciendo. No sabía en quién me había convertido durante el último año, pero no me gustaba el hombre que era.

Me lavé las manos y salí del baño, solo para que alguien me empujara contra la pared. Mi instinto fue empujarla y sujetarla, pero su aroma me cosquilleó la nariz un segundo antes de que metiera su lengua en mi boca.

Una parte de mí respondió y le devolvió el beso. No tenía ni idea de quién era, pero no importaba. Era una mujer y estaba dispuesta. Hacía tiempo que no me permitía simplemente disfrutar de la vida, de las mujeres, de nada. Estaba interpretando demasiado bien el papel de buen samaritano durante el verano, acompañando a las mujeres a casa y dejándolas en la puerta sin entrar.

Estaba listo para entrar con esta.

Pero había una pequeña parte en mi cabeza que decía que no debería. Y esa parte ganó.

La agarré por los hombros y la aparté de mí. Era la misma mujer que se había sentado junto a mí en la barra. Su boca seguía abierta tras intentar tragarme entero, y tenía el pintalabios corrido por los labios. Le llevó un segundo abrir los ojos.

—¿Por qué te detienes? ¿Quieres ir al baño?

Me quedé atónito y me pregunté qué clase de imbécil era realmente. —No, lo siento. Esta noche no.

—Pero me miraste antes de venir aquí. Me diste la señal. Estoy lista para ti. —Se apretó contra mí, frotando su cuerpo contra el mío. Mi polla intentó animarse, pero no era mejor que ver una película cursi. Simplemente no me interesaba.

—Lo siento, pero no pretendía darte ninguna señal. Yo... esta noche no.

—¿Vas a encontrarte con alguien más?

Sonaba bien. —Claro, sí. Es eso.

—Oh —dijo finalmente la mujer. Dio un paso atrás—. No me di cuenta. Lo siento.

Asentí y la esquivé. Las mujeres estaban locas.

Caminé de vuelta hacia la barra, limpiándome la cara para quitar el pintalabios que seguramente tenía por todas partes, y crucé la mirada con Hudson. Sonrió con complicidad y se alejó.

Otra mujer estaba sentada en el taburete junto al mío. Era impresionante vista desde atrás. Culo perfecto y redondo. Más estrecha por la cintura. Curvas para días. Incluso su pelo era rizado, apretados rizos negros por los que mis dedos sentían comezón por pasar.

Pero lo último que necesitaba era tener que rechazar a otra mujer. No importaba que una sola mirada hubiera hecho que mi polla se contrajera, estaba allí para tener una noche libre.

Con un suspiro, reclamé mi taburete. Ella se giró para mirarme, con una sonrisa que ya curvaba sus labios hacia arriba.

Hasta que vio quién era yo.

—¿Qué demonios estás haciendo? —soltó.

Mi noche acababa de empeorar. Debería volver con la

mujer que intentó acosarme en el pasillo. Habría sido una mejor inversión de mi tiempo que intentar ser amable con Trinity Mayer. —Bueno, estaba intentando disfrutar de mi noche. Supongo que eso ya se acabó.

—Vete a sentar allí —gruñó, señalando al otro lado de la barra.

Cogí el vaso que tenía delante y lo olí, apartándome ante el aroma dulce. Lo dejé y levanté mi vaso, el que Hudson había rellenado antes de que fuera al baño, y di un sorbo.

—Yo estaba aquí primero —dije, dedicándole una sonrisa.

Trinity Mayer era la última persona que necesitaba ver. Chocábamos desde el día que llegó a Cala MacKellar. Estaba de servicio cuando la vi intentando forzar un coche en Riverview Road. Estaba aparcado frente a las nuevas Waterfront Villas. Cualquiera habría supuesto que estaba intentando robar algo. El hecho de que fuera de día no significaba que la gente no hiciera cosas malas.

Ella no lo veía así. Pensaba que la estaba perfilando y se ofendió por el hecho de que intentara arrestarla. Intentara, porque el administrador del edificio nos vio hablando y la respaldó. Luego la dejó entrar en su apartamento.

Trinity nunca me dejó olvidar que cometí un error. Intenté hablar con ella cuando mis amigos se hicieron amigos suyos, pero estaba menos que interesada. Así que en su lugar, intenté irritarla cada vez que hablábamos.

Se levantó y cogió su bebida, poniendo espacio entre nosotros. La forma en que sus shorts tiraban de su culo hizo que mi polla presionara contra mi cremallera.

—¿Te vas sin pagar la cuenta? Porque podría arrestarte por eso —dije, queriendo que se quedara.

Me lanzó una mirada fulminante por encima del hombro, y sonreí. Me encantaba ese fuego en sus ojos. El fuego que decía que era el tipo de mujer que sería divertida en la cama.

No había tenido sexo en un tiempo, y definitivamente no

estaba teniendo buen sexo. Esa tenía que ser la razón por la que estaba pensando en sexo con Trinity. Ella me odiaba, y yo no era un gran fan suyo. No íbamos a estar juntos, ni siquiera por una noche.

—No me voy, solo me cambio a otro asiento. Uno que no esté cerca de ti —escupió.

No pude evitar que mis labios se curvaran ante sus palabras descaradas.

Se alejó sin decir otra palabra. La vi dirigirse a una mesa para dos en la esquina. Podía ver todo el lugar desde allí y nadie podía acercarse a ella por detrás. Mujer inteligente.

Hudson se acercó y se apoyó en la barra frente a mí. —¿Sobreviviste al baño?

Puse los ojos en blanco. —Creo que esa mujer es una rémora o algo así. Intentó engancharse a mí.

—No tenías problema con eso hace unos meses —dijo Hudson.

Negué con la cabeza. —Soy demasiado viejo. Siento que debería estar haciendo algo diferente.

—No somos viejos —dijo Hudson con firmeza—. Y "debería" es una palabra estúpida. Haz lo que te haga feliz. Y si es ella, sal de mi bar de una vez.

Estaba a punto de preguntar quién cuando Hudson se alejó. Casi inmediatamente, la misma mujer se enroscó a mi alrededor. —¿Tu cita no apareció?

Luché contra las ganas de gemir y forcé una sonrisa para ella. —No era una cita.

—Oh, entonces estás libre.

—No, no lo estoy —dije con firmeza, obligándola a soltarme—. No estoy interesado esta noche. No creo que pueda ser más claro que eso. Por favor, déjame en paz.

Me miró fijamente como si no pudiera creer que la estaba rechazando. Realmente no sabía qué esperaba, pero no iba a conseguirlo de mí.

Resopló y se alejó pisando fuerte. Hizo un gesto a sus amigas, que todas se giraron y me fulminaron con la mirada. Una de ellas me mostró el dedo medio. Puse los ojos en blanco y miré hacia otro lado.

Hudson llevó un plato de comida desde la parte de atrás. El olor a comida frita y carne chamuscada hizo que mi estómago rugiera. Quería preguntarle quién lo había pedido, pero no se detuvo lo suficiente. Lo observé mientras se dirigía hacia Trinity y colocaba el plato frente a ella.

Tal vez si me portaba bien, ella compartiría.

Antes de que llegara a ella, otro tipo se sentó. Giré hacia un taburete vacío, fingiendo que ese era mi plan desde el principio.

—Hola —dijo el tipo—. ¿Cómo estás?

¿En serio? ¿Esa era su frase de apertura?

—¿Quién eres tú? —preguntó Trinity.

Miré hacia atrás por encima de mi hombro. El tipo sonrió. Puse los ojos en blanco. Tenía que ser una década más joven que Trinity. Pero no tenía ni idea de qué tipo de chicos le gustaban, así que tal vez era su tipo.

—Soy tu próximo novio —dijo.

Resoplé. No acababa de decir eso.

Trinity se reclinó y cruzó los brazos sobre el pecho. —¿Oh, en serio? ¿Qué te hace decir eso?

Se encogió de hombros. —Bueno, estás buena y te vi mirándome.

Ella asintió. No había manera de que estuviera comprando su mierda.

—Esos son estándares bastante bajos. ¿Y si tengo una personalidad horrible? ¿O si hablo mientras como? —preguntó.

Él sonrió y se inclinó hacia adelante. —No podrás decir nada con mi polla en tu boca.

Me levanté de mi taburete y agarré al tipo por el cuello

antes de que ella tuviera tiempo de responder. —De acuerdo, hora de irse —le dije al tipo.

—¿Qué coño, tío? —gritó el próximo novio de Trinity—. Estaba hablando con ella.

Negué con la cabeza al niñato. —Y ella está aquí conmigo, hijo. —Le mostré mi placa—. Si te oigo decir cosas como esa a otra mujer, estarás hablando con unas cuantas rejas toda la noche, y no del tipo del que puedes salir cuando quieras.

Crucé los brazos y bloqueé al tipo para que no mirara a Trinity. Estaba seguro de que podía defenderse sola, pero un tipo así necesitaba saber que no podía hablar a ninguna mujer de esa manera, no solo a Trinity.

—Lo que sea. Tampoco está tan buena —gruñó el capullo antes de alejarse.

Lo fulminé con la mirada durante un segundo y luego me volví para comprobar cómo estaba Trinity. Me mostró el dedo corazón.

—¿En serio? ¿Estás amenazando a un agente?

Ella se rio y negó con la cabeza. —No, señor. Eso no iba por ti.

Mi polla dolió al escuchar *señor* en sus labios. Miré hacia donde se había ido el tipo y me senté en la silla frente a ella para ocultar mi erección. —¿Por qué estabas hablando con él? —pregunté con más dureza de la que pretendía.

Echó la cabeza hacia atrás y miró al techo.

—Solo quiere follarte. No está realmente interesado —añadí.

—¿Cómo sabes que no es por eso que vine aquí esta noche? —preguntó. Una ceja se elevó, desafiándome a discutir con ella.

Me eché hacia atrás y la estudié. Mi mirada se deslizó por su figura curvilínea. Era impresionante, si soy sincero. Normalmente llevaba tops escotados que mostraban sus pechos perfectos y pantalones ajustados que acentuaban su figura de reloj de arena. Pero estaba sentada frente a mí con una camiseta ajustada y unos shorts de algodón largos. No estaba allí para ligar. No con esa ropa.

—No estás aquí para eso. Estarías con uno de tus conjuntos que no dejan nada a la imaginación si fuera así.

—Tal vez estoy ampliando horizontes. Buscando el tipo de chico que quiere un poco de misterio.

Levanté una ceja y la consideré durante un largo momento. —¿Por qué querrías a un chico así?

—¿Un chico como cuál?

—Un chico que solo quiere sexo y no tiene intención de nada más. ¿Sabes lo que eso dice de ti, verdad? —pregunté, odiándola un poco por querer acostarse con algún tipo al azar.

—¿De verdad crees que eres el único al que se le permite irse a casa con alguien y está bien? ¿De verdad estás sentado aquí diciéndome que no tengo permitido acostarme con quien quiera? Porque la última vez que comprobé, no tienes ningún derecho sobre mi tiempo o sobre mí, Agente —escupió.

Su pecho se agitaba con sus palabras furiosas. Su respiración salía en jadeos. Estaba furiosa, y yo también. Me estaba diciendo en serio que se iba a ir a casa con algún tipo al azar. ¿No sabía lo peligroso y estúpido que era eso?

—Y yo pensaba que eras más inteligente que eso.

Ella abrió la boca, probablemente para gritarme de nuevo, pero Hudson nos interrumpió y preguntó: —¿Estáis bien vosotros dos?

—Sí —dije, levantándome—. Estamos genial. —Caminé entre la multitud preguntándome por qué demonios me importaba de todos modos.

ME ENFURRUÑÉ en mi taburete e ignoré al resto del bar. Me negué a mirar en dirección a Trinity de nuevo, diciéndome a mí mismo que no importaba lo que hiciera con su noche. Si quería llevarse a casa a medio bar, era asunto suyo.

Hudson me dio espacio durante la siguiente hora más o menos, rellenando mi vaso pero sin decir una palabra. Solo cuando pedí mi quinta, o quizás sexta, cerveza de la noche se detuvo frente a mí.

—¿Qué demonios ha sido eso? —dijo.

Lo fulminé con la mirada. Habíamos sido amigos durante años. Jugamos al béisbol juntos en el instituto. Hudson siguió jugando en la universidad, pero yo no era lo suficientemente bueno para eso. Apenas reuní los préstamos suficientes para pagar dos años de universidad comunitaria antes de transferirme a una universidad estatal para terminar mi título en justicia criminal. Solicité entrar en la academia de policía tan pronto como terminé la universidad, y para entonces, Hudson había vuelto a Cala MacKellar con una esposa y había comprado O'Kelley's. Siempre había planeado largarme de la ciudad y no mirar atrás, pero la vida tenía otros planes para mí.

—Nada —dije, sabiendo que nunca podría explicarlo.

—¿Quieres intentarlo de nuevo?

Negué con la cabeza. —¿Quieres darme otra cerveza?

—¿Te voy a llevar a casa?

—Ya tienes mis llaves.

Hudson asintió. —Sí, pero no estaba seguro si ibas a caminar o quedarte aquí o si querías ir a casa.

—Necesito ir a casa. Debería haberme ido con esa otra chica. La que realmente me quería.

Las cejas de Hudson se elevaron, pero no hizo ningún comentario.

—No la entiendo. Dijo que estaba aquí para encontrar a algún tipo para llevarse a casa, pero no parecía que estuviera tan interesada. ¿Y ese tipo? En serio, ¿él? No él. Era como de doce años.

Hudson asintió, así que seguí.

—Y ella no es así. ¿Verdad? Coquetea mucho, bueno, no conmigo, pero con todos los demás. Pero estaba rechazando al tipo. No arruiné nada. No iba a irse a casa con él realmente. ¿O sí?

Hudson solo me miró fijamente.

—No lo sé. No importa. Es demasiado buena para mí. Solo soy el chico pobre que pensó que era una mala persona. Yo soy la mala persona. No le di la oportunidad de explicarse. Debería haberla escuchado, pero vi lo que estaba haciendo y asumí que se estaba aprovechando de que alguien había dejado las llaves en el coche. La cagué.

—Piper —llamó Hudson.

—¿Sí? —dijo Piper, acercándose. Me sonrió y se volvió hacia Hudson.

—Necesito llevarlo a casa antes de que se avergüence más. ¿Puedes encargarte de las cosas un rato?

Piper asintió. —Por supuesto. Tómate tu tiempo.

—No te vayas sola. Espera a que regrese —dijo Hudson.

Ella sonrió. —Lo haré. Y Steven también sigue aquí. Nos quedaremos todos.

Hudson asintió y rodeó el extremo de la barra. —Vamos —me dijo, ayudándome a ponerme de pie.

Hudson me metió en mi camioneta y salió a la calle. Me desplomé contra la puerta, dejando que la frescura del aire acondicionado me invadiera.

Hudson no dijo nada durante el trayecto. Cuando entró en mi camino de entrada, aparcó en mi lugar habitual y fue hasta la puerta, dejándome salir solo de la camioneta.

No había bebido tanto en mucho tiempo, y lo sentía mientras me dirigía a la puerta. Hudson esperó a que entrara y me siguió, dejando mis llaves en la mesa junto a la puerta y despidiéndose con la mano mientras yo me tambaleaba hacia mi habitación.

La puerta principal se cerró silenciosamente mientras me dejaba caer en mi cama, con pensamientos de Trinity mezclándose con visiones de ella con alguien más.

Sí, iba a vomitar.

2

TRINITY

*H*ogar, dulce hogar. Respiré el aire fresco que entraba por mi puerta corredera de cristal abierta y suspiré. Mudarme a Cala MacKellar hace más de un año fue un riesgo, pero se sentía como mi hogar. Mi apartamento se sentía como mi hogar. Y realmente no podía imaginarme irme a ningún otro lugar.

Especialmente por un hombre.

Puse los ojos en blanco. No pude evitarlo. Mi amiga, Karissa, creó una aplicación de citas. Como estaba definitivamente soltera, me inscribí. Había conocido a algunos chicos decentes, pero ninguno era realmente adecuado para mí. Pero el último... parecía perfecto. Hasta que admitió que vivía a casi dos horas de distancia.

Ni hablar.

Él pensó que como crecí en Syracuse, simplemente daría un giro a mi vida por él porque ya había vivido allí y me resultaría fácil volver.

¡Ja! No me conocía.

Miré mi desordenado apartamento y negué con la cabeza.

Ni siquiera el oficial James Rucker había conseguido echarme del pueblo todavía. Si él no había logrado que me fuera, tampoco lo conseguiría un hombre al que nunca había conocido en persona. No importaba lo genial que fuera a través de la aplicación.

Me sumergí en el trabajo durante las siguientes horas, dejando que el ritmo de ensartar cuentas para un collar largo me distrajera de todo lo demás.

Perdí la noción del tiempo y casi se me cae la pieza en la que estaba trabajando cuando alguien llamó a mi puerta. Terminé lo que estaba haciendo y me apresuré a abrir.

Karissa Thomas me abrazó y suspiró aliviada cuando la dejé entrar. Compartía cumpleaños con su madre, la mujer que me convenció de arriesgarme y mudarme a Cala MacKellar en primer lugar. La señora Georgia murió antes de que yo hiciera la mudanza, pero Karissa y el resto de su grupo de amigos me acogieron y me hicieron sentir como si siempre hubiera sido parte de ellos.

—Hola —dijo Karissa después de un momento. Estaba con su móvil, lo que significaba que estaba respondiendo correos o preguntas o haciendo algo para su negocio. Era una mujer poderosa que no temía a nada.

—Hola —contesté, sorprendida de que ya fuera la hora de comer—. Lo siento. No me había dado cuenta de la hora que era.

Karissa hizo un gesto con la mano.

—Yo nunca sé qué hora es. Si no programara alarmas para todo, nunca me alejaría del ordenador. Mi madre siempre decía que me moriría de hambre justo allí frente a la pantalla si no me pusiera recordatorios para parar a comer de vez en cuando.

—¿En qué estás trabajando ahora? —le pregunté, moviéndome hacia la cocina. Todos los apartamentos estaban distribuidos de manera similar, con la cocina cerca de la puerta principal. Una barra de desayuno la separaba del comedor y la sala de estar. A un lado había dos dormitorios con un gran baño compartido en el medio, completo con un armario para la lavadora y secadora en el baño. Karissa y Finley vivían abajo, así que su apartamento era igual excepto que el espacio de estar estaba a la derecha en lugar de a la izquierda.

—En realidad —dijo Karissa, haciendo una pausa hasta que la miré—, he estado desarrollando una aplicación para ti.

—¿Qué? ¿Por qué?

Karissa se encogió de hombros y me entregó su teléfono.

—Quería mostrarte lo que podía hacer. Supuse que parte de tu vacilación era no saber cómo sería, pero si me adelantaba y la creaba, podrías hacerte una idea.

Tomé el teléfono y se me cayó la mandíbula. Era impresionante. Elegante y sofisticada pero sencilla. No sabía que podría ser todo eso.

—Karissa, esto es demasiado. Quiero decir, no sé si puedo pagarte lo que probablemente deberías haberme cobrado por esto.

Karissa agitó la mano.

—No pienses en eso ahora. Me divertí haciéndola. En Busca del Galán de Papel fue mi bebé durante tanto tiempo, pero ahora que está ahí fuera, necesitaba un nuevo proyecto apasionante. Esto fue emocionante y diferente para mí. Y sinceramente, fue increíblemente sencillo en comparación.

Desplacé las páginas que había configurado y encontré una tras otra ejemplos de mi trabajo. Obviamente los había sacado de mi página web, pero la forma en que mostraba cada página era perfecta. Se podía buscar por estilo, color o tipo de artículo, y en cada página de producto había añadido otras selecciones que combinarían.

—Vaya. Me encanta.

—Bien. Entonces podemos activarla y poner un enlace en tu web.

Miré la pantalla otro minuto y finalmente le devolví su teléfono.

—No sé si estoy preparada para esto.

—¿Para qué? ¿Una aplicación?

Suspiré y busqué las palabras que explicaran lo que quería decir.

—Se siente como mucho más que solo una aplicación. Se siente como si estuviera llevando las cosas a un nuevo nivel. Me encanta lo que hago, pero es difícil de explicar.

—¿Quieres más? —sugirió Karissa.

Me mordí el labio y asentí.

—Sí. Quiero retribuir de alguna manera. He estado haciendo vídeos de cómo hacer ciertas cosas que los principiantes podrían hacer.

—¿En serio?

—Sí. Aprendí a hacer todo esto de mi abuela, pero si ella no hubiera estado cerca para ayudarme a aprender, habría terminado haciendo otra cosa. Quiero dar a otras mujeres la oportunidad de aprender algo así y tal vez cambiar un poco sus vidas.

—Vaya. Eso es genial. Me hace sentir totalmente egoísta por querer desarrollar una aplicación para tener suficiente dinero para una mastectomía doble.

—¿Qué? —le pregunté, con mis ojos bajando automáticamente a su pecho—. ¿Por qué?

Karissa se encogió de hombros y por primera vez pareció menos segura de sí misma.

—Mi madre murió de cáncer de mama. Lo detectó muy tarde. Yo tengo el gen, lo que significa que tengo muchas probabilidades de desarrollar lo mismo. Pero si me hago una mastectomía doble, mis probabilidades son dramáticamente menores. Podría salvarme la vida.

—Oh, vaya, Rissa. No tenía idea de que estuvieras pensando en todo eso.

Ella asintió.

—He estado tratando de decidir qué hacer durante un tiempo. Creo que finalmente he decidido que quiero hacerlo.

—¿El seguro no lo cubre?

—Tengo un seguro privado ya que trabajo por cuenta propia. No cubren todo.

—Vaya —dije de nuevo, sin palabras—. Creo que necesitamos una copa.

Karissa se rio.

—Un brindis por mis tetas.

Solté una carcajada.

—Por tus tetas.

Serví copas de vino y cogí la ensalada y los sándwiches que había preparado para nuestra comida. Brindamos y servimos el almuerzo y nos sentamos en el balcón con vistas a la cala.

—Te propongo un trato —dijo Karissa, volviéndose hacia mí.

—¿Qué trato?

—Si le das una oportunidad a la aplicación, te ayudaré a subir tus vídeos y crearé una página en la app para ellos.

—¿Cómo es eso un trato? —pregunté.

Karissa se encogió de hombros.

—Me ayudará a centrarme en algo que no sea cortarme una parte del cuerpo.

Extendí el brazo y le agarré la mano.

—De acuerdo. Ya que necesitas la distracción.

Karissa sonrió.

—Bien. Ahora, cuéntame todo sobre el tipo que te tiró los tejos anoche y James acudiendo a tu rescate.

Gemí y negué con la cabeza. La vida en un pueblo pequeño.

NO ESTABA segura de si estaba lista para hablar con un nuevo chico, pero después de pasar la tarde con Karissa, decidí ver si tenía nuevas coincidencias. Había cosas que me gustaban de la aplicación de Karissa, pero era intimidante decir sí o no a alguien cuando no tenías ni idea de su aspecto.

Ese era todo el punto, pero era algo a lo que todavía me estaba acostumbrando. Odiaba pensar en mí misma como superficial, pero la realidad era que lo era un poco. Había sido juzgada lo suficiente por hombres por mi figura de reloj de arena con curvas pronunciadas, pero yo seguía juzgando a un hombre por su apariencia. No era mejor que ellos.

Encontré una nueva coincidencia. Su perfil era divertido, y su foto era una langosta, lo que me hizo reír. Me gustaba un chico con sentido del humor. Era una de las muchas cosas que faltaban en mi última relación.

Me lancé antes de pensarlo dos veces y le envié al chico un mensaje preguntándole dónde vivía. Mejor aclarar eso desde el principio.

JPO

No es buena idea decirle a un extraño dónde vives.

CHICA DIAMANTE

Cierto, pero no quiero empezar a hablar con alguien que vive a horas de distancia y espera que desarraigue mi vida.

JPO

Buen punto. Estoy a menos de 10 minutos de A-Bay.

CHICA DIAMANTE

Vale, bien. Eso funciona. ¿Algo más que puedas decirme?

JPO

No juego a juegos. Y no me quedo si tú empiezas.

CHICA DIAMANTE

Estoy de acuerdo.

JPO

Nunca he hecho citas online antes.

CHICA DIAMANTE

Bueno, estoy feliz de ser tu primera.

JPO

Bueno...

Me reí y negué con la cabeza.

CHICA DIAMANTE

¡No así! Solo quería decir la primera persona con la que hablas. A menos que estés hablando con otras mujeres.

JPO

No, solo tú. Soy un hombre de una sola mujer.

Suspiré.

CHICA DIAMANTE

Mi tipo favorito de hombre.

JPO

Jajaja. Siento tener que cortar esto, pero estoy trabajando ahora. ¿Puedo escribirte más tarde?

CHICA DIAMANTE

Me gustaría.

JPO

Bien. Hablamos pronto.

No era el tipo de conversación que encendiera un fuego en mí, pero no necesitaba fuego desde el principio. Era agradable y coqueto, pero no del tipo de coqueteo espeluznante que te hace sentir que necesitas ducharte.

Hice mis planes para el día siguiente y preparé los materiales que necesitaría para poder empezar con el vídeo que quería grabar. Estaba empezando a disfrutar realmente haciendo algo nuevo y diferente, pero seguía creando piezas hermosas.

Para cuando el sol descendía sobre el río, quería salir. Intentaba obligarme a caminar al menos una vez al día, aunque el paseo fuera solo calle arriba para buscar comida.

El olor del río y el aire fresco me llevaron directamente al Riverwalk en la parte trasera de mi apartamento. El camino iba desde justo detrás de mi edificio a lo largo de la cala hasta el Parque Catherine en el centro del pueblo y luego más allá hasta el lado norte. Era tranquilo. Había bancos espaciados a lo largo del camino para las personas que querían sentarse y relajarse, pero la amplia senda era fácil de recorrer para casi cualquiera.

Mi teléfono vibró en mi bolso y me detuve para comprobar el mensaje. Sonreí cuando vi una foto de mi abuela con una nueva pulsera que había hecho. Le hablé de trabajar con resina y quería probarla. Le resultaba cada vez más difícil sostener cuentas en sus manos, pero la resina era menos complicada para ella.

> Se ve genial. Ya eres una profesional.

Pulsé enviar y estaba a punto de volver a meter el teléfono en mi bolso cuando algo tiró de mi brazo.

Luego más fuerte, un tirón. Sentí como si estuviera funcionando a cámara lenta. Agarré el bolso, pero había un hombre sujetando la correa.

—Eso es mío. ¿Qué demonios?

—Dámelo —gruñó. Su voz era profunda pero sonaba joven. Podía ver un poco de su cara, pero no mucho con la capucha bajada. Estábamos entre farolas, lo que hacía aún más difícil distinguir sus rasgos.

Tiró de nuevo, con más fuerza. Yo tiré hacia atrás, no dispuesta a soltar mis cosas. Tenía el teléfono en la mano, pero mi bolso tenía todo lo demás. Mis llaves, mi cartera, mis gafas de sol favoritas.

Envolvió la correa alrededor de su mano y arrancó mi bolso de mí. Como yo estaba tirando hacia atrás, me golpeé en la cara cuando lo solté. Caí al suelo, aterrizando con fuerza sobre los adoquines. Una punzada de dolor me atravesó.

El tipo salió corriendo. Sus pasos rápidos resonaron en los edificios a mi alrededor mientras desaparecía en la noche.

Me llevó un minuto procesar lo que acababa de pasar. Alguien pasó y preguntó si estaba bien. Negué con la cabeza.

—¿Puedo ayudarte? —preguntó el hombre.

Retrocedí. Era otro desconocido. Alguien a quien no conocía. ¿Iba a patearme mientras estaba en el suelo?

—¿Qué tal si voy a buscar a alguien? —preguntó, entendiendo mi miedo—. ¿Viste quién hizo esto?

—Yo...

—Iré a buscar a alguien —dijo, girándose para alejarse.

—No —dije firmemente—. Estoy bien. Gracias.

Me costó ponerme de pie, pero conseguí levantarme sola. Me dolía la cara y la cadera estaba dolorida, pero por lo demás estaba bastante segura de que estaba bien. O lo estaría. Eventualmente.

Pensé en volver a casa, pero no tenía forma de entrar en mi apartamento. Las lágrimas se acumularon detrás de mis ojos mientras el miedo se instalaba. La persona que se llevó mi bolso tenía mi dirección en el carnet de conducir y las llaves de mi casa. No podía volver a casa. No tenía adónde ir.

—¿Estás segura de que estás bien? —preguntó el hombre.

Había olvidado que estaba allí. Tenía que salir del River-walk. Necesitaba pensar qué iba a hacer. Todo mi cuerpo temblaba de miedo y adrenalina. Finalmente asentí al hombre y me dije lo mismo que me dije antes de llamar a la policía cuando el ex de mi madre abusaba de ella.

No era débil. Era fuerte. Y era inteligente. Hice todas las cosas que debía hacer. Me pilló desprevenida.

Afortunadamente, estaba cerca de O'Kelley's y Hudson estaba allí. Me miró una vez cuando entré por la puerta y me acompañó a su oficina. Montó guardia mientras yo usaba su baño privado.

Finalmente reuní el valor para ver mi reflejo en el espejo. Mejor de lo que esperaba. Mi pelo tenía algo en él, y mi labio sangraba y ya estaba empezando a amoratarse. Todo podía arreglarse. Más tarde. Conocía el procedimiento.

Oí voces murmuradas fuera de la puerta y supe que la policía estaba allí. Hudson me preguntó antes de entrar si quería que llamara. Odiaba la idea, pero no iba a dejar que ese tipo se saliera con la suya.

Tiré de la cadena del inodoro y dudé si no lavarme las manos en caso de que hubiera pruebas en ellas, pero eso era ir demasiado lejos. No toqué al hombre que robó mi bolso. Me las lavé y gruñí al ver la sustancia en mi pelo. Iba a ser una molestia lavarla. Me acababa de lavar el pelo esa mañana, pero necesitaba hacerlo de nuevo cuando llegara a casa.

Respiré hondo y me dije que era fuerte. El policía estaba allí para ayudar. No hice nada malo. Podía contarle lo que pasó y luego seguir mi camino.

Abrí la puerta y las voces se detuvieron. Hudson estaba justo allí frente a mí. Nunca lo había visto tan preocupado.

—¿Estás bien?

Asentí.

—Estoy bien. Conmocionada, pero sobreviviré.

—Bien —dijo el otro hombre—. Entonces quizás puedas explicarme ¿en qué demonios estabas pensando?

El oficial James Rucker. La pesadilla de mi existencia. Había sido una espina en mi costado durante un año, y la expresión de su cara decía que no había terminado.

Tampoco llevaba uniforme, lo que me hizo preguntarme por qué estaba allí.

—Pensé que ibas a llamar a la policía —le dije a Hudson con un gruñido.

—Yo soy la policía —respondió James—. Venía hacia aquí y escuché la llamada. Soy policía, lo que ya sabes.

Le di mi sonrisa más dulce y dije:

—Bueno, si no está de servicio, ¿por qué no sigue con su noche y yo puedo hablar con alguien que no vaya a asumir inmediatamente que soy una delincuente?

Él gruñó y respiró hondo. Lo miré fijamente, esperando que cediera. Entonces sacó su teléfono y marcó un número.

—Oficial Rucker, número de placa 2857. Estoy en O'Kelley's con la llamada que acaba de entrar. ¿Podéis enviar a Hughes aquí? —Hizo una pausa—. Sí. Vale, gracias.

Colgó el teléfono y me miró.

—Una oficial está en camino. Puedes hablar con ella y contarle todo lo que pasó. Hasta que llegue, me gustaría hacerte algunas preguntas, si te parece bien.

—No necesito hablar con una policía mujer. El tipo me arrancó el bolso del hombro y... —me interrumpí, con la emoción y el miedo mezclándose dentro de mí. Miré al techo e intenté detener las lágrimas que sabía que iban a salir.

La puerta de la oficina se abrió y cerró, y cuando miré, James y yo estábamos solos.

—Trinity, siento que te haya pasado esto. Debería haber empezado preguntando si estás bien.

Eso fue todo. Eso fue todo lo que tuvo que decir, y me derrumbé. Me desmoroné. Me hundí en el suelo donde estaba y puse la cabeza entre mis manos. Las lágrimas corrían por mi cara. El miedo me abrumó.

Entonces él se sentó a mi lado y me sostuvo mientras lloraba.

3

JAMES

Odiaba cuando las mujeres lloraban. Mi madre era llorona. Me dijo que era la forma en que algunas mujeres, algunas personas, liberaban la energía extra que tenían dentro. Que era como gritar o reír, pero cuando una emoción era tan intensa que no podían contenerla.

Mi madre lloraba cuando estaba feliz, pero más a menudo, lloraba cuando tenía miedo. Cuando se preocupaba por pagar las facturas o perder su trabajo. Cuando mi hermano o yo nos metíamos en problemas por hacer alguna estupidez mientras ella trabajaba. Cuando el último hombre se marchaba y se llevaba algo que le importaba.

Abrazar a Trinity mientras lloraba me recordó a ese tipo de llanto. Miedo. Su mundo estaba destrozado. Puede que hubiera crecido en una ciudad donde el crimen era algo habitual, pero en Cala MacKellar, el crimen era casi risible. El crimen consistía en críos robando señales de tráfico e intoxicación pública. No era robo o agresión. Por lo general no.

Quería abrazar a Trinity y decirle que no había nada de qué preocuparse, pero no podía hacerle esa promesa. Su labio sangraba y tenía un moratón en la mejilla. Parecía conmocionada. Y eso fue lo que me desarmó. Me enfadé con ella porque nunca la había visto parecer otra cosa que determinada. Era fuerte. Una parte de mí pensaba que entraría en la oficina con Hudson y tendría que detenerla para que no fuera tras quien le había hecho esto. En cambio, era yo quien estaba listo para encontrar a la persona y darle una paliza.

Nadie iba a lastimarla y salirse con la suya. No mientras yo estuviera cerca.

Un golpe en la puerta hizo que Trinity levantara la cabeza. Alcancé a oler su pelo, luego me quedé inmóvil cuando sus ojos se encontraron con los míos. Estaba cerca. Tan cerca que no haría falta mucho para que me inclinara y reclamara sus labios. Reclamarla toda ella.

Entonces volvieron a llamar, más fuerte, con su nombre añadido por una voz femenina.

Trinity se apartó rápidamente de mí y se apresuró a ponerse de pie. Desafortunadamente para mí, me puso su perfecto trasero en la cara al levantarse. Si abrazarla era malo, ser provocado por sus curvas era una tortura.

—Adelante —dijo Trinity en voz alta.

La puerta se abrió lo justo para que la agente Hughes asomara la cabeza. Sonrió y mantuvo la mirada fija en Trinity en lugar de dejarla vagar hacia donde yo estaba sentado en el suelo, aunque sabía que estaba allí.

—Hola, Trinity. Soy la agente Jessica Hughes. ¿Puedo pasar?

Trinity asintió.

Jess abrió la puerta y entró. La cerró tras de sí e hizo la pregunta que yo no pude articular cuando la vi por primera vez. —¿Estás bien?

El labio de Trinity tembló pero se lo atrapó entre los dientes y asintió.

—Hablemos de lo que pasó. ¿Quieres que el agente Rucker se vaya?

Trinity tomó aire temblorosamente y me miró. Había gratitud allí, pero seguía sin caerle bien. No podía culparla. Tampoco es que yo fuera su mayor admirador. Había llegado a mi pueblo como un vendaval y me había puesto del revés, y luego actuaba como si yo fuera basura en la suela de su zapato. No, no necesitaba eso.

Me puse de pie y sonreí. —Os dejaré hablar —me detuve junto a Jessica y dije en voz baja—. No me voy a ir, así que llámame si me necesitas.

Jessica asintió pero no apartó la mirada de Trinity. No quería hacerlo, pero no tenía elección. Salí de la oficina mientras Jessica invitaba a Trinity a sentarse.

Hudson estaba de nuevo detrás de la barra cuando llegué. Me senté en un extremo, cerca del pasillo, para poder vigilar por si salía Trinity.

—¿Está bien? —preguntó Hudson.

Me encogí de hombros. —No lo sé. Supongo que sí.

—¿Tú estás bien?

Miré con dureza a Hudson, pero estaba claro que veía a través de mí. Éramos amigos desde hacía demasiado tiempo. Conocía mis señales, pero rara vez me echaba en cara cosas que no quería admitir. Negué con la cabeza.

—Atraparás a quien lo hizo —Hudson puso una botella frente a mí y se alejó, dejándome pensar en Trinity.

Mi mirada se detuvo en el pasillo, esperando a que Trinity apareciera. Vibraba de tensión, necesitando volver allí y ver qué estaba pasando. Quería estar fuera buscando a quien había hecho esto. Pero no tenía una descripción ni tenía derecho.

—¿Dónde está? —preguntaron Karissa y Finley justo a mi lado.

Ni siquiera me había dado cuenta de que se habían acercado, pero ambas estaban allí mismo. —Está hablando con la policía.

—¿No eres tú la policía? —preguntó Finley.

Asentí. —No quería hablar conmigo. Llamé a una agente femenina.

—¿Una agente femenina? ¿Fue...? —Karissa dejó la pregunta sin formular flotando en el aire.

Negué con la cabeza. —No creo. Aunque no me dijo nada.

—Oh, Dios —suspiró Finley—. Debe estar tan asustada. ¿Quién haría algo así? Esto es Cala MacKellar. Es seguro.

—Normalmente, sí —dije, sin contarle que yo tenía las mismas preguntas.

—¿Podemos ir a hablar con ella? —preguntó Karissa.

—Démosle unos minutos más con la agente Hughes. Quiero que tenga la oportunidad de repasar todo primero —les dije.

Asintieron y tomaron los asientos junto al mío, ambas sentadas al borde.

—¿Cómo os enterasteis de lo que pasó? —les pregunté después de un minuto en que los tres estuvimos mirando fijamente al pasillo.

—Hudson llamó. Pensó que no querría volver a casa sola.

Asentí distraídamente, sin querer admitir que había estado deseando acompañar a Trinity a casa y asegurarme de que estuviera bien. No era mi lugar. Y de todos modos, ella no habría querido que lo hiciera.

Bebí un sorbo de cerveza y la esperé. Hudson preguntó si Finley y Karissa querían algo, pero ambas negaron con la cabeza. No hablamos, solo esperamos, hasta que Trinity salió con la agente Hughes.

Finley y Karissa se levantaron de sus asientos y la rodearon en un instante. Trinity asintió, sonrió y aceptó sus abrazos. Me quedé mirando, sabiendo que yo no sería bienvenido.

La agente Hughes tomó el asiento junto al mío. —Está bien. Alterada, pero bien.

—¿Alguna idea de quién lo hizo?

Negó con la cabeza. —Desafortunadamente, no. Va a hablar con alguien mañana, pero dijo que no pudo verle bien la cara.

—Gracias por venir hasta aquí. Sé que normalmente no haces este viaje —le dije.

Asintió. —Todos tenemos que trabajar juntos. Escucha, el tipo le robó el bolso. Incluyendo su carnet y sus llaves. Está asustada porque él sabe dónde vive y puede entrar.

—Me encargaré de ello —dije sin dudar. Le había cambiado las cerraduras a mi madre más veces de las que podía contar y sabía cómo hacerlo dormido.

—Me lo imaginaba —dijo Jessica con una sonrisa burlona.

Bebí mi cerveza y la ignoré. Nos conocíamos desde hacía unos años y solo habíamos trabajado juntos un puñado de veces, pero era alguien a quien consideraba amiga. Todos los pueblos de nuestra zona compartían recursos tanto como era posible, incluyendo cubrirnos unos a otros y ayudarnos cuando era necesario. Jessica trabajaba en Morristown, a unos treinta minutos al norte. Yo había ido allí y ella venía aquí ocasionalmente. Una vez intentó emparejarme con su cuñada, pero fue cómico lo mal que emparejábamos.

—Deberías venir a cenar algún día. A Greg le encantaría verte —dijo.

Asentí. —Seguro que por eso me invitas.

Sonrió. —Es una excusa tan buena como cualquier otra para averiguar qué pasa entre tú y nuestra víctima.

—Entonces no hace falta que te preocupes porque la respuesta corta es nada. La respuesta larga es absolutamente nada.

—Ajá. Si tú lo dices. Escucha, redactaré este informe y te lo enviaré. Avísame si necesitas algo más —se levantó y se alisó la camisa.

—Gracias, Jess. Te lo agradezco.

Sonrió. —Cuando quieras. Nos vemos pronto, Ruck.

Asentí mientras se alejaba. Cuando volví a mirar a Trinity, estaba acurrucada en una mesa con Finley y Karissa, con una jarra de cerveza sin tocar en el centro. Consideré acercarme para hablar con ella, pero era mejor que me mantuviera alejado.

—¿Otra? —preguntó Hudson, señalando con la cabeza mi cerveza casi vacía.

Negué con la cabeza. —No. Tengo trabajo que hacer.

Entrecerró los ojos, pero negué con la cabeza y dejé un billete de veinte en la barra antes de salir.

Era una de esas noches en que todo se sentía extraño. El aire estaba quieto a mi alrededor, pero por dentro estaba inquieto y desequilibrado. Me dirigí hacia Waterfront Villas y saqué mi teléfono. Era mi trabajo conocer a los empresarios locales y Richie no era una excepción.

—¿Agente Rucker? ¿En qué puedo ayudarle?

—Siento llamar tan tarde, Richie. Acabo de estar en O'Kelley's y una de tus inquilinas estaba allí. Le robaron el bolso. Tenía su carnet y sus llaves dentro. Me preguntaba si podría pasar y cambiarle las cerraduras para que se sienta segura al volver a casa cuando esté lista.

—Sí, señor. Por supuesto. Yo también puedo encargarme.

—No —dije, sabiendo que no descansaría hasta saber que estaba a salvo—. Ya casi he llegado. Pero si puedes reunirte conmigo allí con un juego de llaves de repuesto y una cerradura nueva, eso ayudaría. Apartamento 3C.

—Voy para allá —dijo Richie solemnemente.

Subí las escaleras hasta el apartamento de Trinity, necesitando el ejercicio para quemar parte de la tensión que aún me recorría. Me destrozó verla tan alterada, y luego que se diera la vuelta y necesitara a otra persona y no quisiera que yo estuviera cerca. Sin embargo, era lo mejor.

Richie estaba fuera del apartamento de Trinity cuando

salí de la escalera. Me dirigió una sonrisa tensa. —¿Está bien Trinity?

Asentí. —Está con Karissa y Finley. Imagino que se quedará con ellas esta noche, pero quería ocuparme de esto por ella.

—Por supuesto. Gracias por avisarme, agente.

Asentí y me puse a trabajar. Richie se quedó a mi lado todo el tiempo, dándome herramientas y ayudándome a asegurar y probar la nueva cerradura. Cuando terminamos, cerró su caja de herramientas negra y me entregó las llaves del apartamento de Trinity.

—¿La verás de nuevo esta noche?

Negué con la cabeza. —Es mejor que no sepa que estuve aquí. ¿Por qué no la llamas y le dices que te enteraste de lo que pasó y que cambiaste sus cerraduras? Pregúntale si está bien dejar las llaves en casa de Karissa y Finley o algo así.

Richie asintió. —De acuerdo.

—Gracias, Richie. Agradezco la ayuda.

—Cuando quiera, agente. Gracias por informarme. Si veo algo sospechoso, le llamaré.

Asentí y me froté la mandíbula. —Gracias.

Me tomé mi tiempo bajando las escaleras y volviendo a mi camioneta. Pensé en pasar por O'Kelley's para tomar esa segunda cerveza, pero no estaba seguro de poder ver a Trinity de nuevo y no hacerla venir a casa conmigo.

Conduje a casa pensando en mi madre. Habían pasado unas semanas desde que hice un esfuerzo por verla. Siempre estaba trabajando, pero yo seguía inventando excusas de por qué no podía ir a su casa a cenar. Ella no entendía por qué quería que se mudara del apartamento en el que me crié. Decía que allí había criado a mi hermano y a mí y que le encantaba. Yo decía que era un antro que me recordaba lo poco que teníamos cuando éramos pequeños. Incluso eso era ser amable.

Suspiré al entrar en mi camino de entrada. Mi propia casa no era lujosa ni especial, pero era una gran mejora respecto a donde me crié. Era limpia y sencilla, y era casi toda mía. Seis años más y la tendría pagada y finalmente podría respirar tranquilo por las noches sabiendo que nadie vendría a quitármela.

Las luces exteriores iluminaban el revestimiento amarillo mantequilla. El interior no era tan brillante, con paredes grises en casi todas las habitaciones. Mi madre seguía intentando que pintara, pero lo neutro era lo mejor para el valor. Significaba que más personas podrían verse allí. No es que fuera a vender, pero si pasaba algo y tenía que hacerlo, sería menos trabajo para mí.

Tiré mis llaves sobre la mesa de la entrada y fui directamente a mi caja fuerte para guardar mi arma. Una vez que estaba segura, volví a la cocina y agarré el plato de sobras que había dejado allí la noche anterior. Comida, deportes y una noche tranquila a solas. Supongo que funcionaba.

Estaba de muy mal humor cuando llegué al trabajo a la mañana siguiente. Mi nuevo compañero llegaba ese día, y no lo estaba esperando con ilusión.

Eso y que apenas había dormido toda la noche preocupándome por Trinity y si estaba bien.

Me forcé a apartar a Trinity de mi mente e intenté concentrarme en el trabajo. Agarré una taza de café de la sala de descanso y fui a mi escritorio para ver qué había pasado durante la noche.

Como de costumbre, fue una noche tranquila. Todo excepto el incidente de Trinity. El informe de Jess estaba en mi bandeja de entrada y lo leí, irritándome cada vez más con cada palabra. El tipo agarró su bolso y tiró, pero no la tocó.

Eso era lo único que me impedía perder los estribos cuando alguien dijo mi nombre.

—¿Qué? —ladré. Casi me impedía perder los estribos.

—Hola. Soy tu nuevo compañero. Soy Rowan Masterson.

Levanté la vista hacia el tipo y lo miré con dureza. Definitivamente no tenía pinta de policía. El borde de un tatuaje se asomaba por el cuello de su uniforme. Su pelo y barba completa eran cortos y arreglados. Parecía incómodo con el uniforme, pero lo llevaba puesto. Su mano estaba extendida, esperando a que la estrechara.

No la bajó hasta que me acerqué y le estreché la mano. Asintió una vez y tomó la silla de invitados junto a mi escritorio. —¿En qué vamos a trabajar hoy?

—¿Cuánto tiempo llevas siendo policía?

—Cinco años —respondió sin dudar.

—¿Por qué te mudaste aquí?

Se encogió de hombros. —Necesitaba un cambio de aires.

—¿Qué demonios significa eso?

—Significa que estaba harto de preguntarme cuánta gente iba a morir cada noche y quería ir a un lugar con un poco menos de acción.

—Se supone que a los policías les gusta la acción.

Negó con la cabeza. —No, se supone que debemos proteger y servir. Se supone que debemos ayudar a la gente. Demasiados no lo hacen. Ya tuve suficiente.

Entrecerré los ojos mirándole y me pregunté de qué demonios estaba hablando. En ese momento, no importaba. Podía investigar al tipo más tarde.

—Entonces, ¿hay algo en lo que deba trabajar?

Negué con la cabeza y me puse de pie. —No. Tenemos que irnos.

—¿Adónde vamos?

—A examinar el lugar de un robo anoche. Comprobar la zona. Ver si se dejó algo atrás. Proteger y servir, ¿verdad?

Masterson asintió una vez y se levantó. No estaba impresionado con él aunque sabía que su currículum no era malo. Tenía un aire de desconfianza y arrogancia que decía que iba a ser un dolor de cabeza trabajar con él.

Aparcamos cerca de Catherine Park y nos dirigimos por el paseo del río hacia O'Kelley's donde estuvo Trinity la noche anterior. El informe de la agente Hughes decía que había comprobado el lugar donde robaron a Trinity, pero en la oscuridad no pudo ver nada que le hiciera pensar que había razón para restringir el tráfico en la zona. Quería comprobar de nuevo a la luz del día.

Masterson me siguió por la pasarela, con las manos en las caderas todo el tiempo. Parecía que iba a disparar a alguien en cualquier momento. La gente nos daba un amplio margen, no podía culparles.

Cuando llegué a la zona donde estaba Trinity, justo más allá de O'Kelley's pero no del todo en Waterfront Villas, me detuve y miré alrededor. El camino estaba sucio pero nada me llamó la atención. Había un punto que podría haber sido donde Trinity cayó, pero también podría haber sido alguien que arrastró los pies. No había sangre en el suelo, y no se dejó ningún objeto atrás. Fue un completo fracaso.

Me di la vuelta y volví caminando hacia Catherine Park, ignorando a Masterson mientras me seguía. Giré en la esquina y entré por la puerta principal de Cracked esperando encontrar a Blake.

Estaba sirviendo café a un cliente y sonrió cuando entré. Señaló con la cabeza una mesa, entendiendo que si estaba allí, no era solo para desayunar.

Cuando Blake terminó con su cliente, trajo dos tazas y puso una frente a cada uno de nosotros. —Buenos días, caballeros. ¿Desayuno o información?

—Desayuno —dijo Masterson al mismo tiempo que yo decía—: Información.

Blake alzó las cejas y centró su atención en Masterson. —Hola, soy Blake. Debes ser nuevo en el pueblo.

Se sobresaltó ligeramente antes de asentir. —Acabo de mudarme este fin de semana. Soy Rowan.

—Encantada de conocerte. ¿Qué puedo traerte para desayunar?

Agarró un menú y Blake me ignoró mientras miraba. Me aclaré la garganta pero siguió ignorándome. Finalmente levantó la vista y dijo: —Tortilla al estilo western, bacon y tostadas de masa fermentada.

—Enseguida —por fin se volvió hacia mí—. ¿Y para ti?

—¿Cómo está Trinity?

—Está conmocionada. Se quedó con Fin y Rissa anoche. Dice que tiene miedo de ir a casa.

—¿La has visto?

Blake negó con la cabeza. —Todavía no. Era tarde cuando Fin nos envió un mensaje para contarnos lo que había pasado. Ian quería acompañarme hasta aquí esta mañana. Realmente ha afectado a la cabeza de la gente.

—No hay nada de qué preocuparse. Este lugar es el mismo que era ayer —le dije con calma.

—Sí, excepto que a nuestra amiga le robaron el bolso —dijo Blake con un estremecimiento—. Da un poco de miedo. En realidad, hoy he venido en coche en lugar de caminar.

—Cala MacKellar sigue siendo seguro, Blake. Encontraré a quien hizo esto.

Blake sonrió y asintió. —Lo sé. Y gracias. ¿Desayuno?

Puse los ojos en blanco y asentí. —Bueno, ya que estoy aquí.

Blake sonrió y se fue a poner nuestro pedido.

—No puedes prometer cosas así —dijo mi nuevo compañero tan pronto como Blake se fue.

—¿Como qué?

—Que encontrarás al tipo que hizo esto. Si le robaron a

su amiga, debería estar asustada. Y decir que encontrarás a quien lo hizo no va a mejorar las cosas. Lo empeorarás cuando no puedas resolverlo.

—Escucha, este es tu primer día. Llevo aquí más de quince años. Sé cómo funciona este pueblo. Encontraremos a quien hizo esto. No tenemos mucho crimen, y siempre resolvemos nuestros casos.

Masterson me miró con dureza y bebió su café. El sentimiento era mutuo, y no me molestó que no me hablara durante el resto del desayuno.

Jodidos compañeros.

4

TRINITY

Dormir en el sofá me estaba afectando. Realmente agradecía a Finley y Karissa que me dejaran quedarme con ellas, pero estaba ansiosa por volver a casa. Tres noches fuera se sentían más como una huida que como una recuperación.

El administrador del edificio, Richie, me dijo que había cambiado las cerraduras de mi apartamento de inmediato, pero seguía preocupada por estar allí sola. Finley me acompañó a recoger algo de ropa, pero cada segundo que estuve dentro sentí que algo no encajaba. Pero no podía esconderme para siempre. Y no podía dormir en un sofá eternamente.

—¿Qué quieres hacer hoy? —preguntó Karissa, entregándome una taza de café y sentándose en el sillón frente al sofá.

Ella y Finley habían sido geniales. El horario de trabajo de Fin hacía que no estuviera en casa tanto como Rissa, pero ninguna de las dos me hizo sentir que estaba siendo ridícula por quedarme con ellas. Nunca me preguntaron cuánto tiempo quería quedarme o si estaba lista para volver a casa. Simplemente dejaron que fuera normal que yo durmiera en su sofá en lugar de dos pisos más arriba en mi propio apartamento.

—Creo que necesito volver a casa —admití, dando un sorbo al café rico y oscuro. Ellas tenían mejor café que yo, pero ni siquiera eso me hacía querer quedarme.

—Cuando estés lista, pero ya sabes que puedes quedarte aquí todo el tiempo que quieras —dijo Karissa.

Asentí. —Gracias. Simplemente siento que necesito estar en casa de nuevo. Estoy tan acostumbrada a estar sola todo el tiempo que, para ser sincera, lo echo de menos.

Karissa se rio y cruzó una pierna sobre la otra. —Créeme, lo entiendo. Soy igual. Soy ruidosa y extrovertida la mayor parte del tiempo, pero eso es porque estoy sola tanto tiempo y lo he estado durante tanto que casi me excedo cuando estoy con otras personas.

Suspiré. —Yo nunca estoy con otras personas. Simplemente estoy sola en casa.

—Estás con nosotras. Cuando salimos todas juntas —dijo Karissa, frunciendo sus oscuras cejas.

Me encogí de hombros. —Lo sé, pero supongo que me refiero a otras personas. Desconocidos. No peligrosos, sino en general. Creo que hay una parte de mí que tiene miedo de exponerse.

—¿A qué te refieres?

Di un sorbo a mi café y consideré mis palabras. —Me emparejaron con alguien. Parece genial. Divertido, inteligente y amable. Vive cerca, lo que es mejor que el último que vivía en Syracuse y no me lo dijo. Pero tengo miedo de quedar con este chico.

—¿Y eso significa que tienes miedo de salir con alguien?

—Nunca conocí a mi abuelo. Murió hace mucho tiempo. Y mi padre murió cuando yo tenía trece años. Mi madre salió con hombres después de eso, pero no siempre fue agradable, como ya sabes. Solo me pregunto si tal vez salir con alguien es más problemático de lo que vale la pena.

Karissa soltó una risa. —He tenido un puñado de citas en los últimos dos años. Algunos eran buenos tipos, pero ninguno de ellos era un hombre que realmente me hiciera querer más que unas cuantas noches de salida. He tenido hombres que no fueron más que sexo y hombres que no fueron más que amigos que me besaban al final de la noche. Estoy hastiada después de que mi madre muriera. Veo el mundo como mortal y peligroso. Incluso en silencio, puede matarte. Y estoy pensando en cortarme los pechos, una de las cosas que me hace atractiva para los hombres. Mi vida amorosa va a pasar de apenas sobrevivir a estar muerta como un clavo. Y estoy totalmente de acuerdo con eso porque siento lo mismo que tú. No sé si salir con alguien realmente vale la pena.

—Lo dice la mujer que creó una aplicación de citas —dije con una sonrisa burlona.

—¿Verdad? —se rio Karissa—. Creo que si hubiera una manera de saber que la otra persona te va a hacer tan feliz como Ian hace a Blake o Ramsey y Melody o Colin y Elise, eso sería diferente. Me encantaría crear algo que realmente te encontrara a otra persona que fuera la definitiva, que acabara con tu vida de citas para siempre, eso sería increíble.

—Sabes, eso sonó espeluznante. Acabar con tu vida de citas para siempre —repetí con una voz profunda de tráiler de película.

Karissa y yo nos reímos.

—Pero sí —estuve de acuerdo—, estoy contigo. Este chico con el que me han emparejado podría ser genial o podría ser un completo imbécil. Y no lo sabré hasta que le dé una oportunidad y lo conozca.

—Podría buscarlo por ti —ofreció Karissa.

Negué con la cabeza. —Gracias, pero no. No voy a alimentar tu hábito.

Karissa me miró con el ceño fruncido. Cuando lanzó su aplicación, investigó a todos con los que nos emparejaron. Sabía que Blake e Ian estaban emparejados incluso cuando Blake no lo sabía, y eso creó algunos problemas. Prometió que mejoraría, pero yo no iba a arriesgarme.

Me reí. —Quizás debería simplemente dejar de enviarle mensajes. Dejar que la cosa muera y no preocuparme por él.

—Creo que deberías enviarle un mensaje porque la vida es demasiado corta para morir sola.

—¿Crees que eso te va a pasar? —le pregunté, oyendo el dolor y el miedo en su voz.

Karissa se encogió de hombros. —Creo que estudié el romance y las relaciones durante años cuando estaba construyendo En Busca del Galán de Papel. Busqué razones para explicar por qué las personas se enamoran y por qué dejan de amar. Leí más sobre relaciones de lo que sabía que existía. Y al final, hay tantas cosas que no se pueden cuantificar, tantas piezas del rompecabezas que tienen que encajar perfectamente, y tantas veces que no lo hacen, que me queda muy poca esperanza para mí. Tengo esperanza para todos los demás, porque vuestra esperanza no se ha hecho añicos, pero la mía está casi agotada. Especialmente si sigo adelante con la cirugía.

—Entonces necesitas encontrar a un hombre que te quiera más a ti que a tus pechos —le dije.

Karissa se rio. —Si existe. Quizás debería añadir eso al cuestionario. Si tu pareja perdiera una parte de su anatomía para salvar su vida, ¿seguirías queriendo estar con ella?

Sonreí. —Cualquiera que responda que no a esa pregunta debería ser eliminado del sitio.

Karissa se rio y asintió. —Absolutamente.

Karissa estaba junto a mí mientras abría la puerta de mi casa. La llave se atascó un poco al entrar, provocando que surgiera un atisbo de pánico. ¿La persona que se llevó mi bolso la dañó al intentar usar la llave antigua? La llave entró completamente y giró, abriendo mi puerta con un suave clic.

Saqué la llave y respiré hondo, luego empujé la puerta para abrirla. Todo parecía igual que la última vez que estuve allí. La tapa de mi cafetera estaba levantada, esperando a que se preparara una nueva cafetera. Mis platos limpios estaban en el escurridor. Un montón de correo que no había revisado aún estaba desplomado en el borde de la encimera. Un par de chanclas estaba junto a la pared, esperando a que tropezara con ellas.

Más adentro, el resto del apartamento tampoco había cambiado. El salón estaba oscuro debido a las cortinas cerradas, pero nada estaba fuera de lugar. Por lo que podía ver, era el mismo desorden en el que lo había dejado. Libros de bolsillo sobre la mesa de café, mi iPad en el sofá. Una sudadera en el suelo y la manta colgando del brazo del sofá.

Mi dormitorio se veía igual. La cama sin hacer con las sábanas a medio camino del suelo. Ropa sucia por toda la habitación. La toalla que usé por última vez estaba en el borde de la cama, donde olvidé colgarla, como siempre.

Mi oficina, lo más cercano a estar organizado en mi apartamento, estaba recogida y perfecta. Nada estaba fuera de lugar en ninguna parte.

Pero seguía teniendo esa sensación espeluznante.

—¿Qué piensas? —preguntó Karissa suavemente.

Respiré hondo y me giré para mirarla. Estaba de pie junto a la península de mi cocina, observándome. —Creo que todo está donde lo dejé, pero...

—Simplemente se siente diferente —completó ella.

Asentí. —Sí. Como si alguien hubiera estado aquí, pero no dejó rastro.

—Richie dijo que cambió las cerraduras de inmediato, ¿verdad? Quiero decir, había terminado incluso antes de que nos fuéramos de O'Kelley's. Fue inteligente llamarlo tan rápido.

Entrecerré los ojos y negué con la cabeza. —No lo llamé en absoluto. Asumí que vosotras lo habíais hecho.

Karissa negó con la cabeza y miró alrededor otra vez. —Yo no. Y no recuerdo que Finley lo llamara tampoco. Estuve con ella todo el tiempo.

—¿Entonces cómo demonios lo supo? —susurré.

—Déjame consultarlo con Fin —dijo Karissa, sacando su teléfono y enviándole un mensaje a Finley.

Me mordí la uña y observé a Karissa, preguntándome cómo diablos Richie pudo haberse enterado de que me habían robado si Fin...

—Ella no se lo dijo —dijo Karissa—. Necesitas llamarlo. Ahora mismo.

Asentí y busqué su número. Caminé de un lado a otro mientras esperaba a que contestara. Normalmente no trabajaba los sábados, pero siempre respondía.

—¿Diga? —dijo, con su acento sobreexcitado cambiando la palabra.

—Richie, hola. Soy Trinity Mayer.

—Hola, Trinity. ¿Cómo estás? ¿Algún problema con la nueva cerradura?

—No, está bien. Acabo de llegar. Pero, eh, ¿cómo supiste que necesitaba ser cambiada? Pensé que Karissa o Finley te habían llamado, pero dicen que no lo hicieron. Y ellas pensaron que yo te había llamado, pero no lo hice. Y no sé cómo supiste...

—El agente Rucker —dijo Richie, cortando mi perorata de pánico.

—¿James? —solté, mirando a Karissa. Ella asintió como si eso tuviera sentido para ella—. ¿Él te llamó?

—Sí, bueno, el agente Rucker es un amigo de todos en la comunidad. Es el tipo de persona que le gusta asegurarse de que la gente esté segura y sepa que lo está. De hecho, él es quien cambió la cerradura, pero yo le presté mis herramientas y proporcioné la cerradura para poder entrar si es necesario.

—¿Por qué haría eso?

—Dijo que te habían robado las llaves y la cartera. Quería que te sintieras segura. Pero él, eh, en realidad me pidió que no te lo dijera, así que ¿quizás podrías mantener esto entre nosotros?

—Eh, sí, claro. Yo, eh, sí —balbuceé, tratando de entender.

—Gracias, Trinity. Oye, avísame si necesitas algo más.

Asentí. —Sí, de acuerdo. Gracias, Richie.

—Cuando quieras. Nos vemos pronto, Trinity.

—Adiós —dije distraídamente. Me quedé mirando mi teléfono, preguntándome qué demonios acababa de pasar.

—James es amigo de todos. Tiene sentido que hubiera llamado a Richie para asegurarse de que todo estuviera bien. No sé por qué no pensé en eso. O por qué no lo hiciste tú. Hablaste con él esa noche.

Asentí, apenas prestando atención a Karissa.

—¿Has hablado con él desde entonces?

Negué con la cabeza.

—¿No te dijo que iba a cambiar tus cerraduras?

Negué con la cabeza otra vez.

—Bueno, como dije, así es él. Es simplemente uno de esos tipos que es amable con todos, ¿sabes?

Bufé. Demasiado tarde intenté cubrirlo con una tos, pero Karissa no se dejó engañar.

—¿Por qué fue eso? ¿No crees que sea un buen tipo?

—Conmigo no lo es. No le caigo bien. Me trata como

una basura todo el tiempo. El primer día que me mudé aquí actuó como si yo fuera una delincuente común. Casi me voy.

Mantuve la mirada de Karissa, sabiendo que ella entendería.

Karissa negó con la cabeza. —No, James no es así. Él nunca... no. ¿Qué hizo?

—¡Intentó arrestarme! Había dejado las llaves del coche dentro, y las llaves del apartamento en el coche, y estaba intentando entrar en el coche para cogerlas.

Karissa levantó una ceja y bajó la barbilla. —¿En serio? Trin, yo también habría pensado que eras una delincuente si te hubiera visto. ¿Estabas forzando tu coche?

—Sé que parecía malo, pero no me dejó explicarme. Simplemente perdió los estribos.

—¿Y tú qué? ¿Te mantuviste tranquila y explicaste que no estabas intentando forzar el coche de una persona al azar, sino que era tu coche?

—Bueno, yo... Vale, yo también le grité. ¿Te sientes mejor? —dije con mala cara.

Karissa torció los labios mientras luchaba contra su sonrisa. Y perdió. Estalló en carcajadas. —¿Te das cuenta de que estaba haciendo su trabajo, verdad? Y estabas forzando un coche. En un pueblo tan pequeño donde conoce básicamente a todos. Créeme, entiendo el tema de los perfiles raciales, pero eso simplemente no es propio de James. ¿No habéis hablado desde entonces? Ha salido con nosotros un montón de veces.

—Y no hablamos. Estaba en O'Kelley's la otra noche cuando yo estaba allí y me acusó de ser una zorra porque un tipo estaba siendo un imbécil y ligando conmigo.

—Eso todavía me desconcierta —dijo Karissa—. ¿James Rucker? ¿Estamos hablando de la misma persona?

Asentí y le di una sonrisa sin humor. —Uno y el mismo.

—Nunca le he visto así. En serio me estás volando la cabeza ahora mismo.

—Supongo que simplemente saco lo peor de él.

—Sí, bueno, cambió tus cerraduras, así que todavía quiere que estés segura.

Miré alrededor y respiré hondo. —Sí, supongo.

Karissa puso los ojos en blanco y se rio. —Tal vez le gustas y no sabe cómo decirlo.

—¡Ja! Esa es buena.

Se encogió de hombros. —Nunca se sabe.

Negué con la cabeza. —Estoy bastante segura de que sí. Es un adulto. Si crees que no sabe cómo decirle a una mujer que le gusta, entonces no has estado prestando atención. Se va a casa con una mujer diferente casi cada fin de semana.

—Quizás no es él quien tiene el flechazo —sonrió con malicia.

Me reí. —Sí, porque realmente quiero salir con un hombre que me acusó de ser una ladrona con sus primeras palabras hacia mí, me acusa de ser una zorra, y luego me acusa de que sea culpa mía cuando me roban. Sí, es toda una joya.

Karissa resopló. —Vale, de acuerdo. Tengo que estar de acuerdo con esa. Pero en serio, no es así. Es un buen tipo.

—Ajá. Claro. Te creo.

Karissa se rio. —Vale, bien. Me voy a ir si estás bien. Tengo algo de trabajo que terminar. Avísame cuando quieras activar tu aplicación. ¡Puedo configurarla en cualquier momento! Y teníamos un trato, ¿recuerdas? Estuviste de acuerdo.

Negué con la cabeza. —Todavía estoy pensándolo —admití.

Karissa me abrazó y dijo: —Sin presiones. Avísanos si necesitas algo. A cualquier hora. En mitad de la noche, lo que sea. Estamos aquí.

—Gracias, Riss.

Ella asintió y se despidió con la mano mientras caminaba hacia la puerta.

La puerta se cerró tras ella, y respiré hondo. Después de un segundo, fui a cerrar la puerta con llave, luego me volví hacia mi apartamento otra vez.

—Agente James Rucker —me dije a mí misma con una risa. Nunca hubiera pensado que él sería quien me haría sentir segura. Especialmente no dos veces en una semana.

PASÉ LA TARDE TERMINANDO TRABAJO. Odiaba no sentirme cómoda abriendo la puerta corredera hacia mi balcón. El miedo era algo curioso, y estaba en mi cabeza. La lógica me decía que quien me robó el bolso no podía escalar el lateral de mi edificio y entrar por la puerta corredera de cristal, incluso si estuviera abierta, pero la lógica no tenía cabida donde vivía el miedo.

Cuando mi estómago empezó a rugir, terminé el collar en el que estaba trabajando y coloqué un paño encima para proteger las piezas. Aprendí por las malas que si no hacía eso, inevitablemente golpearía mi mesa o tiraría algo y tendría que empezar de nuevo.

Como no había estado en casa durante tres días, no tenía mucha comida. Consideré pedir algo durante unos tres segundos, luego decidí que podía comer una lata de sopa y algunas galletas que encontré al fondo de la despensa.

Las galletas estaban rancias y la sopa estaba simplemente aceptable, pero era comida. Me acurruqué en el sofá con el mando a distancia y puse una comedia romántica de la que Finley y Karissa estaban hablando la noche anterior.

La película iba por la mitad cuando mi teléfono vibró con una nueva alerta. Lo cogí mientras miraba la pantalla, donde los protagonistas se besaban por primera vez. Suspiré, dejando que su felicidad me llenara.

Mi corazón dio un salto. Era otra notificación de mi nuevo match.

JPO

Si estuviéramos juntos ahora mismo, ¿qué estaríamos haciendo?

Me reí por lo bajo. Interesante pregunta.

CHICA DIAMANTE

Bueno, estoy viendo una película, así que ¿tal vez eso??

JPO

¿Eso es una pregunta o una respuesta?

CHICA DIAMANTE

¡Jajaja! ¿Ambas?

JPO

Bueno, es bueno saber que nos estaríamos riendo. ¿Cómo fue tu día?

CHICA DIAMANTE

Extraño, en realidad.

JPO

No es la respuesta que esperaba. ¿Qué fue extraño?

CHICA DIAMANTE

Descubrí que alguien que no me cae muy bien me hizo un favor.

JPO

¿Por qué no te cae bien esta persona?

CHICA DIAMANTE

Simplemente tiene ese aire de superioridad.
Es una de esas personas que piensa que es
mejor que todos los demás, y no manejo
muy bien a las personas como él.

JPO

Sé exactamente a qué te refieres.

CHICA DIAMANTE

Lo siento. Es una mierda, ¿verdad?

JPO

Sí, pero he aprendido que no podemos
cambiar a las personas. Van a ser quienes
son. Tenemos que elegir aceptarlas o elegir
no permitirles entrar en nuestras vidas.

CHICA DIAMANTE

Eso es muy profundo y perspicaz.

JPO

Dos cosas que la mayoría de la gente no
asociaría conmigo.

Me reí otra vez. Era divertido, y hablar con él era incluso mejor que la película. Definitivamente había pasado mucho tiempo desde que ese fuera el caso. Y aunque me sentía un poco desencantada con las relaciones, era agradable coquetear con alguien y saber que no me estaba juzgando por el chándal que llevaba puesto o el turbante en mi pelo o las situaciones en las que acababa sin culpa mía.

Pero no era noche para pensar en James Rucker. Tenía a JPo para hablar. Y él era mucho mejor.

5

Karissa y Finley se ofrecieron a quedar conmigo en el vestíbulo para ir juntas a la noche de chicas, pero ambas ya estaban fuera y me pareció ridículo pedirles a mis amigas que me acompañaran a través de nuestro pequeño pueblo.

Luego salí sola y me di cuenta de que estaba aterrorizada. Había estado o en el apartamento de Karissa y Finley o en el mío, y estar fuera, y sola, resultaba un poco abrumador. No había salido del edificio desde la noche en que me atracaron. Incluso vino un agente de policía para intentar hacer un retrato robot del tipo. No es que fuera de mucha ayuda.

El sol de la tarde aún brillaba intensamente, dándome un resplandor descarado y diciéndome que estaba siendo estúpida. Quería hacerle una peineta al sol, y sí, sabía que sonaba como una loca. Respiré profundamente y me concentré en todo lo que me rodeaba. La gente caminaba arriba y abajo por la calle. No estaba sola. Estaba bien.

Miré al frente y me dirigí a Novios Literarios Ilimitados, la librería de Finley. Siempre hacíamos allí la noche de chicas, y definitivamente se había convertido en un lugar donde me sentía cómoda. Era imposible no estarlo cuando estabas rodeada de libros. Libros sobre personas que se enamoran y encuentran su final feliz. Yo quería eso, pero no estaba garantizado. No todo el mundo conseguía un final feliz.

Llamé a la puerta de Novios Literarios Ilimitados y esperé a que Finley me dejara entrar. Los domingos cerraba más temprano para que pudiéramos reunirnos en la parte trasera de su tienda sin ser interrumpidas por los clientes.

—Hola —dijo Finley al abrir la puerta—. ¿Cómo estás?

Sonreí y la abracé.

—Estoy bien.

—¿De verdad?

Asentí.

—Sí. Y no me voy a romper.

Finley sonrió.

—Bien. Por lo que vale, eres valiente. Nunca he tenido tanto miedo aquí. Siempre pensé que Cala MacKellar era pequeño y seguro, ¿sabes?

Lo sabía. Era una de las muchas razones por las que decidí mudarme allí. Crecer en Syracuse no fue malo. Me sentí segura en general. Incluso al mudarme al otro lado de la ciudad, lejos de mi madre y mi abuela, no vivía con miedo. Estaba sola sin ellas cerca, pero no me preocupaba constantemente por mi seguridad personal. Las pocas veces que estuve en el lugar equivocado en el momento equivocado, todo salió bien. Me asusté, pero nunca me hicieron daño. Al mudarme a Cala MacKellar, pensé que eso no volvería a suceder. Que no había lugares incorrectos. Enfrentarme a la realidad se sintió como una bofetada.

—Lo sé —admití.

Finley cerró la puerta con llave detrás de mí y me rodeó

los hombros con el brazo. Me condujo a la parte trasera donde todos excepto Laura y Melody ya estaban sentados.

—Hola —dijeron todos, con rostros que mostraban la misma expresión de preocupación.

—¿Cómo estás? —preguntó Blake.

Me encogí de hombros.

—Estoy bien. Esta es la primera vez que salgo, y se siente un poco surrealista. Debería estar perfectamente bien, pero caminar hasta aquí ha sido un poco estresante.

—Anoche también fue su primera noche en casa —les dijo Karissa a las demás—. ¿Pudiste dormir algo?

Negué con la cabeza.

—No realmente. Cada pequeño ruido me hacía saltar. Intenté echar una siesta en el sofá esta tarde, pero ni siquiera eso fue posible.

—¿Quieres que me quede contigo? —preguntó Karissa.

Volví a negar con la cabeza.

—No, pero gracias. Necesito averiguar cómo sentirme segura de nuevo.

—No será fácil —dijo Elise con una amable sonrisa.

Un golpe en la puerta me sobresaltó y me hizo saltar. Finley se levantó para abrir. Todas las demás evitaron cuidadosamente decirme algo, permitiéndome tener mi momento de pánico sin juzgarme.

Respiré profundamente e intenté calmar mi acelerado corazón.

—¿Estás bien? —preguntó Karissa.

Asentí y le di una débil sonrisa.

Finley regresó con Melody, Laura y Piper. Piper era camarera en O'Kelley's y alguien a quien consideraba dulce, pero no la conocía bien.

—Piper estaba saliendo cuando yo me iba de O'Kelley's, así que la invité —dijo Laura—. Se quejaba de tener que irse sola a casa. Pensé que le vendría bien algo de compañía.

Todas estuvimos de acuerdo y dimos la bienvenida a Piper. Parecía sentirse un poco fuera de lugar, pero Blake le cortó una rebanada de bizcocho y le pasó las fresas y la nata montada. Piper sonrió ampliamente.

—¿Hacéis esto todas las semanas? —preguntó.

Asentimos.

—Vaya. Necesito librarme más los domingos por la noche.

—Deberías. Hablamos de hombres y libros y comemos tarta —dijo Finley.

—Suena como una noche perfecta —dijo Piper, añadiendo nata montada a su bizcocho—. Gracias por dejarme colarme.

—Eres siempre bienvenida —dijo Finley.

Piper sonrió. Su mirada se posó en mí y su sonrisa desapareció.

—¿Cómo estás? Hudson ha estado como loco desde que te atacaron. No nos deja salir del edificio a menos que esté con nosotras. A ninguna. Todas tenemos que salir juntas. Siempre hemos sido cuidadosos, pero él lo ha llevado a un nivel completamente nuevo.

—Estoy bien. Espero que Hudson esté exagerando —dije con una sonrisa forzada.

—James parece preocupado —dijo Blake—. Ian dice que últimamente frunce el ceño más de lo habitual.

—Me pregunto si tiene algo que ver con su nuevo compañero —dijo Melody—. Acaba de mudarse aquí y creo que aún no se llevan bien.

—Colin estuvo allí esta semana —dijo Elise—. Conoció al tipo. Rowan no sé qué. Dijo que parecía un poco áspero, como si estuviera cabreado con el mundo.

—Quizás por eso él y James no se llevan bien. Demasiada frustración en una misma asociación —Laura se rio.

Todas nos reímos con Laura.

—James sigue siendo un buen tipo —dijo Karissa—. Para la mayoría de nosotras, al menos. —Me lanzó una mirada significativa que nadie pasó por alto.

—¿Qué pasó entre James y tú? —preguntó Blake.

—Nada —respondí demasiado rápido—. No importa.

—Intentó arrestarla porque estaba tratando de forzar la entrada a su propio coche. El día que se mudó aquí. Y nunca nos lo contó —explicó Karissa.

—¿En serio?

—¿Por qué estabas forzando tu coche?

—¿Por qué no nos lo dijiste?

—Fue hace una eternidad —dije—. Y no os conocía entonces. Además, cuando me di cuenta de quién era y que todas lo conocíais, no podía deciros que pensaba que era un imbécil.

—Yo lo habría hecho —dijo Elise—. Pero no puedo decir nada malo de James. Siempre pensé que era muy dulce, aunque sea realmente tonto cuando se trata de mujeres. Casi nos liamos una vez. Hace mucho tiempo.

—¡Nunca nos contaste eso! —dijo Blake.

Elise se encogió de hombros, y yo traté de reprimir la sensación de malestar en mi estómago al imaginarlos juntos.

—Fue hace una eternidad. Sabía quién era, pero no lo conocía bien. Ambos estábamos en O'Kelley's una noche y estábamos jugando a los dardos y flirteando. Al final tuvo que separar una pelea y se fue. Nunca lo mencionamos entre nosotros, y nunca volvió a suceder. No nos besamos ni nada. Solo algunos roces y conversaciones sexys —dijo Elise.

—¿Colin lo sabe? —preguntó Laura.

Elise negó con la cabeza.

—No, pero no fue nada. Y fue antes de conocer a Colin. Hace años.

—¿No crees que deberías decírselo? —solté.

Elise se volvió ante mi tono áspero y arqueó una ceja. Me sonrió con suficiencia y dijo:

—No. Porque no hay nada que contar. Tú, en cambio, pareces bastante molesta.

Resoplé.

—Ni un poco. Él me vuelve loca. Y no de buena manera.

—¿Tú y James? —dijo Piper—. Sí, puedo verlo totalmente.

—Um, no —argumenté—. Él me odia, y el sentimiento es mutuo.

—No creo que te odie —dijo Piper, inclinando la cabeza hacia un lado—. Te observa cuando está en O'Kelley's. Casi parece intrigado por ti. Como si estuviera tratando de entenderte.

Negué con la cabeza.

—Más bien tratando de averiguar cómo puede echarme del pueblo.

—Yo también lo veo un poco —dijo Karissa—. Cambió tus cerraduras sin decírtelo y le pidió a Richie que no te lo dijera. Estuvo allí cuando Hudson llamó y se quedó contigo hasta que llegó la otra policía. Estaba cuidando de ti. No creo que te odie como dices.

Puse los ojos en blanco.

—No. El agente James Rucker no es mi amigo. No está cuidando de mí. No es nada. Tenemos amigos en común, pero las únicas veces que hablamos, discutimos.

—Pensaba que dijiste que Orgullo y prejuicio era tu novela romántica favorita —dijo Finley.

Me encogí de hombros.

—Sí, ¿y?

Sonrió con picardía.

—¿De verdad no lo ves?

—¿Ver qué?

—Oh, Dios mío, tienes razón —dijo Blake—. Yo tampoco podía verlo. No cuando me pasó a mí.

—El resto de nosotras sí pudimos —dijo Elise.

—Sí, pero creo que yo no quería verlo. Quería creer que era más lista o algo así —dijo Blake.

—¿Y cómo resultó eso? —preguntó Laura con una risita.

—¿Queréis decirme de qué estáis hablando? —pregunté.

—Tú eres Elizabeth y James es Darcy. Discutís constantemente, fingís que no os soportáis, pero en realidad, ambos estáis esperando secretamente a que el otro preste atención y diga algo primero —dijo Finley.

Resoplé y las miré, esperando a que se rieran de su broma.

No lo hicieron.

—No. Ni un poquito. Elizabeth y Darcy eran románticos y dulces. Eran sarcásticos y protectores. Era muy diferente. Eso no somos nosotros en absoluto. —Negué con la cabeza y crucé los brazos sobre el pecho. Estaban locas.

—Excepto que totalmente lo es. Es exactamente como sois. Es decir, no me di cuenta hasta que empezaste a hablar de cómo no te gusta y de que no es la misma persona contigo que con el resto, pero definitivamente lo veo. Y con Piper diciendo que te observa... definitivamente —dijo Karissa con una sonrisa satisfecha.

Puse los ojos en blanco y negué con la cabeza.

—Leéis demasiadas novelas románticas si pensáis que James y yo podríamos tener algo más que animosidad entre nosotros.

—El sexo de reconciliación puede ser muy caliente —dijo Melody—. A veces provoco peleas con Ramsey solo para que se vuelva un poco loco.

—Oh, ¿él también hace eso? Para Ian es ponerse celoso. Vimos a William en la tienda el otro día con su nueva esposa, e Ian se enfadó tanto cuando lo abracé. Pensé que iba a perder la cabeza allí mismo en el aparcamiento. Me apretó contra el lateral del coche y me besó hasta que estaba jadeando. —Blake cerró los ojos y soltó un murmullo de satisfacción.

—Colin es tan templado que no creo que pudiera alterarlo si lo intentara, pero le aparece esa mirada oscura en los ojos que dice que no puede esperar ni un segundo más. Cuando veo eso, salgo corriendo de él, y él me acecha. Eso es jodidamente caliente —dijo Elise con su propia sonrisa lasciva.

—El sexo de reconciliación es definitivamente el mejor tipo de sexo —coincidió Finley—. Pero el sexo enfadado también puede ser divertido.

—Me gusta cuando va seguido de ese sexo dulce, lento y sexy. Como si no pudieras esperar ni un segundo más y tuvieras que disfrutar el uno del otro. A veces el sexo enfadado me deja insatisfecha, pero hacer el amor siempre es bueno —dijo Karissa.

—Hay que tenerlo todo —dijo Blake—. Con William, siempre era lo mismo. Podía predecir todo, hasta lo que diría y cuándo. Era aburrido. El sexo era aburrido. Eso nunca debería ser así. Incluso si es buen sexo, si siempre es lo mismo, se vuelve aburrido. Eso es lo que me encanta del sexo con Ian. Es diferente. No sé cómo, pero cada vez es diferente.

Melody se inclinó hacia delante y asintió, echándose hacia atrás su pelo castaño.

—Estoy de acuerdo. Especialmente ahora. Durante tanto tiempo, estuvimos dando vueltas el uno alrededor del otro. Teníamos miedo de decir o hacer algo incorrecto, pero ahora, cada vez que estamos juntos recordamos lo cerca que estuvimos de perdernos. He llorado algunas veces.

—¿Durante el sexo? —preguntó Finley.

Melody asintió.

—Sí. Aunque Ramsey lo entendió perfectamente.

—Yo también he hecho eso —admitió Elise—. Tener a

alguien en mi vida que me ama tanto y me hace sentir que puedo ser, decir y hacer cualquier cosa es abrumador a veces.

—Exactamente —dijo Melody.

—Yo quiero eso —dijo Finley con el ceño fruncido—. Nunca lo he tenido. Ninguno de mis ex era así. Por supuesto, por eso todos son ex.

—Pensé que tenía eso una vez —admitió Piper—. Realmente me hacía sentir especial.

—¿Qué pasó? —preguntó Laura.

Piper nos dio una triste sonrisa.

—Simplemente no funcionó. Queríamos cosas diferentes. Crecimos juntos, pero cuando se trataba de nuestro futuro, simplemente no encajábamos. Pienso en él a veces, pero sé que estoy mejor con otra persona. Alguien que realmente quiera las mismas cosas que yo.

—¿Alguna vez lo has buscado para ver dónde está? —pregunté.

Piper negó con la cabeza.

—No. No sé si quiero saberlo. Me gusta imaginar que es feliz. Nuestras diferencias no eran cosas que pudiéramos superar. Espero que haya encontrado lo que buscaba y sea feliz.

—¿Estás en la aplicación de Karissa? —preguntó Blake—. ¿En Busca del Galán de Papel?

—Por supuesto —dijo Piper con una sonrisa—. He conocido a algunos tipos decentes a través de ella. Ninguno que haya durado, sin embargo. Quizás algún día.

—Trinity tuvo una nueva coincidencia la semana pasada —dijo Karissa, volviendo a incluirme en la conversación.

—Así es —admití—. Es divertido y dulce.

—Eso suena prometedor —dijo Finley.

Asentí.

—Yo también lo creo. No estaba segura de darle una oportunidad, pero voy a intentarlo.

—Y si eso no funciona, siempre puedes tener sexo de reconciliación con el agente James Rucker —dijo Laura con una sonrisa maliciosa.

Gemí y puse los ojos en blanco mientras todas se reían de mí. Él era el último hombre con el que quería tener sexo, enfadada o no.

* * *

Terminamos el bizcocho y acabamos con la nata montada y las fresas. Me quedé atrás con Karissa y Finley para limpiar. Se había convertido en mi costumbre, así que me dije a mí misma que no era porque tuviera miedo de caminar sola a casa en la oscuridad.

Nadie tenía por qué saber la verdad.

—Siento que te acosáramos con lo de James —dijo Karissa—. Realmente creo que vosotros dos estaríais bien juntos.

Negué con la cabeza.

—Y yo creo que estáis todas locas.

Karissa se rio.

—Nunca se sabe. ¿Cómo tienes la semana? Estaba pensando en trabajar en el parque un día o dos si tienes algo que puedas hacer al aire libre.

Repasé mis planes mentalmente. No tenía demasiadas cosas, y un día en el parque sonaba como justo lo que necesitaba.

—Me parece bien. ¿Algún día en particular?

Karissa negó con la cabeza.

—No realmente. Comprobaremos el tiempo y nos aseguraremos de que no nos pille la lluvia.

—Suena bien.

Finley aspiró la zona de estar mientras Karissa y yo ordenábamos los estantes donde habíamos tirado libros. Leí la contraportada de uno que me llamó la atención. Una puesta de sol rosa pastel destacaba a una pareja en brazos del otro, a segundos de un beso.

—Ese es realmente bueno —dijo Finley cuando apagó la aspiradora—. Lo leí el otro día.

—Apártamelo y pasaré a recogerlo esta semana —le dije.

Finley asintió y deslizó el libro bajo el mostrador. Nos hacía descuento muchas veces, pero todas nos negábamos a dejar que nos diera libros gratis.

—¿Todo listo? —preguntó Karissa.

Finley miró alrededor y asintió.

—Sí, estamos bien. Vayamos a casa.

Salimos y esperamos a que Finley cerrara la puerta, luego nos dirigimos hacia nuestro edificio. Mis ojos escanearon el área inmediata en busca de alguien que no reconociera o que me diera mala sensación. Las únicas personas alrededor eran parejas y otro grupo de amigos.

—Piper parece agradable —dije, preguntándome qué pensaban de ella.

—Sí, me encanta Piper. Pone a Hudson en su sitio. No acepta tonterías de nadie —dijo Finley.

—¿Están juntos? —pregunté.

—Oh, Dios, no. Es más bien una relación de hermano y hermana. Piper empezó a trabajar allí hace años. Ha tenido varios trabajos diferentes en la zona, en Posada Cala MacKellar, en Cove Bakery, e incluso en Island Designs. Vino aquí un verano y nunca se marchó —explicó Finley.

—Puedo entender por qué —dije con una sonrisa.

—Sin duda —coincidió Karissa—. Nunca se me ocurrió invitar a Piper. Me siento un poco mal por no haberlo hecho antes.

Finley se encogió de hombros.

—Todas nos juntamos más o menos a través de tu madre. Conocimos a Piper principalmente a través de O'Kelley's. Es genial, pero nunca se me ocurrió. No creo que le molestara nada, de todos modos.

Karissa negó con la cabeza.

—No, es bastante tolerante. Tienes que serlo para trabajar con Hudson y su humor a veces.

—Su esposa murió, ¿verdad? —pregunté.

Finley asintió.

—Hace años. Realmente no lo ha superado. No sé cómo se puede superar algo así.

—Mi madre nunca superará lo de mi padre. No es fácil.

—Creo que cuando realmente amas a alguien, una parte de ti nunca supera perderlo —dijo Karissa, haciendo una pausa para abrir la puerta de nuestro edificio.

Finley y yo entramos primero.

—¿Se ha registrado en En Busca del Galán de Papel?

Karissa se rio.

—No es probable. No lo sé con seguridad, pero lo dudo.

—Deberíamos emparejarlo con alguien —dije.

Finley y Karissa intercambiaron una mirada y negaron con la cabeza.

—No es buena idea —dijo Finley—. Me cae bien Hudson, pero tiene que estar preparado para salir con alguien. De lo contrario, romperá el corazón de alguien sin querer. Todavía no está listo.

—Buen punto —admití. Llegamos a su planta, y Finley y Karissa se alejaron de las escaleras.

—¿Estás bien para subir sola? —preguntó Karissa.

Sonreí y asentí.

—Estoy bien. Espero que esta noche sea mejor. Os veré pronto.

—Buenas noches.

—Buenas noches.

Subí los siguientes dos tramos de escaleras y saqué mis nuevas llaves del bolsillo. No había decidido si iba a llevar bolso de nuevo o simplemente llevar encima lo que necesitaba. Por ahora, estaba contenta de no tener algo que alguien pudiera agarrar y quitarme.

Doblé la esquina hacia mi apartamento y vi una figura delante de mi puerta. Estaba a punto de gritar cuando se levantó y se volvió para mirarme.

—¿Qué demonios estás haciendo aquí? —solté.

El agente James Rucker.

6

JAMES

Esperaba haberme ido antes de que ella volviera a casa. Esa era mi intención. Sinceramente, ni siquiera estaba seguro de por qué estaba allí en primer lugar. Quería comprobar que estuviera bien. Asegurarme de que estaba bien. Entonces me di cuenta de que no estaba en casa y me quedé sentado un minuto. Solo estar fuera de su puerta me hacía sentir mejor. Como si cualquiera que se atreviera a amenazarla pudiera percibir que yo había estado allí.

Definitivamente estaba perdiendo la cabeza.

No la había oído subir las escaleras. Estaba seguro de que lo habría notado, pero no escuché nada hasta que sus llaves tintinearon en su mano cuando dobló hacia el pasillo. Para entonces, ya era demasiado tarde para desaparecer sin que me viera.

—Quería ver cómo estabas —le confesé—. Asegurarme de que no estuvieras haciendo nada que volviera a atraer el peligro a tu vida.

No sabía por qué dije eso. No, eso no era cierto. Sabía exactamente por qué lo dije. Y conseguí lo que quería. Ese destello en sus ojos castaños intensos, ese fuego que decía que quería abofetearme. Esa ira que me excitaba. Nunca en mi vida había sentido una pasión así. Había tenido novias y rollos y aventuras de una noche, pero ninguna me había hecho sentir como si no pudiera respirar sin vislumbrar más allá de sus defensas. No hasta que conocí a Trinity.

—Eres un auténtico cabrón de primera —escupió, caminando hacia mí. Tenía los ojos entrecerrados, taladrándome con la mirada. Un toque de rubor asomaba en sus mejillas morenas, ya fuera por ira o por vergüenza, no estaba del todo seguro.

—Eso me han dicho.

Resopló con desdén.

—No las suficientes. ¿Cómo te atreves a decir que fue culpa mía que me robara el bolso? No hice nada malo. ¿También me habrías acusado de tener la culpa si me hubiera forzado?

Una llamarada de ira me recorrió, caliente y rápida. Me acerqué más a ella, sabiendo que alzaría la mirada hacia mí cuando lo hiciera. Sus ojos se clavaron en los míos y se abrieron al ver mi expresión.

—Ninguna mujer merece nada de eso. Ninguna persona. Deberías poder ir donde quieras y hacer lo que quieras. Nunca te culpes a ti misma.

Puso los ojos en blanco y se volvió hacia su puerta.

—Eso lo dice el hombre que sigue acusándome de atraer el peligro.

—Solo quiero hacerte enfadar —confesé, las palabras escapando sin pensar.

—¿Y por qué demonios querrías hacer eso? —preguntó, con voz confundida mientras la cerradura se abría con un clic.

—Porque me encanta la chispa en tus ojos cuando lo estás.

Se volvió hacia mí y levantó la mirada. No me di cuenta

de lo pequeña que era hasta que la tuve justo delante, con sus ojos clavados en los míos. Su mirada recorrió mi cuerpo, tensando cada centímetro hasta que palpité de deseo. Se lamió los labios y volvió a mirarme. La ira seguía ahí, pero mezclada con deseo.

—Que te jodan, James —susurró.

Me acerqué más. Ella retrocedió, con la espalda chocando contra la puerta cerrada. Su aliento se mezcló con el mío, ambos respirando agitadamente, nuestros pechos casi tocándose con cada inhalación entrecortada.

—Di la palabra, Trinity.

Apenas había pronunciado su nombre cuando ella se puso de puntillas y estampó sus labios contra los míos. No tuve tiempo de sorprenderme por el movimiento. Mis manos fueron a sus caderas y la atraje contra mi cuerpo, ambos luchando por el control del beso.

Gimió y se apartó. Giró el pomo y me arrastró dentro de su apartamento, luego cerró con llave. No esperé para apretarla contra la puerta e inclinarme sobre ella, dejándole sentir exactamente cuánto la deseaba.

Gimió y tiró de mi camisa. Cuando metió sus manos debajo, extendió los dedos y luego los encorvó, pasando sus cortas uñas por mi pecho.

Gemí, el mordisco de sus uñas era justo lo necesario para llevar mi erección de palpitante a punto de explotar. Necesitaba estar dentro de ella, y necesitaba que sucediera pronto.

—Quítate la ropa. Ahora —le ordené, sin dejarla moverse de la puerta.

—Entonces apártate, joder —me espetó, empujando mi hombro—. Más te vale tener un condón.

—Siempre —gruñí. Necesitaba que pensara que esto era algo que hacía todo el tiempo. Que ella no era especial. Me odiaba, y admitirle que había estado fantaseando con ella durante meses no iba a suceder.

Se quitó los zapatos de una patada y se sacó la camiseta. Su sujetador rosa claro me dejó la boca seca. Era impresionante. Quería caer de rodillas y devorarla, pero ella seguía desnudándose.

—¿Qué demonios estás haciendo? —preguntó, deteniendo sus movimientos.

—Nada —tartamudeé—. Nada. —Sacudí la cabeza y me quité la ropa rápidamente. Cuando terminé, ella estaba de pie frente a mí, desnuda, una hermosa diosa de piel morena. Estaba completamente perdido. Era la mujer más impresionante que había visto jamás.

Entonces me dio la espalda y se inclinó por la cintura, poniendo las manos en la puerta.

—¿No vas a dejar que te bese? —pregunté, sabiendo en cuanto las palabras salieron que era un error.

Bufó.

—No nos gustamos. Esto es sexo. El sexo no necesita nada más que tú entrando y saliendo de mí hasta que ambos estemos satisfechos.

No me gustaba, pero no iba a discutir cuando se me daba la oportunidad de estar con ella. Me puse el condón y palpité cuando la miré. Estaba expuesta, su cuerpo perfecto listo para mí. Podía ver su piel brillante entre los muslos. De nuevo, quería caer de rodillas y lamer, chupar y devorarla, pero ella dejó claro que no estaba para eso.

Me coloqué detrás de ella y me alineé con su entrada. La provoqué un poco con mi miembro, disfrutando del hecho de que ella gimiera con la sensación. Cuando su espalda se hundió, empujé dentro de ella con fuerza, robándole el aliento y haciéndola gemir. Su cuerpo se cerró alrededor de mi miembro, y casi me corrí en ese momento.

—No deberías sentirse tan bien —dijo ella—. No es justo.

—Estoy de acuerdo —dije antes de salir y entrar de nuevo.

Gimió y arqueó la espalda, luego se encontró con mi siguiente embestida con una propia. Mis manos fueron a sus caderas, hundiéndose en su carne exuberante. La sostuve ahí mientras trabajábamos juntos para establecer un ritmo que me hizo poner los ojos en blanco.

Nunca había sido un amante egoísta, pero estar con Trinity me hacía querer tomar de ella. No iba a durar mucho con ella, mi miembro ya suplicaba por una liberación. Ella me follaba de vuelta, pero su cuerpo aún no estaba listo para soltarse. Necesitaba sentirla, tenerla apretándose a mi alrededor y gritando mi nombre.

Deslicé una mano por su espalda, dejando que el toque delicado confundiera sus sentidos, y la otra alrededor de su cadera y entre sus muslos. Presioné mi pecho contra su espalda para poder alcanzarla y gemí cuando froté sobre su clítoris.

—Oh, Dios —susurró.

—Casi, pero no del todo —dije, besando su hombro—. Córrete para mí, Trinity.

Gruñó y se sacudió contra mi mano, casi como si estuviera tratando de apartarme, pero se sentía demasiado bien para resistirse. No cedí, pellizcando su clítoris entre mi dedo y pulgar.

Sus movimientos se volvieron más erráticos, y su canal se apretó a mi alrededor. Lamí su columna y presioné con fuerza sobre su clítoris, frotando rápido sobre él, y ella se deshizo.

—¡Sí! ¡Oh, Dios, sí! ¡Oh, oh, oh! ¡Sí! —gritó mientras se corría.

Gruñí, la sensación de ella corriéndose conmigo fue suficiente para enviarme a toda velocidad. Agarré sus caderas de nuevo y me bombeé dentro de ella, derramándome mientras ella jadeaba, gemía y se estremecía a mi alrededor.

Mis rodillas amenazaron con ceder mientras mi miembro

se hinchaba y estallaba, pero sostuve a Trinity, tomando mi fuerza de la suya. Nos quedamos así, sus manos en la puerta, las mías en su cuerpo, hasta que ambos pudimos respirar normalmente.

Hizo un movimiento para incorporarse. Retrocedí y gemí al sentir cómo salía de ella. Me aparté, consciente del hecho de que ella no me había mirado desde que se quitó la ropa.

—Gracias —murmuró antes de recoger su ropa y dirigirse hacia el resto del apartamento.

—¿No deberíamos hablar de esto? —pregunté.

—No —dijo, continuando su camino.

La miré alejarse, deseando mordisquear y lamer su columna de arriba abajo. Se dio la vuelta y una puerta se cerró, eliminándola de mi vista.

Cerré los ojos y sacudí la cabeza. Había terminado conmigo.

Fui a su cocina y envolví el condón usado en una toalla de papel, luego lo enterré en su basura. Recogí mi ropa y me vestí lentamente, esperando que ella volviera a salir y tuviéramos una conversación. Cuando ya no pude retrasar más mi salida, la llamé.

—Me voy ahora. Cierra con llave.

—Lo haré —respondió, su voz más cerca de lo que esperaba. Estaba de pie al otro lado de la puerta de su dormitorio, escuchando a que me fuera.

Suspiré y salí, preguntándome qué demonios había estado pensando.

Todavía me estaba recriminando el miércoles cuando llegué al trabajo. Lo último que quería era tener que hablar con mi nuevo compañero todo el día, pero no tenía elección.

Masterson estaba allí esperándome cuando entré, listo para salir.

Cuestionó cada uno de mis movimientos durante toda la mañana hasta que estuve a punto de perder la cabeza con él. Quería saber por qué dejé ir a la señora Gregoire sin ponerle una multa. Preguntó por qué no detuvimos el coche que se cruzó frente a la escuela. Cuestionó mi decisión de emitir una advertencia al señor Albert en lugar de llevarlo detenido cuando tenía diez multas de aparcamiento en el sistema. Masterson no entendía la vida en un pueblo pequeño.

—Entonces, ¿solo conducimos todo el día y desperdiciamos el dinero de los contribuyentes, o realmente hacemos cosas que ayuden? Poner algunas multas nos da ingresos. ¿Es tan difícil?

Respiré hondo y me recordé que perdería mi trabajo, mi casa y probablemente iría a la cárcel si le daba un puñetazo en la garganta al tipo. En lugar de elegir esa opción, decidí consultar con Richie y ver si había oído o visto algo.

—Quédate aquí —le dije a mi compañero, sin querer ni necesitar que me siguiera al interior del edificio.

—¿Por qué? ¿Qué es este lugar? No voy a vigilar el coche mientras vas a echar un polvo rápido —gruñó.

Me giré y le fulminé con la mirada.

—Volveré en cinco putos minutos.

Resopló.

—Pobre mujer. Deberías tratarla mejor.

Gruñí. El imbécil definitivamente recibiría un puñetazo en la garganta. Algún día.

Me alejé, dejándolo carcajearse como una vieja en la acera. El vestíbulo estaba vacío y silencioso, como esperaba. Esperaba no encontrarme con Trinity, o con Karissa y Finley para el caso.

La oficina de Richie estaba en la planta baja cerca de la parte trasera del edificio. Su puerta estaba abierta y la música se filtraba al pasillo a medida que me acercaba. Llamé al marco y entré cuando levantó la mirada y sonrió.

—Buenas tardes, agente. ¿Cómo está? —preguntó Richie, poniéndose de pie y ofreciéndome su mano.

—Bien, Richie. ¿Alguna novedad? —Le había dicho muchas veces que me llamara James, pero se negaba. Decía que era una señal de respeto.

—No, señor. Ojalá. He estado atento por si alguien se acercaba e intentaba algo, pero no he visto nada. ¿Cree que encontraremos a quien asustó a Trinity? Ha pasado una semana.

Asentí.

—Cuanto más tiempo pasa, menos probable es, pero no me rindo. ¿Has hablado con ella?

—¿Trinity? —Asentí de nuevo—. No, no la he visto. Pero eso no es inusual. Es bastante callada, se mantiene apartada. Probablemente esté en casa si quiere subir y hablar con ella.

Mi miembro se agitó ante la idea. Sus suaves gemidos llenaron mis oídos y nublaron mi cerebro. Me dolía tocarla y besarla de nuevo, pero ella había terminado conmigo.

—Estoy bien. Me voy ya. Avísame si ocurre algo.

—Lo haré, agente. Gracias por pasar.

Asentí y salí de la oficina. Todavía estaba pensando en lo suave que era la piel de Trinity y en cuánto deseaba subir las escaleras corriendo y tener ese polvo rápido que mi imbécil compañero pensaba que estaba teniendo, cuando entré en el vestíbulo.

Un chico, no mayor de quince años, estaba de pie cerca de los buzones. Miró hacia atrás cuando entré. Sus ojos se agrandaron. Sostenía un bolso en la mano, uno que parecía que estaba a punto de dejar sobre la mesa frente a los buzones. Lo agarró rápidamente.

—Disculpa —le dije.

Tan rápido como eso, rodeó el bolso con sus brazos y

salió corriendo. Su mochila abierta rebotaba mientras se la colgaba al hombro y corría. Salió disparado por la puerta principal, alejándose a toda velocidad.

Corrí tras él, gritando tan pronto como el aire fresco me golpeó la cara.

—¡Eh! ¡Detente!

El chico iba delante de mí, a buena distancia. Miró hacia atrás para ver qué tan cerca estaba, y mi compañero se interpuso en su camino.

Se estrelló contra Masterson, rebotando en el pecho del hombre y tambaleándose hacia atrás. Masterson tenía su arma fuera, apuntando al chico, antes de que se girara para ver contra qué había chocado.

Me apresuré, llegando a su lado en unos segundos.

—Por favor, señor —suplicó el chico—. Lo siento. Sé que no debería haberlo hecho. Mi madre... no puedo ir a la cárcel.

—¿Qué has hecho? —exigió Masterson al chico.

Su labio inferior tembló y las lágrimas llenaron sus ojos color avellana. Su camisa tenía una mancha cerca del hombro, y sus vaqueros estaban rotos de una manera que claramente era por el uso y no por la moda. Su ropa era varias tallas demasiado grande. Su pelo estaba peinado pero necesitaba un corte, no solo un recorte. La suciedad que atravesaba su mejilla decía que tenía más problemas que simplemente sostener un bolso que no le pertenecía.

—Le robé esto a una señora la semana pasada. Estaba caminando por el Riverwalk, y se lo quité. Creo que se lastimó, pero mi madre... no tenemos comida. Trabaja en dos empleos, pero mi hermano pequeño y yo solo conseguimos una comida al día. Mi madre come menos. Todo su dinero va a pagar la habitación que alquilamos y la deuda que mi inútil padre le dejó. No quería hacerle daño a esa señora. No sabía que iba a pelear, pero parecía que tenía dinero. No quería sus cosas. Sé que estuvo mal, pero...

—Date la vuelta. Pon tus manos detrás de la cabeza —le ladró Masterson al chico.

Bajó la cabeza y suspiró, luego dejó el bolso y su mochila en el suelo. Se dio la vuelta y puso las manos detrás de la cabeza, encontrándose con mi mirada por primera vez desde que estaba dentro del edificio.

Conocía el dolor en sus ojos. Había visto esa desesperación en el espejo más veces de las que podía contar. Una lágrima recorrió su mejilla mientras Masterson le leía sus derechos Miranda y le ponía las esposas en las muñecas.

Me agaché y recogí el bolso. Sabía lo que encontraría antes de abrirlo, pero tenía que saberlo. Encontré su cartera sin mucha dificultad y suspiré profundamente cuando la cara de Trinity me sonrió desde la foto de su carné de conducir.

—¿Quién es tu madre, chico? —le pregunté sin levantar la mirada.

—Anna Charlotte —dijo el chico con un hipo.

Suspiré de nuevo. Conocía a Anna. Creció no lejos de mí en Oak Hill. Si existía algo parecido a viviendas sociales en Cala MacKellar, era donde vivíamos. Una pequeña comunidad de edificios tipo apartamentos con alquileres bajos. Si tenías suerte, conseguías un lugar con un dormitorio, pero la mayoría eran estudios. No les importaba cuántas personas se quedaban en una unidad, siempre que el alquiler se pagara a tiempo.

Anna era uno o dos años menor que yo en la escuela. Era inteligente, pero se juntaba con gente que valoraba diferentes habilidades. Se casó con su novio del instituto cuando quedó embarazada, pero él era el tipo de hombre que pensaba que las mujeres eran desechables. Después de que naciera el segundo hijo de Anna, su marido se fue. Ella trató de ayudar a sus padres y les dio dinero para salir de Oak Hill, pero ellos tomaron el dinero y huyeron, dejando a Anna sola con dos niños pequeños y sin apoyo.

Mi madre todavía vivía allí y conocía a Anna, así que me contó toda la historia. El marido seguía siendo el marido porque ella no podía encontrarlo para divorciarse, lo que significaba que Anna era responsable de sus deudas.

No podía soportar una cosa más.

—Al coche —dijo Masterson, abriendo la puerta trasera para que el chico entrara.

El hijo de Anna hizo lo que le dijeron, sin pelear en absoluto. Estaba derrotado, y lo sabía. Yo había estado ahí. Había sido el niño que robó algo y terminó camino a la cárcel. Pero tuve un policía que cuidó de mí. Alguien que se tomó el tiempo para ayudarme. Alguien que cambió toda mi vida.

Era hora de devolver el favor.

7

—*E*spera un momento —le dije a mi nuevo compañero antes de que subiera al coche.

—¿Qué? —contestó, evidentemente con poca paciencia.

—No vamos a llevarlo a comisaría.

—¿Estás de broma? ¿Por qué coño no?

—Porque es un crío.

Masterson se encogió de hombros.

—¿Y?

—Se merece una segunda oportunidad.

—Se merece ir a la cárcel. Su madre pagará la fianza y pronto estará en casa.

—Su madre no tiene dinero para pagar la fianza.

Masterson resopló y negó con la cabeza.

—Entonces, ¿simplemente lo dejamos ir? ¿No es este el tipo que has estado buscando? ¿El que robó el bolso? Cambiaste las cerraduras de la mujer y estás detrás de ella, y encontraste al tipo, pero ahora no quieres acusarle de todo.

Innumerables preguntas se agolparon en la punta de mi lengua, pero no iba a darle a mi nuevo compañero la satisfacción de saber que había averiguado más de lo que le había contado sobre Trinity. En vez de eso, negué con la cabeza.

—No, no quiero acusarle de todo. Es un crío. Estaba intentando ayudar a su familia. Cometió un error, y estaba aquí intentando compensarlo un poco. No es un mal chico.

—¿Le conoces?

Negué con la cabeza.

—Conozco a su madre.

—¿Su padre?

—No hay padre. Los abandonó. Dejó a la madre con un montón de deudas.

—Cabrón.

Asentí, sabiendo que ninguna otra palabra ayudaría. Esa lo decía todo.

—No me gusta —dijo Masterson—. Pero lo entiendo.

Asentí una vez y tomé la victoria. Ambos subimos al coche y di la vuelta para salir del pueblo. Ninguno habló mientras conducía hacia la Carretera 12 y luego giré hacia el norte. Cuando entré en el barrio donde crecí, mis palmas se humedecieron y se me cerró la garganta.

Odiaba estar allí. Intenté conseguir que mi madre se fuera, pero ella se negó. Siempre decía que era su hogar. No para mí. En cuanto pude, me largué de allí. Estaba feliz de no volver a poner un pie en ese barrio. Pero como policía, no tenía elección.

—¿Por qué estamos aquí? —preguntó Joey.

El miedo en la voz del chico me hizo preguntarme si había algo más ocurriendo.

—Pensaba que vivías aquí, Joey.

—Sí, pero mi madre me va a matar. No podéis pedirle dinero ahora mismo. No tiene. Está haciendo todo lo que puede. Llevadme a la cárcel mejor. Tendrá que pagarle a alguien para que cuide de mi hermano pequeño, pero será más barato que sacarme.

La voz del chico temblaba. Un pequeño hipo delató que estaba llorando en la parte de atrás.

—No vamos a pedirle dinero a tu madre —dijo Masterson—. Te vamos a dejar ir a casa.

—¿Qué? ¿Por qué haríais eso? Le robé a esa señora.

—¿Vas a volver a hacerlo? —le pregunté.

—No. Nunca. Lo siento. No debería haberlo hecho. Mi hermano no había comido y mi madre casi se desmayó. Solo quería ayudarles.

Aparqué frente a su edificio y salí del coche. Le abrí la puerta y le ayudé a salir, luego le quité las esposas que le sujetaban las muñecas. Le giré para que me mirara.

—Mírame, Joey.

Tomó una respiración temblorosa y me sostuvo la mirada. Su mandíbula estaba firme y fuerte. Se parecía a su padre, al hombre del que tenía vagos recuerdos del instituto. Cabello castaño claro y ojos verde-azulados. Alto y delgado pero fuerte. Supuse que Joey tenía alrededor de quince años cuando le vi en casa de Trinity, pero allí de pie con miedo y determinación en la mirada parecía mucho más joven.

Cuando yo era el que salía de la parte trasera de un coche de policía, solo tenía trece años. Mi hermano tenía siete. Robé latas de judías del supermercado y me pillaron con ellas en los bolsillos. Mi hermano lloraba los fines de semana porque no teníamos comida. Mi madre hacía lo que podía, pero la escuela nos proporcionaba la mayoría de las comidas. Durante el fin de semana, teníamos suerte si hacíamos una buena comida al día. Las judías eran un básico para nosotros porque eran baratas y duraban un tiempo, pero incluso las judías a veces eran demasiado caras.

Las personas que nunca habían tenido problemas con algo tan básico como tener comida no podían entender lo aterrador que era no saber si volverías a comer pronto. Porque nunca era solo la comida. A la edad de Joey, él ya había descubierto que si su madre no podía comprar comida, también podría no ser capaz de pagar el alquiler. Podrían cortarles la calefacción o el agua. Era una situación difícil, por decirlo suavemente.

—He estado en tu situación —señalé el edificio junto al suyo—. Crecí en ese edificio. ¿Conoces a la Sra. Amelia?

Joey asintió.

—Es mi madre. Vamos a ayudaros a ti y a tu familia. Pero la única forma en que puedo hacerlo es si te mantienes alejado de los problemas. ¿Me entiendes?

Joey asintió de nuevo, con alivio inundando su mirada.

Masterson se quedó en el coche mientras yo acompañaba a Joey hasta la puerta. La cerradura exterior estaba rota, así que entramos directamente en el edificio. Seguí a Joey escaleras arriba hasta el segundo piso. El lugar olía a orina y sudor. Las voces se gritaban unas a otras detrás de puertas cerradas que eran demasiado finas para permitir privacidad. Un bebé lloraba en uno de los apartamentos.

Joey se acercó a la puerta con un nueve y la abrió sin llave. La miré mientras entraba y vi que el pomo apenas se sostenía. Tenía cerradura, pero con un buen empujón la puerta se saldría de los goznes.

—Voy a buscar a mi madre —dijo Joey suavemente, agachando la cabeza mientras caminaba hacia el único dormitorio.

Tenían suerte de tener un dormitorio. La cocina estaba a la izquierda, con una pequeña mesa apretada en el diminuto espacio. Las paredes amarillas descoloridas y las encimeras que alguna vez fueron beige me golpearon con familiaridad. Todas las viviendas tenían el mismo diseño, y era como estar en el piso de mi madre, con los recuerdos de ser ese niño con problemas surgiendo.

—Oh, Dios —respiró una voz pequeña.

Me giré y la miré y casi no reconocí a Anna. Era alta,

como su hijo, pero tenía curvas donde él era delgado. Sus ojos tenían bolsas pesadas debajo, oscuras y moradas como si no hubiera dormido bien nunca. Su pelo estaba grasiento y lacio.

—Hola, Anna —dije con una sonrisa que esperaba la tranquilizara.

—¿Qué puedo hacer por ti, agente? —preguntó, cruzando los brazos sobre el pecho.

—Déjame ayudarte, Anna.

Ella se burló.

—Saliste corriendo de aquí tan rápido que cualquiera habría pensado que te ardía el culo.

Asentí.

—No fui el único.

Ella me miró con desdén.

—Sí, bueno, tú no volviste.

—¿Por qué no me dijiste que las cosas estaban tan mal?

—No te engañes pensando que somos amigos, agente. No te conozco y tú no me conoces a mí.

Suspiré. Tenía razón.

—Pero conoces a mi madre.

Un atisbo de sonrisa curvó sus labios.

—Sí. Y Amelia es una salvadora, pero no puedo dejar que me salve.

—¿Sabes por qué estoy aquí? —pregunté, cambiando la conversación de una manera que esperaba la animara a escuchar.

Ella miró a Joey y negó con la cabeza.

—Supongo que para arrestarle.

Negué con la cabeza.

—Hoy no. Me ha prometido que no volverá a robar.

Ella se giró hacia su hijo y se puso frente a él. Era media cabeza más bajo que ella, lo que me hizo pensar que era más joven de lo que había supuesto. Especialmente cuando su labio inferior tembló.

—¿Robaste algo? ¿En qué estabas pensando? Podrían haberte hecho daño. ¿Por qué cogerías algo que no te pertenece? Te he dicho tantas veces que yo me ocuparé de todo.

—Matty tenía hambre, mamá. Estaba llorando. Y tú siempre estás trabajando. Estabas enferma. Sé que trabajas duro, pero no tenemos suficiente comida. Nunca la tenemos.

Anna me miró de reojo y cerró los ojos cuando vio que la observaba, asimilando cada palabra que decían. Después de un momento, se volvió hacia mí, pero agarró la mano de Joey.

—Matty tiene diez años. Joey solo tiene catorce. Cuida de su hermano después del colegio para que yo pueda trabajar. Estoy haciendo lo mejor que puedo. No lo sabía.

—No estoy aquí para juzgarte, Anna. Quiero ayudar. Pero ambos sabemos que la única forma en que puedo ayudarte es si me dejas.

—¿Qué? ¿Quieres ser nuestro caballero? Vamos, James, ambos sabemos que no tienes interés en estar aquí. Estás estremeciéndote solo de estar en este lugar. Seguramente has estado respirando por la boca desde que pusiste un pie en este edificio. Si pudiera hacer algo para sacar a mis chicos de aquí, lo haría. Pero no tengo un título, apenas me gradué del instituto, y ya estoy trabajando dos empleos a tiempo completo para intentar llegar a fin de mes. No hay suficiente con la deuda que mi marido puso a mi nombre.

—¿Has solicitado la bancarrota?

Ella se burló.

—¿Y asegurarme de que estos chicos nunca salgan de aquí? No, gracias.

—¿Qué puedo hacer? —le pregunté. Ella sabía lo que necesitaba, pero también iba a tener que aceptar ayuda.

—Nada. No hay nada que puedas hacer. Tú mejoraste tu

vida. Yo sigo fastidiando la mía. Encontraré la manera. Siempre lo hago.

—Anna...

—Por favor. No lo hagas —dijo, sus ojos suplicándome que lo dejara pasar. No quería ayuda. Aún no. Estaba asustada y sola y había llegado al lugar al que toda persona en Oak Hill llega en algún momento. Tenía que decidir qué iba a hacer. Si iba a luchar o si iba a rendirse.

Anna no quería ayuda, pero era una luchadora. Encontraría un camino, y si yo tenía algo que decir al respecto, no tendría que hacerlo sola.

Mientras salía de casa de Anna, pensé en contactar con mi madre. Era la directora del centro comunitario encargada de los programas para jóvenes. Había una tarifa, pero ofrecían becas si había necesidad. Normalmente se llenaban rápidamente, pero si tenían plazas libres, podría ayudar a Anna, o hacer posible que Joey consiguiera un trabajo.

Hacía tiempo que debía visitar a mi madre, así que decidí no llamar e ir a verla más tarde. Una decisión que definitivamente estaba justificada cuando vi el ceño fruncido en la cara de mi nuevo compañero.

—¿Hay alguien en este pueblo a quien realmente vayas a arrestar?

Suspiré.

—No entiendes cómo funciona este pueblo. No puedes detener a todo el que hace algo.

—Creo que eres tú quien no entiende cómo funciona este trabajo. Se supone que debes traer a la gente. No es nuestro trabajo juzgarlos, es nuestro trabajo entregarlos y dejar que sus iguales los juzguen.

Me froté la cara con una mano y suspiré.

—Joey tiene catorce años. Tiene un hermano de diez. Robó el bolso de Trinity porque su hermano no tenía comida. Joey no es un niño malicioso con intenciones malignas. Estaba tratando de alimentar a su hermano pequeño.

—¿Y crees que eso lo hace aceptable?

Negué con la cabeza.

—No, pero también sé que la posición en la que está no es fácil.

—¿Qué vas a decirle a la mujer a la que le robaron el bolso? ¿Que no fue gran cosa porque era un niño?

Inspiré hondo y contuve el aliento. Pensé en Trinity por un segundo y todo el aire salió de mí. Todavía podía oler su aroma si cerraba los ojos. Saborear su beso. Sentir su cuerpo apretado alrededor del mío. La imagen de ella inclinada frente a mí, su cuerpo curvilíneo húmedo y listo para mí, hizo que me endureciera dentro de mis pantalones.

Me moví incómodo en mi asiento y me la imaginé frunciendo el ceño. Era fácil ya que normalmente lo hacía. Pero eso se transformó en lágrimas. El miedo en sus ojos la noche en que Joey le cogió el bolso era real. Y entrar y decirle que fue un niño y que le dejé ir... No estaba seguro de cómo se lo tomaría.

—Me ocuparé de Trinity.

—¿Y del capitán?

—De él también.

Masterson puso los ojos en blanco.

—Debería ir simplemente en la parte de atrás.

—¿Por qué?

—Porque a mí también me tienes esposado. No puedo hacer mi trabajo si no vas a llevar a nadie a la cárcel ni a poner una maldita multa.

Resoplé y salí marcha atrás del aparcamiento en el que estábamos. La idea de esposar a mi compañero y echarlo en la parte trasera del coche tenía cierto atractivo, pero estaba bastante seguro de que eso era algo de lo que no podría librarme si lo hacía.

CUANDO TERMINÓ MI TURNO, me dirigí a O'Kelley's. Necesitaba seriamente una cerveza, y quizás una o dos palabras de consejo. Hudson siempre tenía ambas cosas.

Me senté en un taburete al final, como siempre, y asentí cuando Piper puso una cerveza frente a mí.

—¿Solo esta noche? —preguntó.

Asentí.

—Sí.

—¿Día largo?

Asentí de nuevo.

—Definitivamente.

—¿Quieres algo para comer? Hudson está atrás, pero puedo hacer tu pedido si estás listo.

—Gracias, Piper. Alitas picantes con queso azul y una cesta de quesos fritos.

—Enseguida —dijo Piper—. Hola, Trinity.

Trinity tomó el asiento a mi lado antes de que tuviera la oportunidad de girarme y verla venir.

—Dame lo mismo que acaba de pedir él.

—¿Alitas picantes y quesos fritos? —preguntó Piper.

—Sí. Y una cerveza. Y ponlo todo en su cuenta. Me debe —dijo Trinity.

—¿Por qué? —le pregunté, mirándola. Solo estar tan cerca de ella me hacía querer alargar la mano y agarrarla. Abrazarla. Tocarla. Besarla. Lo que me dejara hacer.

Trinity se encogió de hombros.

—Siempre haces algo. Pensé que ya era hora de que me invitaras a una comida.

Piper se rio mientras ponía una cerveza delante de Trinity y se iba a hacer nuestro pedido.

—¿Solo estás aquí para comer gratis? —le pregunté.

Dio un sorbo a su cerveza y negó con la cabeza.

—No. Recibí una llamada hoy. El tipo dijo que habías atrapado al chico que robó mi bolso. Y que le dejaste ir.

Levantó una ceja perfectamente arqueada hacia mí y esperó. Su piel morena brillaba bajo la tenue iluminación sobre la barra. Parecía etérea, como un regalo solo para mí. Excepto que no era mía y nunca lo sería. Trinity nunca había elegido sentarse a mi lado. Tenía pocas esperanzas de que se quedara mucho tiempo. Y sabía que yo tendría la culpa.

—Tiene catorce años. Y estaba intentando conseguir dinero para alimentar a su hermano de diez años.

Mantuvo mi mirada durante un largo momento.

—¿Y crees que esa es la verdad?

Asentí.

—Sí. También sé dónde vive, así que si quieres que le detenga, lo haré. Pero su madre trabaja dos empleos para pagar las facturas. Su padre les abandonó hace años y dejó a su madre con un montón de deudas. Es buena persona, y solo está tratando de hacer que todo funcione. Joey, el chico, no pretendía hacerte daño ni asustarte. Solo quería asegurarse de que su hermano tuviera comida.

Trinity asintió mientras yo hablaba y luego suspiró.

—¿Puedo hacer algo para ayudarles?

Vaya, maldita sea. Me enamoré un poquito de ella en ese momento.

—¿Ayudar a quién? —preguntó Hudson, acercándose por el otro lado de la barra.

—Al chico que robó mi bolso —respondió Trinity.

Hudson me miró, y yo asentí.

—Es una mala situación —continuó Trinity—, y prefiero ayudarles a que él le robe a alguien más.

—No creo que acepten caridad. Conozco a la madre. Es una mujer bastante orgullosa —dije.

—¿Quién? —preguntó Hudson.

—Anna Bradford. Ahora Anna Charlotte.

Hudson negó con la cabeza.

—¿Es de aquí?

Asentí.

—Creció en mi barrio. Es más joven que nosotros. Se casó con Nick Charlotte.

—Oh —dijo Hudson, captando todas las cosas que no estaba diciendo. Nick Charlotte era conocido por prácticamente todo el mundo, aunque solo fuera por su reputación. Lo que le hizo a Anna era de conocimiento público. Ella no había estado en muchos círculos durante la última década y media ya que estaba ocupada criando a sus chicos, pero todo el mundo sabía de Nick.

—Sí —estuve de acuerdo—. Su hijo mayor tiene catorce años, el menor tiene diez. Conocen a mamá, pero...

—Catorce significa que el chico puede trabajar. ¿Ha intentado buscar trabajo en algún sitio? —preguntó Hudson.

Negué con la cabeza.

—Cuida a su hermano mientras su madre trabaja.

—¿No hay programas después de la escuela? —preguntó Trinity.

—Los gratuitos siempre se reservan rápido. Y el resto cuestan dinero. Normalmente mucho dinero.

—Quizás podría cubrir el coste de eso —ofreció.

Negué con la cabeza.

—No creo que acepte.

—Puede trabajar aquí —dijo Hudson—. Podría usar un ayudante para limpiar mesas. Obviamente, eso significaría encontrar un lugar para el hermano. No puede estar aquí mientras su hermano trabaja. Perdería mi licencia.

—¿En serio? —le pregunté—. ¿Harías eso?

Hudson asintió.

—Si puedes encontrar un sitio para el hermano pequeño, envíame al mayor. Podrían aceptarlo ya que no es caridad.

Asentí.

—Gracias, Hud. Significa mucho.

Dio un golpe en la barra y se alejó. Fui allí en busca de consejo y saldría con una solución potencial. Parecía demasiado fácil, pero podría funcionar.

—Supongo que este es el tipo del que todo el mundo me hablaba —dijo Trinity.

—¿Qué quieres decir? —le pregunté.

Soltó una risa y negó con la cabeza.

—Quiero decir que realmente no eres un capullo con todo el mundo. Solo conmigo.

Me incliné y le susurré al oído:

—Fui muy, muy amable contigo hace unas noches si recuerdas.

Su respiración se entrecortó y se inclinó hacia mí. Un tono oscuro subió por sus mejillas morenas y se lamió los labios.

—No he podido olvidarlo.

Bueno, maldita sea. Así de rápido, ya estaba duro otra vez.

TRINITY

Ver a James nervioso era casi tan excitante como el sexo furioso que tuvimos la otra noche. Decía la verdad cuando le dije que no había podido dejar de pensar en ello. En él. Se había convertido en mi fantasía favorita, y aunque le odiaba por ello, no podía evitar recordar cada segundo.

—Quizás deberíamos repetirlo alguna vez —dijo.

Solté un bufido. No porque no quisiera, sino porque nos odiábamos. No iba a involucrarme con él. No cuando lo único que hacíamos era discutir. O follar. Pero eso fue algo puntual.

—Sí, no lo creo. De todos modos, he quedado con alguien aquí.

El fuego en sus ojos casi me hizo reír. Cabrearle también era divertido.

—¿Te quedas aquí o quieres que te ponga la comida en la mesa cuando esté lista? —preguntó Piper, deteniéndose al pasar junto a nosotros.

—Mesa —le dije—. Gracias.

Asintió y sonrió con malicia para que James no pudiera verla. Le guiñé un ojo y contuve mi propia sonrisa.

—¿Estás aquí coqueteando conmigo y tienes una cita? —escupió—. Vaya.

Me encogí de hombros, sin darle la satisfacción de una respuesta, y me deslicé del taburete.

—Solo quería comida gratis. No pensaba que pagarías si no lo sabías. Conociéndote, intentarías arrestarme o algo así.

—Di la palabra y estaré encantado de sacar mis esposas —dijo, con voz baja y sexy. El brillo en sus ojos decía que él también había pensado en ello.

El hombre era potente. No necesitaba ni pasar diez minutos con él y ya estaba lista para arrastrarlo al baño e inclinarme sobre el lavabo. Pero no podía hacerlo. No podía acostarme con él otra vez solo porque el sexo fuera increíble. Seguía siendo el oficial James Rucker. El hombre que casi me había echado del pueblo. Que era amable con todo el mundo menos conmigo. Que dejaba muy claro que sentía lo mismo que yo.

—Créeme, sé que aprovecharías cualquier oportunidad para sacarme de aquí —dije, dejando que las palabras coquetas flotaran entre nosotros—. Pero esta noche no.

Frunció el ceño mientras me alejaba. Me abrí paso entre la multitud, con sus ojos clavados en mi espalda. Sabía que cuando viera dónde me sentaba se daría cuenta de que le estaba tomando el pelo. No podía evitar disfrutar del hecho de que sabría que no estaba en una cita como él suponía, y que seguía disponible.

Excepto por el chico con el que estaba hablando en línea. Pero eso aún no contaba. No nos habíamos conocido ni habíamos intercambiado mucha información personal. Podría convertirse en algo más que una simple conexión, pero aún no estaba segura.

Volví a ocupar mi asiento entre Laura y Finley. Di un sorbo a la cerveza que llevaba conmigo y miré a James. Sacudió la cabeza y levantó su cerveza en señal de saludo, sabiendo que había sido engañado. Yo solo sonreí.

—¿Qué ha sido eso? —preguntó Piper, dejando mi plato y luego los de Finley y Laura.

—¿Qué? —pregunté.

—¿Tú y James? Pensé que iba a necesitar la manguera —dijo, abanicándose con su paño de bar.

Me reí.

—Me gusta fastidiarle.

—Pensaba que le odiabas —dijo Finley.

—Oh, así es. Pero me he dado cuenta de que también es divertido joderle —dije, sonriendo ante mi propio doble sentido privado.

—Parece que hay algo más en esa historia —dijo Laura, inclinando la cabeza y acercándose.

Sacudí la mía, dejando que mis rizos en espiral rebotaran.

—No. Se portó decentemente conmigo por primera vez la noche que me robaron. Hoy recibí una llamada de que encontraron al tipo, y era solo un crío. James le dejó ir. Solo quería preguntarle al respecto y ver si era verdad.

—¿Sabes quién era? —preguntó Piper.

—Dijo el nombre, pero no lo conozco. La madre del chico es de aquí y algo más joven que él y Hudson, pero no reconocí su nombre. Anna algo, quizás.

Piper se encogió de hombros.

—No creo que conozca a ninguna Anna. ¿Vas a presentar cargos?

—No. Estaba intentando conseguir dinero para comprar comida para su hermano. No se me ocurre una mejor razón. Aun así no debería haberlo hecho, pero lo entiendo —le dije.

Piper puso su mano en mi hombro.

—Eres mejor persona de lo que yo sería. Me encantaría decir que sería tan comprensiva, pero no sé si lo sería.

—Nadie debería pasar hambre. Si me hubiera preguntado, le habría comprado comida. Quizás aprenda de esto y lo haga mejor la próxima vez. Pero obligarle a hacer servicios comunitarios o mandarle a la cárcel no va a solucionar nada. Necesita saber que hay otras opciones.

—Suenas como James —dijo Piper con una sonrisa—. Vosotros dos realmente seríais perfectos el uno para el otro.

Resoplé.

—Excepto por el hecho de que nos odiamos.

Se encogió de hombros.

—¿Quién dijo que tenéis que gustaros para tener un sexo realmente bueno? Ya hablamos de esto. Ni siquiera tenéis que hablar.

Intenté sonreír con suficiencia, pero el recuerdo de nuestro espectacular sexo contra la puerta de mi apartamento inundó mi memoria. Piper tenía razón. No teníamos que hablar. Para nada. Y por una vez, no le odiaba. Se sentía tan bien que apenas podía respirar después. Y si surgiera la oportunidad, me resultaría difícil rechazarle de nuevo.

—No sé —dijo Laura—. Sigo pensando que no podría acostarme con alguien que no me gustara. A menos que fuera alguien a quien no conociera bien. Pero si le conociera y no me gustara, no creo que pudiera hacerlo.

—Te sorprenderías —dijo Finley—. Tuve un compañero de estudio en la universidad que era un capullo arrogante. Le odiaba. Una noche estábamos estudiando hasta tarde y acabamos teniendo sexo. Sin duda, el mejor sexo de mi vida. El resto del semestre, estudiábamos y luego teníamos sexo. No volví a verle después de eso, y sigo pensando que es un capullo, pero el sexo fue increíble.

Laura resopló y sacudió la cabeza.

—Ojalá fuera más como tú. Sin juzgar. Simplemente desearía poder hacerlo.

—¿Con quién te acostarías? —preguntó Finley—. Si tuvieras que elegir a alguien que no te gusta, ¿quién sería?

Laura bebió un sorbo de su bebida y se reclinó.

—No lo sé. Hace tanto tiempo que no le doy una segunda oportunidad a ningún hombre.

—Realmente necesitamos que te acuestes con alguien —le dije con una sonrisa—. Te sentirás mejor.

Ella se rió.

—¿Crees que al tío le importaría si estuviera imaginando a otro?

Finley puso su mano sobre la de Laura.

—Oh, Laura. ¡Nunca se lo digas, y nunca lo sabrá!

Nos reímos y asentimos. Al igual que yo nunca admitiría que me había acostado con James. Jamás.

James ya se había ido cuando salí de O'Kelley's esa noche. Esperaba a medias encontrarlo esperando en mi puerta cuando llegara a casa. Intenté no sentirme decepcionada cuando no estaba.

Pasé los siguientes días grabando vídeos y creando nuevos diseños. Me gustaba la idea de compartir lo que hacía con gente nueva, personas como yo. No todo el mundo tenía la capacidad de comprar joyas, pero eso no significaba que no debieran verse atractivos cuando salían.

Tenía una cita con Olive en Island Designs para mostrarle algunas de mis nuevas piezas. Esperaba que me dejara ofrecer diferentes opciones, pero también estaba reservando algunos de los artículos que más me gustaban para mi propia página web. Me sentía un poco culpable, pero Olive me aseguró que lo entendía completamente. Le gustaba la idea de tener solo ciertas cosas en su tienda, y le encantaba promocionar negocios locales. Tuve suerte de haber conocido a alguien como ella. A través de Blake, por supuesto.

Me eché el bolso al hombro y luego dudé. Aunque sabía que el chico que me cogió el bolso era una situación única, me hizo ser más consciente de lo descuidada que me había vuelto desde que me mudé a Cala MacKellar. Sabía lo que era tener que estar atenta a todo. Viviendo en un pueblo pequeño, lo había olvidado. Y se notaba.

Con mi bolso cruzado sobre el cuerpo, me dirigí a visitar a Olive. Era un día hermoso con el sol brillando y la temperatura aún cálida. Sabía que el otoño se acercaba, pero durante unas semanas más, se sentiría como verano. Caminé por el Paseo del Río, enfrentando el miedo que había estado dentro de mí desde la noche en que el chico robó mi bolso, y parte de mi confianza. Quería perdonarle y entenderle, pero eso no significaba que el miedo desaparecería inmediatamente.

La gente iba en kayak por la cala, sus brillantes botes balanceándose mientras se movían por las aguas tranquilas. El Posada Cala MacKellar se alzaba imponente en un lado de la entrada a la cala, con la antigua casa familiar de los MacKellar en el otro lado. Dos estructuras masivas que parecían fuera de lugar en un pueblo que, por lo demás, era sencillo y pintoresco.

Giré por la calle Joseph, atravesando entre Cove Antiques y Pop My Corn en mi camino hacia Island Designs. Sonreí a algunas personas que reconocí. Todavía me sorprendía que después de solo un año la gente supiera quién era yo.

Olive estaba detrás del mostrador cuando entré. Asintió hacia la parte trasera. Sonreí y me dirigí hacia su oficina no oficial junto a la máquina de serigrafía.

Abrí mi bolso y saqué los artículos que había elegido mostrar a Olive. Tenía algunas existencias que reponer para ella, pero las nuevas piezas eran las que esperaba que aceptara.

—He oído que tus vídeos están recibiendo mucho tráfico —dijo Olive cuando estuvo lo suficientemente cerca para que la oyera—. Vas a arruinar mi negocio.

—Ni un poquito —dije, mirando alrededor de su abarrotada tienda—. Tienes tantas cosas que la gente no puede conseguir en otro lugar.

—Esa es la belleza. Pero sé que es una trampa para turistas. La gente entra aquí cuando está de visita. El invierno siempre es lento.

—¿Has pensado en cerrar en invierno? ¿Ahorrar un poco de dinero?

Olive se burló.

—¿Y hacer qué? Me aburriría muchísimo sin este lugar al que venir. Incluso si solo entran una o dos personas al día, es más de lo que veo en casa.

Sonreí. Olive estaba casada con su trabajo. Siempre decía que si hubiera podido salirse con la suya diciéndole a la gente que era su amante, lo habría hecho. Le encantaba, y le encantaba hablar con la gente y contarles las historias que inventaba sobre el pueblo.

—¿Tienes algo nuevo para mí? ¿Algo de tus vídeos? —preguntó Olive.

Asentí y le mostré dos piezas que había hecho en directo en mi canal de YouTube.

—No estaba segura de cómo saldrían, pero son bastante geniales.

—Preciosas —dijo Olive con reverencia, levantando una pulsera y examinando todas las cuentas.

Era una cadena con eslabones y cuentas colgando de diferentes bucles, por lo que parecía que estaba retorcida aunque no lo estuviera. Tenía una elegancia que era casi sorprendente debido a la simplicidad de los materiales, pero funcionaba.

—Esto definitivamente se venderá. Aunque no es un diseño fácil. ¿Crees que la gente podría hacerlo por su cuenta?

Me encogí de hombros.

—Si tienen paciencia. Tengo algunos proyectos que son fáciles y otros que requieren un poco más de cuidado, pero creo que tengo algo para todos.

—Excepto para niños —dijo Olive en voz baja.

—¿Qué?

—Niños —repitió Olive—. Gente joven. Han venido algunos padres. Cuando ven tus carteles, dicen que desearían que hicieras algunos vídeos de cosas que fueran fáciles para niños. Les dije que no creo que ese sea tu cliente objetivo.

—No, yo... —hice una pausa—. Nunca se me ocurrió. Honestamente, no estoy segura de por qué. Empecé a hacer joyas cuando estaba en el instituto, pero no hay ninguna razón por la que los niños más pequeños no puedan hacerlo.

—Necesitas saber cómo enseñarles. ¿Sabes hablar con niños?

Me reí.

—Por supuesto. No es tan difícil.

Olive se encogió de hombros.

—Quizás. ¿Qué hay del centro juvenil? Tal vez deberías ir allí y trabajar con ellos antes de ponerte tan gallita.

Sonreí con suficiencia.

—Tal vez lo haga.

Olive asintió y luego guardó las piezas que le había mostrado en una caja.

—¿Qué más tienes para mí?

Le mostré el resto y le entregué todo lo que había traído conmigo. Hablamos del precio y me fui con un cheque que me cubriría la próxima semana.

Después de pasar por el banco, fui al Parque Catherine y me senté en una de las sillas con vista a la Cala. Cuando visité Cala MacKellar por primera vez, me senté en la misma silla e imaginé cómo sería la vida si me mudara allí. Me había cansado del ajetreo y bullicio de la ciudad y quería un ritmo más lento. Una parte de mí imaginaba que encontraría a un hombre el primer día y estaría establecida y casada un año después de vivir allí, pero eso no estaba en mis cartas.

Miré el mural de Blake de la Srta. Georgia. Solo la había conocido una vez y no la conocía bien, pero todavía pensaba en ella a menudo. Era una mujer increíble que había criado a otra mujer increíble. No tenía forma de saber cómo habría cambiado mi vida si la Srta. Georgia todavía estuviera allí, pero no podía imaginar que habría sido mejor.

Le sonreí y me puse de pie, sabiendo que ella me estaba observando. La Srta. Georgia era el ángel guardián de todos nosotros. Hice una silenciosa oración para que estuviera con Karissa mientras decidía si quería una mastectomía o no.

De camino a casa, vi a Piper en el Paseo del Río sentada en un banco. En lugar de pasar de largo como habría hecho en la ciudad, me detuve y me senté a su lado.

—Hola, Trinity —dijo alegremente cuando levantó la vista—. ¿Cómo estás?

—Bien. ¿Disfrutando del sol?

Asintió.

—Sí. Intento tomar mis descansos fuera tanto como puedo. Es difícil estar dentro todo el día.

Me reí entre dientes.

—Estoy de acuerdo. Solía mantener mi puerta corredera abierta cuando trabajaba para que entrara aire fresco.

—¿Solías?

—El miedo paranoico me alcanzó.

Piper asintió comprensivamente.

—Lo siento. Es una mierda no sentirse segura.

—Trabajando en un bar, supongo que tienes esa sensación a menudo.

Era el turno de Piper para reír.

—No. Si alguien alguna vez me pusiera una mano encima a mí o a cualquier otra persona, Hudson y James le matarían. Hudson no bromea con ese tipo de cosas, y James nunca está lejos.

Resoplé y sacudí la cabeza.

—¿Qué pasa realmente entre vosotros dos? —preguntó Piper.

Sacudí la cabeza de nuevo.

—No nos llevamos bien. Nunca lo hemos hecho, nunca lo haremos.

—Verás, me resulta difícil de creer. No con la forma en que te mira.

—Como dije antes, probablemente esperando ver algo por lo que pueda arrestarme.

Piper arqueó una ceja.

—Creo que está buscando algo muy diferente.

Todo mi cuerpo se inundó de calor. Quería culpar al sol, pero acababa de esconderse detrás de una nube. Intenté articular palabras para negar lo que Piper dijo, pero el peligroso brillo en los ojos de James cuando me empujó decía que ella podría tener razón.

—Bueno, tal vez me equivoque —dijo Piper mientras se levantaba.

Asentí.

—Lo estás. No le gusto.

Piper miró el agua por un segundo y luego se volvió hacia mí.

—Estás segura de eso.

Asentí de nuevo.

Sonrió con malicia.

—Entonces probablemente no se habría enfadado tanto

cuando pensó que tenías una cita la otra noche. Pero qué voy a saber yo.

Se alejó sin decir otra palabra. Todo lo que pude hacer fue mirarla fijamente e intentar convencerme de que vio algo que no estaba ahí. Pero no estaba segura de que ni siquiera yo creyera esa mentira.

O quisiera hacerlo.

ice todo lo posible por evitar a James y O'Kelley's durante la semana siguiente. Lo último que necesitaba era que Piper, o cualquier otra persona, pensara que estaba pasando algo entre James y yo. Piper tampoco vino a la noche de chicas ese fin de semana, así que fue aún mejor.

Pero me dejó con una sensación extraña. No podía quitarme sus palabras de la cabeza, y no podía dejar de soñar con James. Toda la noche imaginaba que se metía en mi cama y calentábamos las sábanas juntos. Durante el día, expulsaba despiadadamente los pensamientos sobre él de mi mente, pero la cantidad de veces que tenía que hacerlo era alarmante. Como una alarma de cinco campanas.

Lo otro en lo que no podía dejar de pensar era en crear opciones de formación para niños. Sentía que podía hacer más. Demasiados jóvenes acababan yendo a la universidad y saliendo con más deudas que su potencial de ingresos, o nunca iban a la universidad porque no podían permitírselo. Conseguir unos ingresos estables era un sueño para muchas personas. Yo tenía una habilidad que me había enseñado mi abuela. Había seguido aprendiendo y probando cosas nuevas, pero si no la hubiera tenido a ella para animarme a hacerlo en primer lugar, nunca lo habría hecho.

Simplemente no estaba segura de ser lo suficientemente buena para enseñar a niños. Como dijo Olive, se requería cierto carácter para conseguir que te escucharan. Los adolescentes estaban más preocupados por las redes sociales y los vídeos que les entretenían que por aprender una habilidad. Lo que significaba que necesitaba aprender más sobre cómo hablar con los niños.

Maldita sea.

Estaba buscando información sobre el centro juvenil que mencionó Olive cuando me apareció una notificación de En Busca del Galán de Papel.

JPO

Creo que voy a tener que deshacerme del cuerpo de mi compañero de trabajo. Me está volviendo loco hoy.

Me reí y negué con la cabeza.

CHICA DIAMANTE

Probablemente no sea una buena idea. Conozco a un policía. Me sentiría obligada a denunciarte.

JPO

¿Conoces a un policía?

CHICA DIAMANTE

Jajaja, claro. La vida en un pueblo pequeño significa que todos conocen a todos. ¿No vivías cerca de A-Bay?

JPO

Sí. Lo siento, el miedo me pudo. Probablemente no debería estar confesando algo a alguien que no conozco.

CHICA DIAMANTE

Probablemente sea cierto. Tendría que decirle a la policía que un tipo cuyo nombre no conozco, a quien nunca he visto y al que no puedo describir me dijo que enterró un cuerpo en algún lugar. Soy una mina de información.

JPO

Buen punto. Eres la persona perfecta para confesar.

CHICA DIAMANTE

¡Eh! Sería cómplice o algo así. No me queda bien el naranja.

JPO

Apuesto a que te queda bien cualquier cosa.

CHICA DIAMANTE

¿O nada? ¿No es así como se supone que sigue esa frase? Por supuesto que es mejor en persona.

JPO

Entonces quizás deberíamos vernos alguna vez.

Mi sonrisa se desvaneció mientras procesaba sus palabras. Él era perfecto dentro del teléfono. Siempre decía lo correcto y era amable y dulce, y en mi cabeza era sexy con unas manos increíbles y una lengua aún mejor.

Si nos conociéramos, todo eso podría cambiar. ¿Y si era grosero con un camarero durante la cena? ¿O si era una de esas personas cuya risa es realmente molesta? ¿O si la chispa solo existía cuando no estábamos en vivo y en persona?

JPO

Con el tiempo. Sin presiones para vernos ahora. ¿Cómo van las cosas?

Una parte de mí suspiró aliviada, pero otra parte se sintió ridículamente decepcionada de que se rindiera tan fácilmente. No era justo, ya que yo había estado dando vueltas sobre si hablar con él o no.

CHICA DIAMANTE

Van bien. Estoy considerando expandir mi negocio para intentar llegar a los niños. Es difícil de pensar, sin embargo. Los niños tienen un enfoque tan limitado.

JPO

Es cierto. Estaba hablando con un adolescente el otro día y no estaba interesado en absoluto en lo que le estaba contando. Y es uno de los buenos.

CHICA DIAMANTE

Eso es lo que me preocupa. No quiero hacer algo que acabe siendo inútil. No es que necesite ganar dinero con todo lo que hago, pero he visto los vídeos de YouTube que son populares ahora mismo. Eso no soy yo.

JPO

¿Quieres decir que no eres una veinteañera que aspira a ser adolescente con el pelo decolorado y una voz aguda que te hace sonar como si hubieras caído por la colina hasta el Valle?

Solté una risita.

CHICA DIAMANTE

Ni una sola palabra de esa frase me describe.

JPO

Gracias a Dios por eso.

CHICA DIAMANTE

¿Puedo suponer que tampoco te describe
a ti?

JPO

Demonios, no. Eso me describía a la
perfección. Deberías oír mi risita con mi voz
aguda. Me han preguntado si ya he pasado
la pubertad.

CHICA DIAMANTE

Eres malo.

JPO

Sí, bueno, hablar contigo hace que no quiera
cometer un asesinato. Ojalá pudiera oír tu
risa.

CHICA DIAMANTE

Un día. Lo siento. Soy cautelosa rozando lo
paranoica.

JPO

No te disculpes por ser cuidadosa. Créeme,
no es algo malo en mi libro.

CHICA DIAMANTE

Gracias. Me gusta hablar contigo.

JPO

A mí también.

Charlamos unos minutos más y luego dijo que tenía que
volver al trabajo. Cerré la aplicación y volví a mi búsqueda
sobre el centro juvenil que mencionó Olive.

La dirección no estaba muy lejos, así que decidí comprobarlo. Cogí algunas cuentas y luego me detuve y las volví a
dejar. Si estuviera allí con un grupo de niños, querrían hacer
algo ellos mismos, no solo verme a mí. Simplemente iría a
ver el lugar y a partir de ahí decidiría.

Aparqué en el pequeño estacionamiento junto al centro

comunitario y miré el edificio. Definitivamente había conocido días mejores. El viejo ladrillo todavía estaba en buen estado, pero una hidrolimpiadora haría maravillas. Las ventanas y puertas parecían haber sido reutilizadas de una prisión. El agrietado aparcamiento y las aceras eran un accidente a punto de ocurrir.

No debería haberme sorprendido el estado ruinoso del lugar, pero después de ver cuánto cuidado se daba a la mayor parte de Cala MacKellar, era sorprendente ver tal estado de deterioro.

Di un paso lateral para evitar las peores grietas y subí los cuatro escalones hasta la puerta. Estaba cerrada, y cuando tiré de ella, un intercomunicador que no había notado antes crujió.

—¿Puedo ayudarle?

Pulsé el botón y respondí:

—Um, sí. Quería echar un vistazo al centro juvenil y conocer las oportunidades para trabajar con los niños.

La puerta zumbó y me apresuré a agarrarla antes de que el zumbido se detuviera. Entré en un vestíbulo con alfombra roja, cero ventanas y una luz fluorescente parpadeante. La puerta frente a mí no tenía manija, y la ventana a mi derecha estaba tapiada.

El característico clic de la palanca en el lado opuesto siendo empujada me advirtió que diera un paso atrás antes de que la puerta se abriera y pillara mis dedos. Una mujer mayor con cabello gris y una mirada penetrante en sus ojos me escaneó.

—Sígame —dijo sin saludar.

Asentí y me moví detrás de ella. No fue muy lejos, solo hasta la oficina que estaba al otro lado de la ventana tapiada, y me hizo un gesto hacia la silla de plástico cerca de la puerta.

Se movió para sentarse detrás del escritorio, evitando por poco una pila de papeles colocados en el borde. No estaba segura de cómo se mantenían en su sitio y me pregunté si los papeles simplemente tenían demasiado miedo de la mujer como para moverse.

—Nombre —dijo la mujer, agarrando un bolígrafo y posicionándolo sobre un formulario.

—Trinity Mayer —dije automáticamente.

—Dirección.

Incliné la cabeza y le recité mi dirección y número de teléfono. Me detuve cuando me pidió mi número de la seguridad social.

—¿Por qué necesita eso?

La mujer me miró.

—Pensaba que había dicho que quería trabajar con los niños.

Asentí.

—Quiero, pero ¿por qué necesita toda esta información?

Sus cejas se alzaron. Sonrió, para sí misma, y asintió una vez. Dejó su bolígrafo y juntó las manos sobre el papeleo que había estado rellenando.

—Señorita Mayer, ¿sabe qué es este lugar?

—Um, ¿no es este el centro comunitario?

Asintió.

—Lo es. Y esta parte es donde vienen los niños. Algunos tan jóvenes como de jardín de infancia, ya que somos principalmente un programa extraescolar.

—Um, vale —dije, todavía sin tener claro por qué necesitaba tanta información.

—Señorita Mayer, estoy segura de que usted es una persona maravillosa, pero no todo el mundo que cruza esa puerta lo es. Hay personas que vienen aquí a ofrecerse voluntarias porque abusan de los niños, fantasean con los niños, los secuestrarían o violarían si tuvieran la oportunidad. Cuando empiezo a hacerles preguntas como estas, se retiran y dicen que ya no tienen tiempo. Porque saben que si realizo una verificación de antecedentes sobre ellos, aparecerá algo que no quieren que encuentre. Así que, perdóneme, pero usted vino a nosotros. Si ya no tiene tiempo, por favor márchese.

—Lo siento —me apresuré a decir—. No pensé. Pido disculpas. No, no quería decir... Me gustaría continuar, si está bien.

La mujer levantó una ceja y asintió.

Respondí a todas las preguntas que me hizo. Cuando dijo que necesitaba tres referencias, le di los nombres de Finley, Karissa y Laura y sus números de teléfono. Solo entonces me preguntó algo que no se usaría para verificar mi identidad o comprobar mis referencias.

—¿Por qué quiere trabajar aquí? —preguntó.

—Soy diseñadora de joyas y publico tutoriales en línea. Me he dado cuenta de que hay un vacío en el mercado cuando se trata de niños. Aprendí a diseñar cuando era adolescente, pero los niños más pequeños también podrían estar interesados. Quería obtener algo de información, pero también devolver un poco.

La mujer asintió.

—Creo que es una gran idea. Tenemos un buen número de niños a los que les gustaría algo así. Sin embargo, no tenemos autorizaciones de fotografía de los padres, así que no podrías grabar aquí. Podrían ser tus conejillos de indias, pero no podríamos autorizar la filmación o fotos en el sitio. Supongo que proporcionarías kits para que hagan el trabajo.

Me sorprendió la petición, pero asentí. Era una gran idea.

—Bien. Desafortunadamente, no tenemos un gran presupuesto, así que no podríamos pagar demasiados. Siempre estamos buscando actividades para que los niños hagan y no tenemos nada como esto, así que creo que será un buen ajuste. Ofreceremos esto como una clase a la que los niños podrían apuntarse, pero tendríamos que limitar el número dependiendo de lo caro que sea cada kit. Supongo que tu tiempo es donado, ¿verdad?

Tomó notas y yo asentí.

—Por supuesto. Y yo podría proporcionar los kits. Gratis.

Ella entrecerró los ojos.

—¿Está aquí por las razones correctas, señorita Mayer?

Asentí.

—Lo estoy. Y por favor, llámeme Trinity.

—De acuerdo, Trinity. Desafortunadamente, tengo que echarte porque pronto tendremos niños llegando. Me pondré en contacto contigo una vez que haya realizado tu verificación de crédito y antecedentes y hablado con tus referencias. No debería tardar mucho.

Me levanté cuando ella lo hizo y dejé que me acompañara fuera de la oficina y de vuelta al exterior. Me di cuenta cuando me alejaba conduciendo de que nunca pude mirar el lugar para ver si había un espacio que pudiéramos usar.

Al final del día, no importaba. Después de ver el lugar, no había manera de que no fuera a hacer algo para ayudarles. Incluso si tuviera que comprar mesas para que los niños las usaran cuando estuvieran haciendo sus joyas o hacer tutoriales en una cancha de baloncesto, lo haría funcionar.

INVITÉ A FINLEY, Karissa y Laura a cenar esa noche para advertirles sobre Amelia y sus potenciales llamadas telefónicas. Y porque echaba de menos a mis amigas.

Todavía no me había acostumbrado a tener gente alrededor a la que podía llamar y que estaría allí sin previo aviso. En la ciudad, era todo un proceso hacer cosas con otras personas. Primero, teníamos que decidir qué hacer, luego averiguar dónde ir, luego qué hora funcionaba para todos con sus horarios. Era demasiado estresante y molesto. Nunca sentí que realmente encajara con las personas con las que pasaba tiempo. Y el hecho de que no hubiéramos mantenido el contacto desde que me mudé demostraba que no éramos tan cercanos de todos modos.

Un golpe en la puerta justo antes de las seis me hizo sonreír antes incluso de llegar allí. Cuando vi a Laura a través de la mirilla, sonreí aún más.

—Hola —dije mientras abría la puerta.

—Hola —respondió con una sonrisa propia. Parecía vestida de negocios casual con sus leggings negros y túnica lavanda con un gran bolso hobo colgado sobre su hombro. Solo la mirada en sus ojos decía que no estaba teniendo un gran día.

—¿Qué pasa?

Negó con la cabeza y puso los ojos en blanco.

—Estoy siendo estúpida.

—¿Nico? —pregunté.

Asintió.

Envolví mi brazo alrededor de sus hombros y la llevé adentro. Se sentó en el taburete que le señalé y le serví una gran copa de vino. Ella sonrió en agradecimiento.

—¿Quieres contarme qué pasó?

Un golpe nos interrumpió antes de que Laura pudiera responder. Fui a dejar entrar a Finley y Karissa. Eran ruidosas y bulliciosas como siempre, con una bandeja de algo que olía increíble.

—Os invité a cenar. No teníais que traer nada —les dije mientras Finley desenvolvía el plato. Se veía incluso mejor de lo que olía.

—Tazas de macarrones con queso envueltas en bacon — dijo Karissa—. Vi la receta en línea y estaba procrastinando hoy. Quería probar algo nuevo.

—Necesito una de esas —dijo Laura, cogiendo una de la

bandeja. La sacudió y luego la dejó caer de nuevo en la bandeja—. Caliente.

—Acaban de salir del horno —dijo Karissa—. Lo siento. Debería haberte avisado.

Saqué platos para que pudiéramos disfrutar de nuestro aperitivo antes de la cena. Serví vino para Finley y Karissa, luego rellené el de Laura y serví el mío.

—¿Ya vas por la segunda copa? —preguntó Finley—. Tenemos que ponernos al día.

Le di una mirada a Laura pero no dije nada. Si quería contarnos lo que estaba pasando, era su decisión. No iba a presionarla cuando obviamente estaba sufriendo.

—Nico está viendo a alguien —dijo Laura con voz temblorosa.

—No merece tu tiempo —dijo Karissa—. Mira, amo al hombre, casi tanto como tú. Me dio más tiempo con mi madre, y siempre le estaré agradecida por eso. Pero has pasado demasiado tiempo deseando que te notara. Está ciego si no puede verte.

—Solo soy su enfermera. No soy nadie especial.

—¿Cómo sabes que está viendo a alguien? —preguntó Finley.

—Me lo dijo.

—¿Qué? —jadeamos todas.

Laura tomó aire.

—Me dijo que necesita irse temprano mañana porque tiene una cita en la ciudad.

—Pasa página —dijo Karissa.

—Tengo que estar de acuerdo con ella —dijo Finley—. No es fácil, pero él no es para ti.

Asintió.

—Lo sé. Debería simplemente dejar de pensar que algo cambiará. Nunca me va a querer. —Sacó su teléfono—. Necesito aceptar algunas de estas solicitudes y empezar a exponerme. No vale la pena estar miserable y sola y preguntarme si hay alguien ahí fuera.

—Bien por ti —dijo Finley, levantando su copa—. Te mereces algo mejor.

Laura asintió bruscamente y cliqueó en su teléfono. Todas la miramos por un minuto, hasta que levantó la vista. Sus mejillas se sonrojaron y dejó su teléfono.

—Lo siento.

—No hay razón para disculparse —dije.

—A menos que estés usando una aplicación que no sea la mía —dijo Karissa.

Laura negó con la cabeza.

—Ni hablar. Sé que si alguna vez me pasara algo, tú proporcionarías toda la información sobre con quién me había emparejado a la policía para que pudieran encontrar mi cuerpo.

—Así es —dijo Karissa con una sonrisa.

—Nunca había pensado en eso —admití—. Por supuesto, intento no pensar en que alguien tenga que recuperar mi cuerpo.

—Es lo más difícil para mí sobre las citas online —dijo Laura—. Tengo problemas para confiar en la gente. Saber que mis amigos y familiares nunca sabrían qué me pasó si desapareciera es difícil. No es que morir sea genial, pero creo que siempre queremos respuestas. Queremos saber qué pasó. Queremos saber por qué. Definitivamente preferiría no pensar en morir, pero si algo pasara, me gustaría creer que quien fuera responsable sería llevado ante la justicia.

—Eso es oscuro —dije.

Laura se encogió de hombros.

—Es solo mi forma de pensar. Pero ya no voy a temer a lo desconocido. No soy feliz ahora, así que necesito hacer algo. Quizás conozca al chico con el que realmente debo estar.

—Eso espero —dijo Karissa—. ¿Es por eso que nos invitaste? —me preguntó—. ¿Conociste a alguien?

Bufé.

—No. Bueno, sí, pero no así. Fui al centro juvenil hoy y me ofrecí como voluntaria. La mujer de allí pidió referencias y le di vuestros nombres.

—Ya me llamó —dijo Finley—. Le dije que pateas los carritos de bebé cuando pasas y que golpeas la comida de las manos de los indigentes.

—¿Qué? —exclamé.

Finley resopló.

—¿De verdad crees que diría eso?

Me reí con ella.

—Preguntó cuánto tiempo hacía que nos conocíamos y qué pensaba de tu carácter. Solo está haciendo su trabajo. No te lo tomes como algo personal.

Negué con la cabeza.

—No lo hago. Al menos, no ahora. Al principio me pregunté por qué necesitaba darle tanta información, pero lo entiendo. Tienen que proteger a los niños.

—Exactamente. Creo que es estándar. He hecho algunas cosillas allí con sus ordenadores. Los que tienen son bastante antiguos. Estoy intentando conseguir un acuerdo para comprar un montón nuevos. He ayudado con algunas cosas, pero no he trabajado con los niños. Creo que es una gran idea —dijo Karissa.

—Gracias. Estoy deseando hacerlo. Creo que será bueno para mí. Y me dio una gran idea para crear kits. Estoy pensando que incluso podría hablar con Melody sobre añadir una cesta de fiesta a sus opciones, completa con un kit para hacer joyas y un código privado para ver un vídeo solo para la fiesta. ¿Qué pensáis? —pregunté.

—Creo que vas a necesitar que amplíe esa aplicación que te hice —dijo Karissa.

—Oh, tienes una aplicación —dijo Laura—. Déjame ver.

Le entregué mi teléfono y dejé que Laura jugara con la aplicación. Hablaron sobre ello mientras sacaba la barbacoa que había comprado antes del horno. Se me hizo la boca agua mientras añadía la salsa y lo mezclaba todo.

Llevamos la comida a los sofás y pusimos una película mientras comíamos. Intercambiamos ideas sobre trabajo y vida y hombres. No había duda de que había encontrado dónde pertenecía. Con estas mujeres increíbles como amigas.

Y tal vez con mi pareja como algo más. Ahora que sabía que Karissa podría entregar su información a la policía si algo ocurriera.

Vale, tal vez todavía estaba un poco paranoica. Pero si Laura podía ser valiente e intentar pasar página con Nico, yo podía ser valiente y decir que sí a quedar con JPo alguna vez.

Abrí la aplicación y le envié un mensaje preguntándole si todavía quería quedar alguna vez.

JPO

Demonios, sí. Cuando estés lista.

Tomé aire y sonreí mientras dejaba mi teléfono. Estaba lista para echar raíces.

10

JAMES

Toda la comisaría estaba revolucionada cuando llegué al trabajo. Había un murmullo bajo, como cuando sucede algo importante o conseguimos avanzar en un caso grande. Para un pueblo pequeño, no ocurría con frecuencia, así que me puso en alerta.

Colin Jones estaba de pie en el despacho del capitán Reynolds, asintiendo. Tenía los brazos cruzados sobre el pecho mientras escuchaba. No llevaba esposas, así que supuse que no estaba en problemas. A decir verdad, no podía imaginarme a Colin haciendo algo malo, y mucho menos algo ilegal.

—¿Qué está pasando? —le pregunté al primer tipo que pasó junto a mí. Era joven, uno de los novatos que solo estaba con nosotros por poco tiempo. Como todas nuestras comisarías eran pequeñas, rotábamos a los novatos y todos trabajábamos para formarlos.

—Un donativo. Debe de ser uno grande. No sé cuánto, pero alguien dijo...

—Vale, gracias —dije secamente y me alejé. No tenía tiempo para rumores.

Me senté en mi escritorio y revisé los informes que habían llegado durante la noche. No había ocurrido mucho. Una llamada médica envió a los agentes a comprobar el estado de una pareja en la que el marido estaba sufriendo un ataque al corazón. Una llamada por violencia doméstica llevó a los agentes a mi antiguo barrio. La última llamada fue un informe por embriaguez pública desde O'Kelley's por alguien que estaba consiguiendo que otras personas pidieran sus copas. Ese tipo estaba durmiendo la mona.

La llamada por violencia doméstica fue a la que volví. Oak Hill solía ser bastante tranquilo y la gente se metía en sus asuntos. Una llamada a la policía significaba que alguien estaba asustado. También era una buena oportunidad para ver cómo estaban Anna y sus hijos.

El capitán Reynolds tuvo a Colin en nuestra reunión matutina. Se le veía completamente incómodo de pie frente a todos nosotros y aceptando los elogios que recibía por la donación que había hecho. Los elogios eran merecidos, pero Colin era un tipo que prefería pasar desapercibido. Probablemente pensó que podría entregar un cheque e irse. Si alguna vez volvía a hacer una donación, estaba seguro de que la enviaría por correo.

—Podemos hacer mucho bien con este dinero —dijo el capitán Reynolds—. No podemos expresarte lo que esto significa.

—Bueno, es en memoria de alguien que he descubierto que era bastante increíble —dijo Colin con una sonrisa.

—Muchos de vosotros recordaréis a Luke Carter. El señor Jones es amigo de su viuda, y quería honrarles a ambos con una donación. Si alguno de vosotros no ha estado en la Granja de Arce Familiar Jones, deberíais pasar por allí este fin de semana y devolver el apoyo al señor Jones.

—Eso no es necesario —dijo Colin rápidamente—. No hice esto para conseguir clientes. Fue un agradecimiento a la señora Carter, uno que ella me pidió que diera al pueblo. Ella ama Cala MacKellar, y ama este cuerpo de policía. Yo quería devolver algo.

—Id a la granja, todos —dijo el capitán, ignorando las palabras de Colin.

El resto de nosotros nos reímos por lo bajo.

—Gracias, capitán. Os dejaré continuar —dijo Colin. Me hizo un gesto con la cabeza cuando pasó por mi lado. Levanté un dedo pidiéndole que esperara.

El capitán repasó lo que estaba ocurriendo y en qué punto nos encontrábamos con nuestros casos abiertos. Como Masterson y yo no teníamos nada abierto, estaríamos de patrulla durante el día. Justo lo que esperaba... un día atrapado en un coche con él.

Colin estaba sentado en mi escritorio cuando salí de la reunión. Le estreché la mano y me senté en mi silla para invitados.

—Eso ha sido bastante impresionante —le dije.

—Deberías probar uno de sus pasteles. Esos sí son impresionantes. Además, ayudó a Elise y le dio un empujón hacia mí. Le debo mucho.

—¿Cómo van las cosas entre vosotros dos?

Colin asintió lentamente, sus labios se curvaron en una sonrisa feliz. —Genial. Es lo mejor que me ha pasado en la vida.

El rostro de Trinity destelló en mi mente con sus palabras. Rápidamente lo desterré. Trinity y yo no éramos nada, y mucho menos lo mejor del mundo.

—Eso es genial. ¿Has conseguido convencerla para que se mude contigo?

Colin se rió y negó con la cabeza. —Todavía no. Pero se queda conmigo más a menudo que no. Estamos en aproximadamente una noche a la semana que pasamos separados.

—Debe de ser agradable —dije.

Él asintió. —Lo es. ¿Estarás en O'Kelley's esta noche? Has faltado las últimas semanas.

Asentí. Estaba evitando toda esa felicidad. Después de cómo fueron las cosas con Trinity, no quería enfrentarme a mis amigos más cercanos y acabar diciéndoles que la había cagado con ella. Todavía nunca admití ante ninguno de ellos que intenté arrestarla el día que nos conocimos. Era mejor que todos pensaran que éramos simplemente indiferentes el uno al otro.

—Bien. Nos vemos entonces. Tengo que volver. No pensé que esto iba a llevar tanto tiempo —dijo Colin mientras se levantaba.

—La próxima vez —dije en voz baja—, envíalo por correo.

—Ya estoy planeándolo —coincidió Colin.

Volví a mi asiento y apenas me había sentado cuando Masterson estaba frente a mí preguntándome si estaba listo para irnos.

—Supongo que tú sí lo estás.

—Yo estoy listo. Solo te estaba esperando a ti.

—Vamos, entonces.

Apreté los dientes y me obligué a dejarlo pasar. Solo iba a estar conmigo unas semanas más, luego estaría por su cuenta. Esperaba con ansias ese día.

Masterson no dijo nada cuando conduje hasta la casa de Anna antes de ir a cualquier otro lugar. Levantó una ceja hacia mí, pero mantuvo la boca cerrada. Supuse que era lo mejor que iba a conseguir.

Mi madre me dijo que Anna suele tener los jueves libres y, como era día escolar, esperaba que estuviera más dispuesta a hablar conmigo sin los niños alrededor.

Masterson dijo que iba a hablar con algunos de los vecinos sobre el caso de violencia doméstica de la noche anterior. Asentí y agradecí la privacidad que me estaba dando para hablar con Anna. Llamé a su puerta y esperé, negando con la cabeza una vez más porque la puerta principal no estaba asegurada como debería estar. Pero como nadie realmente reclamaba la propiedad del inmueble, no me sorprendió. Las personas que vivían allí aprendieron a encargarse de las cosas por sí mismas, las cosas que decidían que eran importantes.

Anna abrió la puerta con un paño de cocina en las manos. Su sonrisa se desvaneció tan pronto como me vio. Su mirada se desvió detrás de mí como si esperara que hubiera alguien más allí. Dio un paso atrás y cerró la puerta después de que yo entrara.

—¿En qué puedo ayudarle, agente? —preguntó suavemente, con un temblor desafiante en su voz.

—Te dejé mensajes. ¿Por qué no devuelves mis llamadas?

—Escucha, sé lo que la mayoría de la gente piensa de mí. Sé que no soy una mujer de clase alta. Sé que soy basura. Pero no soy una puta. No voy a follar contigo para mantener a mi hijo fuera de problemas.

—Vaya, Anna, ¿quién ha dicho algo de eso? Nunca te pedí eso. Quiero ayudarte.

—¿Qué hay de las otras personas que viven aquí? ¿Quieres ayudarlas también? ¿Estás llamando a sus puertas? ¿O solo vas tras la madre soltera?

Me balanceé hacia atrás e intenté ver las cosas desde su perspectiva. —Anna, lo siento. Nunca quise hacerte sentir incómoda. Realmente quiero ayudarte. Y empieza con una persona. Si puedo ayudarte, tal vez pueda ayudar a alguien más después de ti. Quizás el que tú salgas de aquí inspirará a alguien más a hacer lo mismo.

Ella se burló. —Sabes cómo es esto aquí, James. Es debilitante. Te hace sentir que nunca tendrás normalidad. Yo estaba fuera. Era libre. Lo tenía todo. Y luego todo desapareció. Estoy destinada a estar aquí. Estoy destinada a vivir esta vida. Nunca debí pensar que era mejor que este lugar.

Se dio la vuelta y volvió a la cocina. Un fregadero lleno de agua jabonosa la esperaba. Metió las manos en él y comenzó a fregar algo furiosamente.

Miré alrededor de su apartamento e intenté no dejar que la sensación me desbordara. Lo que dijo me llegó profundo. Desde que me mudé, había tenido los mismos pensamientos. No merecía más que vivir allí. Mi casa era precaria. Sabía que podían quitármela en un abrir y cerrar de ojos si no tenía cuidado. Anna hizo todo bien cuando se fue. Se casó, formó una familia e intentó ayudar a sus padres. Y todas las personas con las que contaba la jodieron. Personas que amaba, personas que decían amarla. ¿Por qué debería aceptar ayuda de mí?

Luché por dejar de lado mis propios temores de acabar de nuevo allí y seguí a Anna hasta la cocina. Me quedé en medio, viéndola hacer lo único que podía hacer para mejorar el lugar para sus hijos. Mi madre hacía lo mismo. Le pregunté por qué se molestaba en limpiar cuando nuestro apartamento era un basurero. Ella siempre decía que no era el lugar más elegante ni el más grande, pero iba a asegurarse de que estuviera limpio y de que estuviéramos seguros y sanos.

—Un amigo mío es dueño de O'Kelley's. Dijo que Joey puede limpiar mesas para él después de la escuela.

—No quiero caridad —dijo Anna sin mirarme.

—¿Cómo es ofrecer un trabajo caridad?

Ella se volvió hacia mí, sus ojos ardiendo con fuego. —¿Publicó el puesto? ¿Es algo para lo que buscaba contratar? ¿Ha entrevistado a otras personas? ¿Ha conocido siquiera a Joey?

Mis mejillas ardieron con las respuestas a sus preguntas.

—James, vete. Déjanos en paz. Nos las arreglaremos. Siempre lo hemos hecho. No hay razón para que te preocupes por nosotros ahora. Nunca lo has hecho antes.

La finalidad en su voz me golpeó. Tenía razón. No volví. Me senté en mi casa y temí regresar allí. Estaba tan envuelto en mi propia mierda que perdí de vista el hecho de que hay personas que todavía viven allí. Viviendo en un entorno inseguro, confiando en que ninguno de ellos tiene nada que valga la pena robar para evitar que la gente entre a la fuerza. Confiando en que ninguno de ellos es mejor que los demás.

—Lo siento, Anna —dije en voz baja antes de salir.

Mi mente corría con pensamientos y promesas rotas. Mi madre se quedó allí. Nunca quiso irse. Estaba orgullosa del hogar que creó para mi hermano y para mí. Yo siempre me avergoncé de ello, y todavía lo hacía. No le decía a la gente que crecí allí. No hablaba de ello. Me consideraba mejor, y mantenía la nariz en alto y actuaba como si fuera demasiado bueno.

Ya no podía hacerlo más. Les debía más que eso.

Cuando robaron el bolso de Trinity, reemplacé su cerradura sin pensarlo. No me costó más que tiempo, pero aún así fue algo que no dudé en hacer. Había entrado en casa de Anna dos veces en las últimas semanas y ambas veces pasé junto a la cerradura rota de la entrada sin hacer nada al respecto.

Era hora de que hiciera un cambio por las personas que solía conocer.

TODAVÍA ESTABA CONSIDERANDO lo que podía hacer cuando terminó mi turno y me dirigí a O'Kelley's. Mi teléfono sonó en mi bolsillo mientras me sentaba, y lo saqué justo antes de que Piper pusiera una cerveza frente a mí.

—No has aparecido mucho últimamente. ¿Todo bien?

Asentí. —Solo ocupado.

—¿Es solo eso? —preguntó, con una mirada conocedora en sus ojos.

Entrecerré los ojos hacia ella, tratando de decidir si sabía algo o si estaba intentando hacerme caer en una trampa. No le había dicho a nadie que me había acostado con Trinity, pero eso no significaba que ella lo hubiera mantenido en secreto. No quería arriesgarme a encontrarme con ella en O'Kelley's, o en cualquier otro lugar, desde entonces. Y no quería escuchar a Ramsey, Colin e Ian hablar de lo geniales que eran sus relaciones.

—¿Qué más podría ser? —le pregunté a Piper.

Se encogió de hombros y sonrió. —Solo me preguntaba.

Se alejó, dejándome pensar que sabía algo. Mi teléfono sonó de nuevo, y abandoné los pensamientos sobre Piper cuando vi un mensaje de En Busca del Galán de Papel.

Me registré en la aplicación una noche cuando Karissa estaba molestando a todos para que la consiguieran. No tenía interés en las citas en línea, y su aplicación no era realmente mejor para mí, pero me uní. Ignoré las primeras coincidencias que tuve, pero finalmente intercambié mensajes con un par de ellas. Era de baja presión y fácil. Me reuní con una de las mujeres con las que coincidí. Era preciosa y nos divertimos, pero se sentía más como una hermana que como alguien de quien me enamoraría.

La con la que había estado hablando últimamente me hacía reír, algo que no había hecho lo suficiente últimamente.

CHICA DIAMANTE

¿Todavía quieres quedar alguna vez?

JPO

Tú nombra el lugar y la hora, y allí estaré.

Cuando saqué el tema la primera vez, me rechazó rotundamente, pero la semana pasada, preguntó si podíamos quedar. No sabía qué había cambiado su manera de pensar, pero estaba dispuesto.

CHICA DIAMANTE

¿Cuál es tu bebida favorita?

JPO

¿Cuenta la cerveza?

CHICA DIAMANTE

Por supuesto.

JPO

Bien.

CHICA DIAMANTE

¿Qué es lo mejor de tu trabajo?

JPO

Ayudar a la gente.

Respondí automáticamente porque esa fue siempre la razón por la que decidí ser policía, pero la respuesta me revolvió el estómago. No estaba ayudando a suficientes personas, y no de una manera que importara.

CHICA DIAMANTE

Muy noble por tu parte. ¿Qué te gusta hacer cuando no estás trabajando?

JPO

Pasar tiempo con amigos.

CHICA DIAMANTE

¿Hay alguna otra mujer con la que estés involucrado ahora mismo?

Dudé. Una parte de mí quería decir que sí, pero Trinity y

yo no estábamos involucrados. No realmente. No importaba que ella fuera en quien pensaba cuando estaba solo, incluso antes de nuestra única vez juntos. Si fuéramos algo, no estaría hablando con alguien en una aplicación de citas.

JPO

No.

CHICA DIAMANTE

Bien. La vida es demasiado corta para ser infeliz. Estoy tratando de aceptar eso ahora mismo.

JPO

Tú y yo ambos.

CHICA DIAMANTE

Estoy deseando conocerte.

JPO

Yo también.

Esperé a que me volviera a escribir, pero no lo hizo. Cuando vi que había cerrado sesión en la aplicación, cerré la mía y levanté mi cerveza.

Ian reclamó el asiento junto al mío mientras yo bebía un trago. Asintió y levantó un dedo pidiendo una cerveza. Hudson, detrás de la barra de nuevo, se la trajo.

—Todavía no he visto al chico. ¿Le hablaste del trabajo? He estado esperando a que apareciera —dijo Hudson.

Asentí y gemí. —He estado llamando a su madre desde que hablamos de ello hace semanas. Hoy fui allí, y ella dijo que no quería caridad.

—¿Cómo es ofrecer un trabajo caridad? —preguntó Hudson.

—Dije exactamente lo mismo, pero ella preguntó si se había publicado y si habías entrevistado a alguien más o si siquiera estabas buscando a alguien para el trabajo antes. También preguntó si habías conocido a su hijo.

—Maldita sea —respiró Hudson.

Asentí. —Sí, exactamente lo que pensé. Aunque lo entiendo. Viviendo en Oak Hill, renuncias a tener suerte. Decides que el mundo está en tu contra y que nunca tendrás nada que funcione.

—Pero estoy tratando de ayudar —argumentó Hudson.

—Lo sé. Pero Anna es el tipo de persona que quiere una ayuda que se ha ganado. Si le pagan un dólar más por hora porque está trabajando duro, no lo pensará dos veces. Pero si su hijo toma un trabajo porque tú creaste uno para él, se ofende porque piensa que creemos que no puede cuidar de su familia.

—Puedo entender eso —dijo Ian—. Blake es igual muchas veces. Cuando empezamos a estar juntos, su madre vomitó por todo su sofá. Ramsey y yo nos deshicimos de él, y ella se molestó por eso porque no estaba acostumbrada a que la gente la ayudara sin pedir algo a cambio.

—Anna pensó que estaba tratando de conseguir que se acostara conmigo —admití.

—¿Lo estabas? —preguntó Hudson.

—¡No! Solo quiero ayudarles. He sido como su hijo. He vivido allí y he visto a mi madre luchar por mantener las cosas en orden. Sé cómo son sus vidas. Solo quería ayudar.

—Pues ayuda. Compra una bolsa de comestibles, haz una barbacoa en el aparcamiento, arregla algo en el apartamento. Ayúdales —dijo Ian.

Tomé aire. —He estado pensando exactamente en eso. ¿Os interesa uniros a mí?

Ian y Hudson intercambiaron una mirada y ambos asintieron. —Por supuesto.

11

*P*ara cuando Colin y Ramsey llegaron, Ian, Hudson y yo ya teníamos casi una docena de ideas para ayudar a Anna y a los demás en su barrio. Les pusimos al día sobre lo que estábamos planeando y ellos también querían hacer algo.

—Podría ofrecer asesoramiento legal gratuito —sugirió Ramsey—. Incluso podría ayudar a algunos de ellos a conseguir préstamos o establecer contactos con otras personas de la comunidad.

—Creo que cualquier cosa para retribuir funciona. Odio admitir que no he pasado mucho tiempo allí desde que me mudé —les dije—. No me gusta volver.

—Volver nunca es fácil —dijo Hudson, con la mirada perdida.

—¿Crees que volverás a salir con alguien? —le preguntó Colin.

Si cualquiera de nosotros le hubiera preguntado, Hudson se habría marchado, pero Colin hacía que todos sintieran que solo quería conocerte mejor. Colin no sabía juzgar a la gente.

Hudson dudó y luego se encogió de hombros. —No lo sé. No puedo imaginarme estar con nadie que no sea Hillary. Ella lo era todo para mí. No es que las cosas fueran perfectas, pero la amaba. La idea de sentirme así y perder a alguien más me aterra.

—No creo que ese sentimiento desaparezca nunca —dijo Ramsey—. Yo puedo volver a casa con Melody todas las noches y aún tengo esos miedos. Pero tengo el regalo de la retrospectiva y sé lo mucho que apesta perder a la mujer que amas y lo genial que es poder amarla de nuevo. Entiendo lo que dices sobre no estar seguro de cómo podrías amar otra vez. Cuando Melody y yo estábamos separados, la idea de que ella no fuera la última mujer a la que besara casi me mata.

Hudson miró a Ramsey durante un largo momento y asintió. —Por eso quería darte una bofetada cuando tú y Melody no podíais arreglar vuestros problemas. Daría cualquier cosa por recuperar a Hillary. No se deja ir a la mujer que amas. Por nada.

—Nunca más —dijo Ramsey solemnemente.

—De acuerdo —dijeron Ian y Colin al unísono.

—Ya que Hudson no está listo para salir con alguien, ¿qué hay de ti? —me preguntó Colin.

Me reí y negué con la cabeza. —Lo último que necesito es una mujer que intente decirme lo que tengo que hacer.

—Eso puede ser excitante —dijo Ian con una sonrisa burlona—. Me gusta cuando Blake se pone mandona.

Hudson negó con la cabeza y se alejó murmurando algo sobre no querer oír el resto.

—Elise siempre es mandona, pero cuando se pone mandona en el dormitorio... no me importan esos momentos —dijo Colin. Sonrió y bebió un sorbo de su cerveza, perdido en sus propios pensamientos.

—Espera a tener hijos. Tengo dos mujeres diciéndome lo

que tengo que hacer. Aunque sigo sin importarme —dijo Ramsey—. Cuando tengas hijos, estarás rendido a sus pies.

Resoplé y negué con la cabeza. —No tengo una mujer y ahora me estás dando hijos. Ve más despacio. Y además, no estoy seguro de querer hijos. ¿Con todas las cosas que veo cada día?

—Oh, por favor. Esto es Cala MacKellar, no Nueva York —dijo Ramsey con una risita.

—Así que aquí es donde te reúnes —dijo alguien, sentándose a mi otro lado.

Me giré y gemí cuando Masterson ocupó el taburete junto a mí.

—¿Vas a presentarme a tus amigos? —Asintió hacia ellos —. Soy Rowan. Su nuevo compañero. Seguro que todos habéis oído lo capullo que soy por querer que haga cosas como arrestar y multar a la gente.

Hudson se acercó y le preguntó a Masterson qué quería beber.

—Whisky. Con hielo.

Hudson asintió y sirvió la bebida, luego la deslizó frente a Masterson. —¿Abres una cuenta?

Él me miró para asegurarse de que Hudson podía confiar en que pagaría la cuenta. Asentí. —Hudson, este es mi compañero temporal, Rowan Masterson.

—¿En serio? —dijo Hudson con una sonrisa—. En ese caso, la primera bebida corre de mi cuenta. Se merece a alguien que le alborote las plumas y le cabree un poco.

—Ya tengo uno de esos en mi vida. No necesito dos —dije en voz baja.

—Sí, bueno, él me alborota tantas plumas como yo a él. Todavía no puedo creer que dejara ir al tipo que robó el bolso —dijo Masterson.

Hudson se encogió de hombros. —Es la vida en un pueblo pequeño. Nos cuidamos unos a otros. Todos estamos hablando de ayudar a las familias de Oak Hill. Estábamos intercambiando algunas ideas. Si quieres colaborar, háznoslo saber.

Masterson asintió. —Suena bien. Quizás para mostrar a la comunidad que no todos somos malos. Solo tú.

Ramsey e Ian resoplaron. Yo puse los ojos en blanco. Hudson simplemente sonrió.

—Deberías volver. Estos tontos vienen aquí casi todos los jueves por la noche. Yo vivo aquí —dijo Hudson.

—Podría hacerlo. Gracias. Suponiendo que no me dispare mañana —dijo Masterson, levantándose y deslizando un billete por la barra.

—Dije que la primera bebida corre de mi cuenta —dijo Hudson, rechazándolo con un gesto.

—Entonces ponlo para lo que vayas a necesitar para este proyecto comunitario. No será gratis —dijo Masterson.

Hudson asintió, y Masterson dijo que fue un placer conocerlos a todos y se marchó. No pasó mucho tiempo antes de que empezaran las preguntas.

—Parece bastante genial. ¿Por qué no te cae bien? —preguntó Hudson.

—Sí, esperaba un capullo, no un tipo que te acosa y dona a una buena causa —dijo Ramsey.

—No sabía qué esperar, pero puede volver —dijo Ian.

—Todos sois unos mierdas —les dije.

—Solo quiero saber quién más en tu vida te alborota las plumas —dijo Colin.

—Nadie —murmuré, deseando haber mantenido la boca cerrada.

—Oh, no, eso definitivamente no es nadie —dijo Ramsey —. ¿Quién es ella?

—¿Alguien que conozcamos? —preguntó Ian.

—No. Tengo que irme —dije, terminando mi cerveza y lanzando unos billetes sobre la barra.

—¿Es Trinity? —preguntó Hudson con un tono burlón.

Me detuve el tiempo suficiente para que el resto lo notara.

—¿Trinity? Joder. No sabía que vosotros dos estabais juntos —dijo Ramsey.

—No lo estamos —protesté.

—Pero quieres estarlo —dijo Ian, no preguntó—. Te gusta. ¿Por qué no nos lo dijiste?

—No hay nada que contar.

—Ella piensa que es un imbécil. Principalmente porque lo es cuando ella está cerca —dijo Hudson.

Le lancé una mirada fulminante, pero él solo se balanceó sobre sus talones y sonrió.

—Me cae bien Trinity —dijo Colin—. Coqueteó conmigo la primera vez que nos conocimos.

—Conmigo también —dijeron Hudson e Ian.

—¿Y tú, James? ¿Coqueteó contigo? —preguntó Ramsey.

—No, ¿coqueteó contigo? —solté.

Ramsey soltó una risita. —Llevo un anillo de matrimonio, así que no. ¿Por qué no coqueteó contigo? Es una mujer amistosa y coqueta. ¿Qué fue lo que no le gustó de ti a primera vista?

Torcí los labios e intenté encontrar una manera de decírselo sin sonar como un completo imbécil. Hudson me ahorró el problema.

—Intentó arrestarla como gesto de bienvenida al pueblo.

—¿Hiciste qué? —preguntó Colin.

Los otros capullos simplemente estallaron en carcajadas.

—Vale, tengo que preguntar por qué —dijo Ramsey—. ¿Necesita un abogado?

—Estaba forzando la entrada a su coche —murmuré.

—¿Su propio coche? ¿E ibas a arrestarla? —preguntó Ian.

—No sabía que era su coche —protesté.

—No me extraña que no le caigas bien —dijo Colin—. Yo también pensaría que eres un imbécil.

—¿Cómo iba a saberlo?

—¿Se lo preguntaste? —preguntó Ian.

—¿Sabéis cuántos criminales mienten? —les pregunté.

—Probablemente todos, pero Trinity no es una criminal —dijo Ramsey.

—¡No lo sabía!

Todos me miraron durante un segundo y luego estallaron en carcajadas. Otra vez.

Les hice un corte de mangas a todos y salí. Les oí llamarme, pero no estaba de humor para escucharlos. Principalmente porque si ahora me encontraba con Trinity en la calle, habría intentado ayudarla en lugar de arrestarla.

Como hice con Joey.

Respiré hondo e ignoré el zumbido en mi bolsillo. Hudson y los demás estarían bien. Necesitaba disculparme con Trinity. Algo que hacía tiempo que debía haber hecho.

Abrí la puerta de su edificio y dudé antes de dirigirme hacia las escaleras. Respiré hondo y negué con la cabeza. No podía presentarme en su casa. No éramos amigos, y mucho menos amigos que se presentaban sin avisar.

Me giré para irme y me detuve. Trinity me miraba con una expresión divertida en su rostro.

—¿Qué estás haciendo? —me preguntó.

Abrí la boca para decir algo y todos mis pensamientos se concentraron en los diminutos pantalones cortos que llevaba y en la forma en que un mechón de pelo acariciaba el costado de su cuello.

—¿Estás bien? —preguntó, entrecerrando los ojos mientras se acercaba a mí.

—Sí, estoy bien —dije bruscamente.

Ella dio un paso atrás y negó con la cabeza. —Que pases

buena noche. —Se movió a mi alrededor hacia las escaleras, ya sin preocuparse.

—Lo siento —solté de repente.

—No te preocupes —dijo, sin detenerse.

—Por intentar arrestarte —grité tras ella.

Eso hizo que se detuviera. Se volvió hacia mí, con los ojos ardiendo. Estaba a mitad de camino en la primera parte de las escaleras y voló de vuelta hacia mí poniéndose en mi cara.

—No te atrevas a entrar en mi edificio y avergonzarme así. ¿Lo sientes? Bien. Lo sientes. Da igual. Estás perdonado. Pero no intentes hacerme parecer una criminal en mi propia casa donde la gente puede oírte —siseó.

Giró para alejarse de nuevo y le agarré del brazo. Se detuvo y miró mi mano.

—Suéltame. Ahora.

La solté y suspiré. Ella se alejó bruscamente, pero yo necesitaba decir lo que había ido a decir. —Lo siento por la forma en que te he tratado desde que nos conocimos. Por no darte nunca el beneficio de la duda. Por asumir siempre lo peor de ti. Fui rápido en dejar ir a Joey, pero no te extendí la misma cortesía. Hablo con todos sobre su situación, excepto contigo. Nunca debí haberte tratado como lo hice. Y quería disculparme por hacer tu vida más difícil.

Contuve la respiración mientras ella permanecía en esos escalones, sin subir ni bajar. Era muy posible que se fuera y no me hablara, pero esperaba que no lo hiciera.

Finalmente, exhaló un suspiro. —Si insistes en tener esta conversación, por favor, déjame guardar mis compras y salgamos del pasillo para que mis vecinos no me denuncien por hacer demasiado ruido.

Miré alrededor del vestíbulo vacío hacia el mundo oscuro del exterior y asentí. —De acuerdo.

La seguí escaleras arriba, haciendo todo lo posible por no mirarle el culo todo el tiempo y fracasando. La forma en que sus piernas se movían, abriéndose con cada paso por las escaleras, luego acariciándose mientras pasaban, su culo tensándose en cada paso... eso no era lo único que se tensaba.

Finalmente llegamos a su puerta y ella dejó las bolsas mientras la abría y nos dejaba entrar. Llevó sus bolsas a la cocina y comenzó a guardar todo.

—¿Puedo ayudar? —ofrecí.

—¿Sabes dónde van mis compras?

—Um, no.

Me lanzó una mirada de *obvio* y continuó moviéndose por el pequeño espacio, encajando las cosas en lugares que parecían específicamente tallados para ellas. La observé mientras se movía, preguntándome si siquiera le importaba que yo estuviera allí.

Cuando terminó de guardar todo, abrió su nevera y sacó tres recipientes de comida china. Los colocó sobre la encimera entre nosotros y finalmente encontró mi mirada.

—Creo que podré digerir mejor lo que sea que quieras decirme después de comer. ¿Tienes hambre?

Asentí y mantuve la boca cerrada. Estaba siendo amable conmigo. Relativamente hablando. Lo aceptaría.

Puso la comida en dos platos y los calentó antes de entregarme uno y coger dos cervezas de su nevera. Me entregó una y llevó su comida al sofá. Puso una película, actuando como si yo no estuviera allí. Era casi cómico, y definitivamente doméstico. Como si encajáramos.

Ella cenó y se rio de la película, ignorándome mientras yo hacía lo mismo. Cuando terminó, dejó su plato sobre la mesa de café y recogió los pies debajo de ella. Se apoyó contra el brazo del sofá y se volvió hacia mí.

—¿Estás listo para hablar ahora?

Dejé mi plato y copié su postura, volviéndome hacia ella y apoyándome contra el brazo en el otro extremo del sofá.

Inspiró profundamente, preparándose para mí. En ese

momento, vi cuánto le habían afectado mis acciones y las lamenté aún más.

—El día que nos conocimos —comencé—, te juzgué. Vi a una extraña en un pueblo en el que he vivido básicamente toda mi vida, y saqué conclusiones precipitadas. Tomé una decisión sobre ti antes de hacer cualquier pregunta, y eso no fue justo ni correcto. Cuando decidí convertirme en policía, fue porque a muchas personas que conocí mientras crecía no se les dio una oportunidad. Quería marcar la diferencia, ayudar a la gente. Pero no hice eso contigo y lo siento.

Ella dejó escapar un suspiro tembloroso y asintió. —Gracias. —Su voz era pequeña, como si estuviera conteniendo sus emociones.

—Sé que he sido un imbécil desde entonces, y también lo siento por eso.

Ella se rio y negó con la cabeza como si no me creyera.

—¿Crees que estoy mintiendo?

Ella me miró. —¿De verdad crees que voy a creer que has sido un imbécil conmigo durante un año y que solo vas a decir lo siento y ya está bien? ¿Qué? ¿Se supone que ahora somos amigos? Seguirás siendo un imbécil.

—¿Y de verdad crees que decir eso va a arreglar esto?

Ella se rio y desenroscó su cuerpo para levantarse. Llevó su plato a la cocina y lo puso en el fregadero, luego me miró con furia. —Entraste en mi casa. Te presentaste en mi casa. Dijiste que querías hablar conmigo y disculparte. Tú empezaste esto. ¿No se me permite tener mis propios sentimientos al respecto?

—Estoy intentando disculparme y estás actuando como si estuviera haciendo algo mal.

Ella negó con la cabeza. —No, estás actuando como si nunca hubieras hecho nada mal. ¿Sabes lo que es vivir en un pueblo donde no estás segura si te van a arrestar en cualquier momento porque has sido el objetivo? ¿O preocuparte porque cualquier pequeña cosa que hagas va a cabrear a alguien que tiene la autoridad para meterte en la cárcel? Has tenido alguna epifanía o algo hoy y te presentas en mi casa y exiges que te escuche, y ahora me dices que no estoy siendo lo suficientemente amable y perdonadora. Simplemente vete.

—No —dije. Me levanté y caminé hacia ella.

—¿Por qué diablos no?

—Porque no quieres realmente que me vaya, Trinity.

Ella resopló. —No sé de qué estás hablando.

—Creo que sí lo sabes —dije suavemente, acercándome más a ella—. Creo que estás tan caliente ahora mismo como yo. Creo que quieres que te tire sobre ese sofá del que acabas de alejarte enfadada y te folle hasta que tus vecinos griten. Creo que te mueres por tenerme dentro de ti otra vez, justo como yo me muero por estar dentro de ti.

Hice una pausa, envalentonado por la forma en que sus párpados cayeron hasta la mitad y su lengua salió para humedecerse los labios.

—No sé qué demonios está pasando entre nosotros, Trinity, pero no voy a salir por esa puerta ahora mismo a menos que me digas que no me deseas tanto como yo te deseo a ti.

—No te deseo —respiró, su voz entrecortada con la mentira.

—Sí, me deseas —dije suavemente—. Pero si no puedes admitírmelo, cuando no hay nadie más alrededor, no voy a presionarte.

Volví al sofá y recogí mi plato y mi cerveza. Terminé la cerveza y llevé ambos a donde ella estaba parada en la cocina.

El aire entre nosotros pulsaba con deseo. Me rocé contra ella mientras dejaba mi plato en el fregadero con el suyo y me incliné cerca cuando puse mi cerveza en la encimera detrás de ella.

—Lo hicimos bien juntos la última vez, Trin. Tal vez

algún día podamos descubrir si eso fue casualidad o si incendiamos las sábanas cada. Maldita. Vez.

Le besé la mejilla, demorándome mientras inhalaba su aroma para llevármelo conmigo. Empecé a alejarme y ella me agarró de los brazos.

—Te odio.

—Nunca te pedí que te cayera bien.

—Odio desearte.

—Créeme, el sentimiento es mutuo.

Ella gimió mientras se abalanzaba sobre mí, envolviendo su cuerpo alrededor del mío como si temiera que me fuera.

Si ella supiera.

12

TRINITY

Mi cerebro intentaba decirle a mi cuerpo que se apartara, pero no había ninguna posibilidad de que mi cuerpo fuera a escuchar. Lo deseaba. Era más que eso. Lo necesitaba. No solo sexo, sino a él. Necesitaba a un hombre que no intentara engatusarme ni ser dulce y cariñoso. Solo necesitaba sexo.

Sus manos abrasaban mi espalda arriba y abajo mientras su lengua bailaba dentro de mi boca. Gemí y succioné su lengua, disfrutando cuando sus dedos se clavaron en mis caderas. Él se inclinó, la diferencia de altura obligándome a doblarme con él, y me dirigió hacia el salón.

Tropezamos, nos besamos y nos apresuramos hacia el sofá, la ropa ya volaba cuando llegamos al mullido aterrizaje. Me atrajo encima de él, su miembro se acomodó entre mis muslos, tocándome justo donde debía.

La última vez que tuvimos sexo, me corrí, pero salí corriendo justo después porque no había terminado cuando él lo hizo. Lo último que quería era pedirle que me ayudara. No. Solo necesitaba unos minutos más a solas y el deseo que ya pulsaba por mi cuerpo para terminar.

Esta vez, no estaba segura de poder esperar hasta que se fuera para usar el recuerdo de él y gritar mi camino hacia otro orgasmo.

—Ven aquí —susurró, atrayéndome hacia él.

Mi estómago desnudo tocó el suyo y ambos contuvimos la respiración. Su piel era cálida y suave contra la mía, un fuerte contraste con la sensación áspera de sus manos callosas sobre mi piel. Me incliné hacia delante mientras él se levantaba, ambos reclamando el beso que flotaba en el aire entre nosotros.

Embistió contra mí, su miembro deslizándose más profundamente entre mis muslos, y me agarró el trasero, manteniéndome contra él mientras mi cuerpo se retorcía buscando liberación. Mis bragas estaban empapadas y mis pezones duros, el suave acolchado de mi sujetador no impedía sentirlo al otro lado del algodón.

Sus manos subieron y rápidamente desabrocharon mi sujetador, bajándolo por mis brazos hasta que sus manos trabajaron entre nosotros y abarcaron mis pechos desnudos.

Me aparté de su beso con un gemido, y él me empujó hacia arriba, sus manos siendo el único soporte para mis pechos grandes. Amasó y provocó mi carne antes de hacer rodar mis pezones entre sus dedos y gemir.

—Eres tan jodidamente hermosa —murmuró.

Bajé la mirada hacia él, pero él no me estaba mirando a mí. Era la primera vez que no me decepcionaba encontrar a un hombre hablándole a mi pecho en lugar de a mi cara y casi me reí.

James se inclinó y lamió uno de mis pezones. Mi cabeza cayó hacia atrás, la sensación de su lengua suave y húmeda en mi cuerpo convirtiendo mis entrañas en lava. Me mecí suavemente en su regazo, disfrutando de su cuerpo mientras él disfrutaba del mío.

Gimió su aprobación y cambió de lado, lamiendo mi otro

pezón hasta meterlo en su boca y succionarlo con fuerza. Un grito escapó de mis labios, pero él no se detuvo. Sonrió contra mi carne y me mordisqueó antes de presionar su lengua plana contra mi pecho.

Sujeté su cabeza en su sitio y lo cabalgué sin vergüenza. Disfrutaba del sexo y había tenido suficientes amantes para saber qué me excitaba, pero no siempre era libre con un hombre y rara vez tomaba lo que necesitaba. Con James, no me importaba lo que pensara de mí. Ya me juzgaba. El sexo no iba a cambiar eso, así que iba a disfrutar.

—Joder —gimió, moviéndose hacia arriba mientras yo me balanceaba contra él.

El orgasmo que quería estaba justo fuera de mi alcance. Intenté llegar ahí, pero había demasiadas capas entre nosotros. Mis pantalones cortos de algodón y bragas no ocultaban mucho, pero los pantalones que él llevaba eran demasiado gruesos para dejarme sentirlo como necesitaba.

Gemí y me eché hacia atrás, tambaleándome entre rendirme o hacerlo yo misma. James presionó mis hombros hasta que el centro de mi espalda golpeó el brazo del sofá. Todavía estaba a horcajadas sobre él, sus piernas atrapadas entre las mías. Deslizó sus manos por mis muslos y metió un dedo bajo el borde de mis pantalones cortos.

Todo mi cuerpo se estremeció ante el íntimo contacto. Apartó mis pantalones cortos y bragas con la otra mano y trazó mi hendidura con un dedo delicado.

—No te contengas conmigo, Trinity —dijo, encontrando mi mirada por primera vez desde que me lancé sobre él.

La conexión en ese momento me asustó muchísimo. Me vio. No solo físicamente, sino a mí. Toda yo. Miró en mi alma y una parte de mí supo que él era el único que vería tanto de mí como lo hizo en ese momento.

Entonces su mirada cayó a mis muslos separados y provocó mi clítoris. Mi cuerpo se tensó. Ya estaba sensible y al límite, y solo un toque me tenía lista para perder la cabeza. James lo sabía y rápidamente se alejó de mi clítoris, separando mi carne mientras exploraba perezosamente.

Su dedo apenas entró en mí antes de salir de nuevo. Arrastró la humedad alrededor, sus dedos no me proporcionaban ningún alivio.

—Por favor —gemí, sacudiendo mis caderas hacia él.

—¿Estás segura de que estás lista? —preguntó, con un tono burlón en sus ojos.

—Esto se supone que es sexo, James. Nada más. No nos caemos bien.

La sonrisa burlona desapareció de su rostro. Durante medio segundo, me preocupó haberle herido los sentimientos. Luego me preocupó que se fuera a ir.

Entonces metió dos dedos dentro de mí y presionó su pulgar contra mi clítoris y casi me corrí instantáneamente.

—Oh, sí —gemí. Mi cuerpo se estiró para acomodar sus dedos mientras se contraía a su alrededor. La presión en mi clítoris era perfecta. Cerca. Tan cerca.

La humedad cubrió sus dedos mientras los bombeaba dentro y fuera. Mis ojos se cerraron cuando el orgasmo se precipitó hacia mí, trepando por mi garganta y congelándose en mis pulmones. James bombeó más fuerte, sus dedos golpeando más profundamente dentro de mí, su pulgar deslizándose sobre mi piel.

El aire acondicionado se encendió, el aire frío soplando sobre mi cuerpo expuesto y recordándome lo abierta y vulnerable que estaba para un hombre del que me decía a mí misma que no me gustaba.

Entonces susurró:—Córrete para mí, Trinity. Córrete.

Mi nombre en sus labios me llevó al límite. Gemí y grité y clavé mis uñas en él. Mi mente quedó en blanco y todo lo que pude hacer fue dejar que mi cuerpo liberara todo lo que James había acumulado dentro de mí.

Mientras bajaba de mi éxtasis, cada terminación nerviosa dentro de mí decía volver a subir allí. Sus dedos perezosamente entraban y salían de mí, estableciendo un ritmo que me encendía de una manera diferente. El primero fue follar, pero la lentitud era algo más. Algo más profundo. Más oscuro. Algo que amenazaba con que más que solo mi cuerpo lo desearía.

No podía hacerlo.

—Dentro de mí —dije con firmeza—. Ahora.

Su mirada se encontró con la mía y retiró sus dedos. Me levanté mientras nos quitábamos el resto de nuestra ropa. Sacó un condón y se sentó en el sofá para ponérselo. Luego me miró y extendió la mano hacia mí.

Nunca me gustó estar arriba. Mis muslos eran demasiado grandes para encajar sobre la mayoría de los hombres, y odiaba la forma en que mi cuerpo se agitaba y rebotaba con cada movimiento. Me hacía sentir como la chica gorda que realmente no encajaba.

Pero el calor en sus ojos cuando recorrieron mi cuerpo decía que él no veía nada de eso. James veía a la mujer que yo intentaba ser. La mujer con la figura curvilínea que estaba orgullosa de su cuerpo. La mujer a la que le gustaba comer y disfrutar de todo lo que la vida tenía para ofrecer.

Incluido él.

Me subí encima de él y gemí cuando nos encajó juntos. Su miembro se hinchó dentro de mí, llenándome. Me quedé ahí unos segundos, acostumbrándome a su sensación.

Puse mis manos en sus hombros y las suyas fueron a mis caderas. Juntos, establecimos un ritmo, nuestros cuerpos encontrándose y luego separándose, para luego volver a chocar. Nos movimos más rápido con cada embestida, como si no pudiéramos tener suficiente.

Todos los pensamientos volaron de mi mente. Ya no era el oficial James Rucker entre mis muslos, sino James. Era un hombre que me volvía loca por más de una razón. Era guapo y amable, y se preocupaba por las personas en su vida. Era un buen hombre, y uno por el que sabía que podría caer si me lo permitiera.

Pero no podía permitírmelo. No podía enamorarme de él.

Sus manos se deslizaron por mis muslos, a través de mi estómago, y abarcaron mis pechos que rebotaban. Llevó uno a su boca mientras yo seguía moviéndome. La sensación añadida de sus labios, lengua y dientes en mis pezones me hizo correr más rápido hacia otro orgasmo.

Eché la cabeza hacia atrás y abandoné toda preocupación, dejándome llevar. Lo cabalgué con fuerza, frotándome contra él y tomando exactamente lo que necesitaba. Él succionó con más fuerza mi carne y embistió contra mí, dejándome establecer nuestro nuevo ritmo y volvernos locos a ambos.

Mi energía disminuyó con cada embestida castigadora. Mi cuerpo no estaba acostumbrado a ese nivel de esfuerzo durante tanto tiempo. Cuando mis movimientos fallaron y mi orgasmo se encogió dentro de mí, James tomó el control.

Me empujó y salió rápidamente del sofá, guiándome a recostarme rápidamente. Se acomodó entre mis muslos una vez más, apresurándose en silencio para volver justo donde estábamos. Su primera embestida fue dura y profunda y le dijo a mi cuerpo que se preparara porque el tren O venía rápido.

—Oh, Dios —gemí, abriendo más las piernas para permitirle ir más profundo.

Bombeó dentro de mí, su rostro flotando sobre mí en una máscara de determinación. El sudor perlaba su frente mientras apretaba la mandíbula y entraba en mí una y otra vez. Cerró los ojos en un momento, luego los abrió para mirar entre nosotros y observar dónde entraba en mí.

Se sujetó con una mano y alcanzó entre nosotros con la

otra. Sus dedos encontraron mi clítoris y lo provocaron. La suave caricia de sus dedos y la castigadora embestida de su miembro confundieron mi cuerpo. Un movimiento me empujaba más alto y el otro me arrastraba de vuelta, una y otra vez, hasta que mi cuerpo avanzó a toda velocidad y se fracturó.

Grité de nuevo, gritando su nombre y aferrándome a él. Necesitaba sentir su peso sobre mí, tener su cuerpo presionado contra el mío. La enormidad de las sensaciones me abrumó y me hizo sentir dolorosamente sola sin su contacto.

Se hundió sobre mí, presionándome contra los suaves cojines. Besó mi cuello y hombros y subió hasta el punto suave detrás de mi oreja. No dijo nada, solo me aseguró con sus besos que estaba allí.

Todo el tiempo, su cuerpo entraba y salía del mío. Embestidas largas y suaves. Embestidas de hacer el amor.

Era sexo. Todo lo que teníamos era sexo. No había sentimientos involucrados. No nos caíamos bien cuando no estábamos desnudos. Pero no se sentía así cuando me abrazaba y me besaba y me hacía el amor.

Tomé un tembloroso respiro e intenté apartar las emociones que amenazaban con surgir y envolverse alrededor de todo lo demás que sentía por James. No quería que me gustara. Quería usarlo y echarlo.

Se apartó lo suficiente para encontrar mi mirada. La misma guerra que yo estaba teniendo conmigo misma se reflejaba en sus ojos. Me apartó el pelo de la cara y besó la punta de mi nariz. Me observó, su mirada yendo de mis labios a mis pechos y a mis ojos, escaneándome por completo mientras entraba y salía de mi cuerpo.

La única advertencia que tuve de que estaba a punto de correrse fue cuando sus ojos se cerraron por un segundo. Susurró mi nombre y luego se quedó inmóvil profundamente dentro de mí, su miembro hinchándose y luego liberándose dentro de mí.

Se recostó sobre mí, besando de nuevo mi piel desnuda. Lo rodeé con mis brazos y simplemente dejé de luchar contra todos los sentimientos en mi interior.

Cuánto realmente me gustaba me asustaba. No quería que me gustara, pero así era. Mucho. Tuvimos un comienzo difícil cuando nos conocimos, pero si la situación hubiera sido diferente, quizás no nos caeríamos tan mal.

Demonios, por la forma en que acabábamos de incendiar mi sofá, la mayoría de la gente diría que no nos caíamos mal en absoluto.

Mi piel finalmente comenzó a enfriarse, y James se apartó. No me miró mientras se retiraba de mi cuerpo y se ponía de pie. Caminó hacia la cocina, dándome una fantástica vista de su trasero desnudo, y agarró una toalla de papel.

Cuando regresó, tomó su ropa y comenzó a vestirse. Había una parte de mí que estaba decepcionada de que no intentara quedarse, pero otra parte de mí sabía que lo mejor era que se fuera lo antes posible.

Agarré mi ropa y me vestí rápidamente, ignorando mi sujetador y bragas ya que no tenía planes de salir de casa.

—No he... —comenzó. No me estaba mirando. Respiró hondo y lo intentó de nuevo—. No vine aquí para esto. Nada de esto. Solo quería decirte que lo siento por la forma en que te he tratado.

Asentí. —Gracias.

Dudó, como si estuviera debatiendo decir algo más. Su mirada se desvió hacia mis labios y luego volvió rápidamente a lo que fuera que encontraba tan fascinante detrás de mí.

—Eh, bueno, debería irme.

Asentí y lo seguí hasta la puerta. Se volvió hacia mí, y casi choqué con él.

—Esto... no sé qué es esto.

—¿Necesita ser algo? —pregunté.

Abrió la boca y luego la cerró de golpe. Abrió la puerta y asintió una vez. —Cierra con llave detrás de mí.

Asentí de nuevo.

Me miró una vez más, luego me dio una sonrisa tentativa y cerró la puerta entre nosotros.

Le puse el cerrojo, observándolo a través de la mirilla mientras caminaba por el pasillo hasta que no pude verlo más.

Suspiré y me apoyé contra la puerta. Todo lo que tenía que ver con él estaba confuso para mí. No sabía si me gustaba o no. Si quería estar con él o no. Si funcionábamos juntos o no.

O si él quería algo de eso. Se presentó, ya dos veces, y caímos el uno en el otro. Siempre pensé que las personas que decían que no sabían cómo sucedió eran estúpidas, pero ahora lo entendía. Había una atracción, una fuerza invisible, que me hacía sentir como si no tuviera más opción que acostarme con él. Y no porque estuviera ahí y fuera conveniente o porque me forzara, sino porque era James. Era un hombre al que no había podido resistirme desde que nos conocimos. Ya fuera peleando verbalmente o en la cama, no podía resistirme a él.

Me aparté de la puerta y fui a mi cocina. Cuando todo lo demás se sentía patas arriba, limpiar me ayudaba a concentrarme. Era una tarea que podía lograr, algo sobre lo que sentía control. Necesitaba eso.

Acababa de abrir el agua cuando sonó un golpe en mi puerta. Suspiré y cerré el agua, solo recordando que mi sujetador y bragas estaban en medio del salón cuando llegué a la puerta. Probablemente era Finley o Karissa, pero aun así miré por la mirilla.

Me eché hacia atrás cuando vi a James de pie al otro lado de mi puerta. La abrí y pregunté: —¿Olvidaste algo?

Asintió y avanzó hacia mí. Deslizó un brazo alrededor de mi espalda y tiró de mi cuerpo pegándolo al suyo. Sus labios descendieron y se sellaron sobre los míos, su lengua entrando en mi sorprendida boca abierta.

Nos inclinó hacia atrás, obligándome a agarrarme a él para no caernos. El beso era urgente e insistente, exigiendo que le prestara atención a él y a mí. Cuando se apartó, casi tan rápido como se había lanzado sobre mí, me miró fijamente hasta que pude concentrarme en él.

—Esto definitivamente es algo para mí, Trinity.

—Oh.

Besó mi mejilla, luego me soltó y se alejó.

Lo miré alejarse, una sonrisa curvando mis labios hacia arriba.

—Cierra tu puerta con llave —gritó por el pasillo justo antes de doblar la esquina.

—Lo haré —grité en respuesta—. Buenas noches.

—Buenas noches —dijo, ya fuera de vista.

Volví a entrar y cerré mi puerta con llave, luego me dejé caer contra ella de nuevo y sonreí.

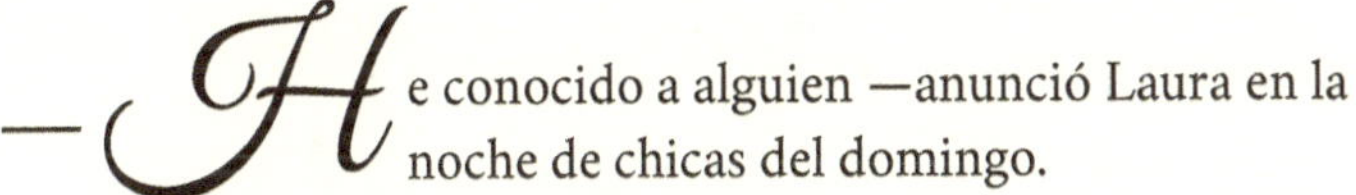

13

—He conocido a alguien —anunció Laura en la noche de chicas del domingo.

—Enhorabuena —dijimos todas, como si fuera alguien que tuviera dificultades para conocer hombres.

Laura era guapísima. Era dulce, divertida y una persona maravillosa. Pero se había mudado a Cala MacKellar por el Dr. Allison. Encontró su consulta en internet y decidió hacer un cambio en su vida. Estaba impresionada por él antes de conocerlo, y esa impresión se convirtió en un enamoramiento cuando empezó a trabajar para él.

No la culpaba. Era un hombre atractivo. No lo había conocido, pero lo busqué en internet. Para comérselo. Lo que me molestaba de él era cómo parecía no darse cuenta de la existencia de Laura. Nunca.

—¿Dónde lo conociste? —preguntó Elise.

—En En Busca del Galán de Papel. Llevábamos una semana hablando, pero no estaba segura. Él vive en A-Bay así que decidimos quedar anoche —explicó Laura.

—¿Y supongo que las cosas fueron bien? —preguntó Blake.

Laura asintió, con una sonrisa dibujándose en sus labios.

—Sí. No nos metimos en la cama ni nada por el estilo, pero nos divertimos. Besa muy bien. Y tengo ganas de volver a verlo.

—Me alegro por ti —dijo Finley—. Ya era hora de que te olvidaras del Dr. Despistado.

El resto asentimos en señal de acuerdo. Laura sonrió con tristeza.

—Lo sé. Quería que las cosas funcionaran con él, pero no estaba destinado a ser. Así que voy a ver quién más hay por ahí e intentar encontrar mi propia felicidad. Todavía me encanta mi trabajo, pero no tengo por qué querer a mi jefe. O estar enamorada de mi jefe.

—Bien por ti —le dije—. No es fácil dejarlo ir, pero creo que es lo mejor para ti.

Ella asintió.

—Estoy de acuerdo. Vale, basta de Laura patética. ¿Qué pasa con las demás?

—Bueno, voy a dar mi primera clase esta semana en el centro juvenil. Me llamaron el viernes para confirmar que estaba aprobada como voluntaria —les conté.

Más felicitaciones recorrieron la habitación. Estaba emocionada por la oportunidad. Poder llegar a la gente con la que quería trabajar, pero llegar a ellos antes de que se convirtieran en adultos, era genial. Esperaba encontrar algunos niños que realmente estuvieran interesados y quisieran aprender. Estaba segura de que habría algunos indiferentes, pero Amelia dijo que había muchas oportunidades para los niños, así que no se unirían a mí a menos que tuvieran algún interés.

—¿Qué les vas a enseñar? —preguntó Karissa.

Levanté la muñeca y les mostré a todas la pulsera que había hecho esa tarde. Era un diseño de bucles bastante simple y menos exacto. Si hacían algo mal, no se notaría en el producto final.

—Tiene buena pinta —dijo Piper—. Y probablemente sea fácil para que esos niños lo entiendan. Deberíais hacer regalos para Navidad o cosas con temática festiva. Podría ser divertido.

Asentí.

—He estado pensando en algunas opciones como esa. Amelia dijo que los niños son pequeños, así que necesito proyectos que sean fáciles. No tienen niños mayores de octavo curso, e incluso ese grupo de edad es muy limitado. La mayoría son niños de primaria.

—Lo que significa que necesitas que sea rápido antes de que pierdan la paciencia. A Amber le encantaría practicar contigo alguna vez si necesitas un conejillo de indias. Es pequeña, así que estaría en ese extremo de la escala. ¿Has pensado en tener dos proyectos muy similares para que tanto los niños mayores como los pequeños puedan trabajar en ellos? —preguntó Melody.

Negué con la cabeza.

—¿A qué te refieres?

—Amber solo puede concentrarse en algo que la desafíe durante unos diez minutos. Se distrae cuando las cosas son difíciles. Los niños mayores, los que están en quinto o sexto, pueden concentrarse durante más tiempo. Si tienen un diseño similar que sea un poco más complicado, creo que funcionaría para todos —explicó Melody.

—Tiene sentido, pero nunca se me había ocurrido. Tendré que intentar averiguar lo difícil que creo que es este diseño. Todo esto es mucho más complicado de lo que esperaba —dije.

—Pero será divertido. Y una vez que tengas algunos kits listos, añadiré esa opción a mi sitio web para empezar a enviarlos como actividad para fiestas. Creo que a los niños les gustará, y si tienes un grupo de edad sugerido, a los padres les encantará —dijo Melody.

—Eso espero. Estoy emocionada con esa opción —dije con una sonrisa. Tenía ganas de ver fotos y vídeos de niños creando sus propias joyas.

—Y podemos añadir un enlace al sitio de Melody en tu aplicación para conectar los dos —dijo Karissa.

—¿Tienes una aplicación? —preguntó Piper—. ¿Cómo me pierdo todo? Tengo que venir aquí más a menudo.

Negué con la cabeza.

—Karissa me creó una, pero aún no le he pedido que la active. Es preciosa, mirad.

Le pasé mi teléfono. Piper deslizó y tocó su camino a través de la aplicación, mostrándosela a Blake mientras miraban cada detalle. Me senté y comí mi trozo del pastel de vainilla de Finley.

—Esto es genial. Definitivamente deberías activarla. Karissa ha hecho un trabajo increíble —dijo Piper, devolviéndome el teléfono.

—Realmente lo hice —dijo Karissa con una sonrisa—. No dejo de decirle que ayudará a su negocio tener una aplicación y poder llegar a sus clientes más fácilmente. Puede enviar alertas cuando tenga nuevo stock y ofrecer descuentos solo para los usuarios de la aplicación. Es perfecta.

—Qué modesta —bromeó Finley—. Pero en serio, tiene razón. Es bueno poder enviar algo a mis clientes. Tengo gente que no quiere suscribirse por correo electrónico pero que colecciona aplicaciones y está encantada de descargar la app. Tengo un cartel en la caja con el código QR para que lo descarguen en ese momento. Y para los nuevos usuarios de la aplicación, les doy un descuento, así que la gente quiere conseguirla. Realmente no hay desventajas.

—No siento que sea lo suficientemente grande para una aplicación. Creo que es eso. Como si todavía estuviera solo jugando con las cuentas de mi abuela y no fuera alguien que debería estar ganando dinero haciendo algo que disfruto tanto —confesé.

—Créeme —dijo Finley—, lo entiendo. Empecé a leer las novelas románticas de mi madre cuando estaba en primaria. La pobre Blake se escandalizó cuando le leí una sección de un libro muy jugoso. No teníamos ni idea de lo que significaban todas las palabras, pero sabíamos que eran picantes. Y ahora puedo hacer eso todos los días, excepto que sé lo que significan todas las palabras.

—Pero todavía me escandalizo cuando me las lees —bromeó Blake.

—Eres una mojigata —bromeó Finley.

—Comparada contigo, absolutamente —dijo Blake con una sonrisa—. Pero eso es lo que me encanta de ti. Me mantienes intrigada y riendo.

Finley le lanzó un beso.

Lo que dijo Finley realmente me impactó. Tenía razón. Éramos afortunadas por poder hacer cosas que nos gustaban, por tener trabajos que encajaban con quiénes éramos y quiénes habíamos sido. Me sentía como si no fuera suficiente porque no tenía un montón de títulos elegantes o mucha formación, pero amaba mi trabajo. Me encantaba compartirlo con la gente. Y me estaba conteniendo sin ninguna otra razón que el miedo.

—¿Sabes qué, Karissa? —dije. Todas me miraron—. Actívala.

—Eso dijo ella —dijo Elise con una risita.

Las demás vitorearon y rieron.

—Me alegro por ti —dijo Laura—. Deberías compartir tu talento con el mundo. Vas a estar muy contenta de haberlo hecho.

Asentí.

—Eso espero.

Tenía muchas cosas en las que pensar, pero mi trabajo no era algo que necesitara debatir. Me encantaba mi trabajo, y Laura tenía razón. Era hora de compartirlo.

EL MARTES por la tarde preparé mi bolsa y la cerré nerviosamente. Estaba tan preparada como podía estar, pero seguía ansiosa. Nunca había enseñado a un grupo de personas antes, y mucho menos a un grupo de niños.

No tenía ni idea de cuántos vendrían, así que preparé veinte kits. Seguí el consejo de Melody e hice algunos de ellos un poco más pequeños para los niños más jóvenes, y más grandes para los niños mayores. Pensé que una pulsera sería lo bastante fácil, y como no era muy grande, la mayoría de los niños podría terminarla en menos de veinte minutos.

Aparqué en el estacionamiento y me dirigí a la puerta. Esperé a que alguien me dejara entrar, sonriendo a Amelia cuando abrió la puerta.

—Los niños deberían estar aquí pronto. Necesitas instalarte antes de que te invadan. Te tengo en el escenario. Cuando termines, necesitas barrer muy bien la zona porque una clase de baile usa ese escenario más tarde esta noche. No podemos permitir que una cuenta ruede bajo el pie de alguien y se lesione —me dijo Amelia mientras caminaba.

Me apresuré a seguirla a través del amplio espacio del gimnasio. Había aros de baloncesto en ambos extremos con extras a cada lado. Las líneas descoloridas en el suelo desgastado hacían parecer que se podían jugar otros juegos en la misma superficie, pero el estante de balones de baloncesto dejaba claro que los niños no elegían otra opción.

Amelia subió los cinco escalones hasta el escenario y se detuvo frente a la primera mesa con la mano en la parte baja de la espalda.

—¿Estás bien? —le pregunté.

Ella resopló una risa.

—No, pero sobreviviré. ¿Hay algo más que necesites? Puedes mover las mesas si quieres. No estaba segura de cómo las querías.

—Puede que lo haga. Voy a pensarlo un minuto.

Amelia miró su reloj e hizo una mueca.

—No tienes mucho más que un minuto. La escuela primaria termina ahora mismo. Los niños estarán aquí pronto. Les pedí que se inscribieran, pero no lo hicieron muchos. Probablemente vendrán más si tienes espacio para ellos. Ya veremos cómo va hoy.

Asentí, sintiéndome bastante desanimada. Si no se habían apuntado muchos niños, ¿me habría equivocado al pensar que querían hacer esto? Podría estar en casa trabajando en nuevas piezas en lugar de enseñar a niños.

Negué con la cabeza y me reprendí. Incluso si solo apareciera un niño interesado en aprender, sería uno al que no alcanzaría de otra manera. Iba a intentarlo, y tal vez vendrían más niños la próxima semana.

Decidí dejar las mesas como estaban y concentrarme en sacar los kits para que los niños pudieran sentarse y empezar a explorar. Quería encontrar pequeñas estaciones de trabajo para ellos, para que las cuentas no rodaran fuera de la mesa, pero no había podido conseguir nada así a nivel local. Tenía veinte pedidas, pero iban a tardar una o dos semanas más en llegar, así que necesitaríamos tener cuidado.

El golpe de la puerta me sobresaltó y se me cayó un kit. Golpeó la mesa con un tintineo que fue rápidamente ahogado por los gritos de los niños que entraban corriendo al edificio.

Los chicos corrieron hacia los balones de baloncesto antes de quitarse las mochilas, agarrando el que querían reclamar como suyo. Algunas de las chicas se unieron a ellos, tratando de arrebatar el equipamiento para usarlo ellas mismas. No pasó mucho tiempo antes de que Amelia saliera y tocara un silbato para llamar su atención.

—Todos sabéis que tenéis que guardar vuestras cosas en un cubículo y luego podéis empezar a jugar. Si tenéis una mochila puesta, guardadla ahora o el balón que tenéis en la mano será mío. Y no olvidéis que la Srta. Trinity está hoy con nosotros por primera vez. Si alguien quiere aprender a hacer una pulsera, ella tiene kits para vosotros y os enseñará cómo hacerlo —dijo Amelia por encima del alboroto.

Algunos niños me miraron y sonreí, haciendo todo lo posible por parecer amigable y acogedora. Vi a dos niñas pequeñas observándome y señalando, debatiendo entre unirse a mí en el escenario o quedarse con los otros niños en la cancha. Les saludé con la mano, y una me devolvió el saludo. A su amiga no parecía entusiasmarle mucho la idea, pero ambas caminaron hacia mí.

—Hola, chicas —dije con demasiada alegría—. Soy Trinity. Encantada de conoceros.

Una de las niñas sonrió y se presentó como Heather. La otra dijo que se llamaba Meghan. Les pregunté si querían sentarse y trabajar en una pulsera durante unos minutos.

—¿Cuánto tiempo llevará esto? —preguntó Meghan.

Me encogí de hombros.

—Eso depende de ti. Para mucha gente, lleva unos veinte minutos.

Meghan suspiró dramáticamente.

—Eso no me dejará mucho tiempo para jugar.

—Bueno, ¿por qué no lo intentas? Si eres rápida, puede que no te lleve tanto tiempo —ofrecí, sonriendo de nuevo y esperando que se quedara. Heather ya estaba mirando las cuentas en las mesas y buscando un conjunto que quisiera hacer, pero si Meghan se marchaba, sabía que Heather también lo haría.

—Vale —dijo Meghan. Se dejó caer en la silla más cercana y recogió la bolsa que tenía delante—. ¿Qué hacemos con esto?

Sonreí y agarré la bolsa que Heather estaba mirando y se la entregué. Ella me sonrió agradecida y tomé la bolsa que tenía delante para usarla como demostración.

—Primero, vamos a sacar las cintas. Al final, vuestra pulsera se parecerá a la mía. Solo vamos a tejer la cinta entre las cuentas. Podéis hacerlo como queráis. Os sugiero que mantengáis las cuentas en la bolsa para que no rueden.

Heather cogió sus tres cintas y deslizó una cuenta en las tres juntas, como les había mostrado. Añadió una cuenta en dos de las cintas y la deslizó cerca de la primera cuenta. Luego cambió las dos cintas a las que añadía una cuenta y continuó, haciendo que su pulsera pareciera una unidad fluida y sin costuras.

Meghan tomó una ruta diferente.

—Esto parece tonto —dijo, arrojando su pulsera sobre la mesa. Añadió todas sus cuentas a una cinta y las usó todas antes de poder añadir cuentas a las otras cintas.

Agarré otra bolsa de la siguiente mesa y se la entregué.

—¿Por qué no usas estas cuentas en otra cinta?

Ella me miró fijamente, toda la actitud de su pequeño cuerpo concentrada en mí como un rayo láser. Si no hubiera sido tan pequeña, me habría intimidado, pero no podía tener más de tercer curso. Sin embargo, era una chica con carácter.

—Esas no coinciden. Parecerá aún más tonto si hago eso.

Forcé una sonrisa y fui a la mesa que estaba unas cuantas más allá y le traje esas dos bolsas. Combinaban lo suficientemente bien para que las usara. Me puso los ojos en blanco, pero volvió al trabajo.

—¿Cómo queda esto? —preguntó Heather.

—Es preciosa —la felicité. Su pulsera era algo que podría venderse en una tienda. Definitivamente tenía un talento natural para el diseño, incluso en las cuentas que usaba en cada cinta.

—Gracias. ¿Cómo me la pongo? —preguntó.

—Puedo ayudarte a terminarla —le dije. Tomé la pulsera y añadí el extremo opuesto a las cintas después de comprobar que le cabría en su pequeña muñeca. Ella sonrió y se la puso, mostrándosela a su amiga.

—¿Qué te parece, Meghan?

Meghan se encogió de hombros y frunció el ceño a su propia pieza.

—Está bien. Mejor que la mía.

Heather sonrió y dijo:

—Me gusta la tuya. Parece genial. Me gustan todas las cuentas que has usado.

Meghan se encogió de hombros, pero las comisuras de sus labios se curvaron ligeramente hacia arriba.

—Gracias.

—¡Cuidado! —gritó alguien, justo antes de que un balón de baloncesto golpeara el borde de la mesa donde las niñas estaban sentadas.

Meghan dejó caer su pulsera y la mitad de las cuentas rebotaron. Las bolsas abiertas sobre la mesa temblaron con la vibración del balón y se derramaron cuentas. El balón de baloncesto rebotó contra otra mesa y rodó por el escenario, como una máquina de pinball.

—¿Podemos recuperarlo? —gritó uno de los chicos hacia nosotras.

Me giré y lo miré fijamente, pero él no entendió por qué sería mejor si subiera a coger el balón. Resoplé y lo recogí, devolviéndoselo.

—Intenta mantenerlo ahí abajo —le dije.

—Lo intentaremos —gritó, alejándose y ignorándome.

—¿Estáis bien? —pregunté a las niñas.

—Bueno, esto ha sido una pérdida de tiempo —dijo

Meghan poniendo los ojos en blanco—. Sabía que debería haber dicho que no. Mi pulsera es tonta y ahora está arruinada. Esto es estúpido. Solo quiero ir a jugar.

Meghan arrojó su pulsera sobre la mesa y se marchó pisando fuerte. La miré boquiabierta, preguntándome qué se suponía que debía hacer.

—¿Puedo llevarme esto a casa? —preguntó Heather en voz baja.

La miré mientras recogía las cuentas que se habían caído de la pulsera de Meghan en una bolsa y añadía la pulsera que estaba haciendo.

Cuando no respondí de inmediato, me miró y dijo:

—Está bien. Sé que cuesta dinero y no puedo conseguir cosas gratis.

Negué con la cabeza.

—No, Heather, está bien. ¿Vas a terminarla para ella?

Heather asintió.

—Quiero hacerlo. Creo que hizo un buen trabajo, pero a Meghan no le gusta ser femenina. Quiere ser un chico, pero cuando estamos solas, dice que le gustan las cosas de chicas. Sin embargo, solo tiene papá, y él quiere que haga cosas de chicos.

Mi corazón se conmovió por la pequeña niña descarada que no sabía cómo ser quien era. Al mismo tiempo, mi mente daba vueltas con opciones que podrían funcionar para chicos o chicas. Quizás podría encontrar cuentas que parecieran balones de baloncesto o béisbol o cosas por el estilo. Algo que le permitiera a Meghan hacer algo femenino pero de una manera que no lo rechazara.

—Creo que es muy dulce por tu parte querer ayudar a tu amiga. Creo que le gustará. Y ella hizo un gran trabajo. Las dos lo hicisteis. Gracias por subir aquí hoy. Espero que las dos volváis a uniros a mí la próxima semana.

Heather asintió con entusiasmo y sonrió ampliamente.

Metió la bolsa en su bolsillo y corrió fuera del escenario en busca de su amiga.

Miré alrededor del espacio abierto y ningún niño me devolvió la mirada. Estaban más interesados en lo que estaban haciendo. Pero mi día fue un éxito porque llegué a una niña, tal vez a dos.

Me quedé ahí arriba otros treinta minutos, por si alguien se aburría del baloncesto o de los videojuegos, y luego empecé a recoger mis cosas. No creía que hubiéramos dejado caer cuentas al suelo, pero por si acaso, iba a barrer como dijo Amelia.

Dejé mi bolsa a un lado y doblé todas las mesas para poder apartarlas. Había otra pila en la esquina, así que añadí a esa y encontré una escoba cerca. Acababa de llevar la última mesa a la pila cuando oí pasos en el escenario.

Pensando que un niño había cambiado de opinión, pegué una sonrisa en mi cara y me volví para dar la bienvenida a alguien. Solo para encontrarme cara a cara con un James que no parecía muy contento.

JAMES

La última persona que esperaba ver en el centro comunitario era a Trinity. Una mirada a mi madre me indicó que ella sabía que Trinity y yo nos conocíamos, pero no quería decírmelo. Iba a tener que hablar con ella más tarde. Primero, necesitaba saber qué estaba haciendo Trinity allí.

—¿Qué haces aquí? —exigí.

Su mirada recorrió mis brazos cruzados y bajó hasta mi postura de piernas separadas antes de volver a mi cara. No parecía más feliz de lo que yo me sentía. —Estoy trabajando.

—¿Trabajas aquí? —solté. Si tenía problemas económicos, el centro comunitario era el último lugar donde debería buscar trabajo. Mi madre comenzó a trabajar allí cuando mi hermano y yo estábamos en primaria para que pudiéramos asistir gratis. También trabajaba como camarera por la noche y en una gasolinera cuando estábamos en la escuela. Ninguno de ellos era a tiempo completo, y ninguno pagaba bien.

—Voluntariado, realmente. Yo... quería enseñar a algunos niños a hacer joyas. Aprendí cuando estaba en el instituto y me mudé con mi abuela, pero no hay razón para que los niños más pequeños no puedan aprender. Es una habilidad que podría ayudarles cuando sean mayores —explicó. Su encogimiento de hombros a medias decía que no le gustaba tener que defenderse.

—¡Señor James! —llamó uno de los niños desde la cancha de baloncesto—. ¿Va a jugar con nosotros hoy?

Me giré y no tuve problemas para sonreír a los niños que estaban al borde del escenario. Asentí. —Estaré allí en unos minutos. Quería hablar con la señorita Trinity. ¿Os habéis conocido hoy?

Otro niño puso los ojos en blanco y dijo: —Mi hermana estuvo allí arriba, pero esas cosas son para chicas. Nosotros jugamos al baloncesto.

Me subí la manga y les mostré la pulsera que llevaba. No era brillante ni elegante, pero seguía siendo una pulsera y era una que Trinity había hecho. —Los chicos también pueden llevar joyas. Los chicos pueden llevar lo que quieran. Y las chicas también. Si no es para ti, está bien, pero no debería no ser para ti porque pienses que es solo para chicas.

Los chicos asintieron y volvieron lentamente a la cancha de baloncesto. Aún no había llegado a convencerlos, pero no me rendía en enseñar a los chicos que frecuentaban el lugar que no hay líneas trazadas sobre lo que las niñas y los niños pueden o no pueden hacer.

Un niño tardó un poco más en volver a la cancha de baloncesto, y pensé que podría preguntarle algo a Trinity, pero uno de sus amigos lo llamó y se marchó corriendo sin decir palabra.

Me volví hacia Trinity. Me estaba mirando atentamente, con sus oscuras cejas fruncidas. —¿Qué? —pregunté.

Ella negó con la cabeza y pasó por mi lado con la escoba y el recogedor. —Todavía estoy intentando entenderte.

—Lo que ves es lo que hay conmigo —mentí. No podía

estar más lejos de la verdad, pero ella no necesitaba saber quién era yo realmente. Aunque era probable que lo descubriera pronto.

—No creo que eso sea cierto —dijo.

Cuando mi madre me pidió que colocara las mesas y sillas en el escenario, no me dijo por qué. Mientras Trinity comenzaba a barrer el escenario vacío, me di cuenta de por qué había pasado una hora la noche anterior preparando las cosas. Era para Trinity.

Y ella lo había recogido todo ella sola y estaba barriendo el suelo.

—Puedo hacer eso —ofrecí, extendiendo la mano hacia la escoba que tenía en la mano.

Ella giró alejándose. —Yo me encargo. Le dije a la señora Amelia que limpiaría. Hay una clase de baile más tarde esta noche y quería asegurarse de que nadie se lastimara.

Asentí. Ya lo sabía, ya que ese era el motivo por el que estaba allí. Mamá me pidió que pasara para guardar todas esas mesas y sillas que había colocado la noche anterior.

No me importaba ayudar. Algunos de los mejores recuerdos que tenía de mi infancia eran en el centro comunitario. La zona juvenil estaba configurada como un club para los niños, para que pudieran hacer los deberes, jugar y pasar tiempo con amigos. Un autobús traía a los niños de las escuelas primarias y secundarias para que no tuvieran que caminar, y los padres los recogían después del trabajo. Era un lugar seguro para los niños cuando no tenían un padre en casa al final del día.

Era el único trabajo que mi madre nunca abandonó. Dejó el restaurante y la gasolinera cuando apareció un trabajo mejor pagado en una consulta médica, pero se negó a dejar su trabajo en el centro comunitario. Ahora, trabajaba como directora y supervisaba todos los programas juveniles.

—¿Por qué me miras? —preguntó Trinity por encima del hombro.

—Me ofrecí a ayudar.

—Y dije que no. Vete.

—Estoy aquí para ayudar.

Ella se burló. —Ni siquiera sabías que yo estaría aquí, y ahora me dices que estás aquí para ayudarme. ¿Qué significa eso?

—Gracias por limpiar, Trinity —dijo mamá, uniéndose a nosotros en el escenario—. ¿Mi hijo te está dando problemas?

—¿Hijo? —tartamudeó Trinity, con la mirada bailando entre nosotros. Tomó aire y forzó una sonrisa—. No me di cuenta de que era tu hijo.

—¿Es eso un problema? —preguntó mamá, entrecerrando los ojos hacia mí—. Pensé que hoy había ido muy bien, y esperaba que estuvieras dispuesta a volver otra vez. Tal vez en un día diferente. Tenemos algunos niños que solo vienen los martes y jueves, y algunos que solo vienen los lunes, miércoles y viernes, así que si pudieras alternar los días que vienes, llegarías a diferentes grupos de niños. Pero si esto es un problema...

Mamá se detuvo, dejando sus palabras amenazantes en el aire. Estaba claro que me elegiría a mí en lugar de a Trinity, y yo no quería que Trinity renunciara a algo que quería hacer.

—Está bien, mamá. Solo estamos sorprendidos porque ninguno de los dos esperaba que el otro estuviera aquí —dije firmemente.

—No estoy segura de por qué importa.

Negué con la cabeza. —No importa. Solo fue una sorpresa. —Miré a Trinity, que asentía en silencio.

—De acuerdo, bien. Entonces, Trinity, ¿podrás volver la próxima semana?

Ella sonrió y asintió. —Sí, estaré encantada.

—Bien. Bueno, como Trinity movió todas las mesas y sillas, quedas libre, Jimmy. Puedes irte. Sé que no te gusta estar aquí. Demasiados recuerdos de cuando eras niño.

Sonreí. —Iba a quedarme y jugar con los niños, si te parece bien.

Mamá se iluminó, sus ojos marrones brillando. —Por supuesto. Los niños lo adorarían. Siempre están preguntando cuándo vas a venir de visita.

Mamá me dio una palmadita en la mejilla, luego agradeció a Trinity por estar allí y dejó el escenario.

—¿Le dijiste que me dejara hacer esto? —suspiró Trinity.

Mis cejas se dispararon hacia arriba. —No tenía idea de que ibas a estar aquí. Puse las mesas anoche y vine para retirarlas antes del baile.

—Tuvo que hacer una verificación de antecedentes. ¿Cómo es que no sabías que me iba a dejar trabajar aquí?

Tomé aire y lo solté lentamente. —Esa es una de las muchas preguntas que pienso hacerle más tarde.

—¿Quieres que deje de trabajar aquí? —preguntó en voz baja.

—No. Nunca te impediría hacer algo que disfrutas. Parece que también tuviste buena asistencia.

Trinity resopló y llevó la escoba de vuelta a su lugar contra la pared. La seguí, queriendo un minuto sin tantos ojos curiosos.

Ella se quedó de pie mirando la pared durante un largo momento y negó con la cabeza.

—¿Qué pasa?

—Tuve dos niñas —siseó, girándose para enfrentarme—. Dos. Pensé que tendría veinte niños, pero tuve dos. Quiero estar feliz de haber llegado al menos a una, pero me hace sentir que he fracasado. Eso no es una buena asistencia. Es patético.

Sonreí, lo que solo sirvió para enfadarla más.

—¿Te parece gracioso?

Negué con la cabeza. —No me estoy riendo de ti por tener dos niñas. Me estoy riendo de ti por pensar que eso es algo malo. Estos niños... estos niños vienen aquí porque la vida en casa no es genial. Muchos de ellos solo tienen un padre en casa. Los programas son baratos porque muchos de estos niños también son los que reciben almuerzos gratuitos o a precio reducido. Vienen de familias que no tienen mucho. Y con todo eso sucediendo, ya son diferentes de sus compañeros de clase. Ya se burlan de ellos y probar algo nuevo no es fácil. Estos niños quieren mezclarse, no destacar. Así que dos niñas que estuvieron dispuestas a unirse a ti... eso es una gran asistencia en mi opinión.

Un fantasma de sonrisa curvó sus labios.

Moví la cabeza hacia la cancha de baloncesto. —¿Por qué no vienes y dejas que te muestre cómo lanzar una pelota de baloncesto?

Sus cejas se levantaron y sonrió. —Creo que puedo hacer eso.

LA MUJER me dio una paliza en el baloncesto. Estuve muy gallito durante unos cinco minutos, mostrándole cómo sostener la pelota y flexionar la muñeca, luego le dije que se alineara en la línea de tiro libre para hacer un lanzamiento. Lo encestó. Nada más que red.

Supe que estaba en problemas. No solo podía tirar a canasta sin esfuerzo, sino que se veía bien haciéndolo y tenía a todos los chicos cayendo por ella.

No eran los únicos.

—Creo que me debes una cena de victoria —dijo con una amplia sonrisa.

Negué con la cabeza. —Creo que tú me debes la cena a mí, ya que me has timado.

—No hice tal cosa. Asumiste que como hago joyas, no puedo jugar al baloncesto. Eres todo palabras, diciendo a esos chicos que pueden hacer de todo, y luego piensas que soy una mujer indefensa que no puede ni sostener un balón de baloncesto, y mucho menos darte una paliza.

—Señorita Trinity, no puede decir esa palabra —le dijo una de las niñas pequeñas.

Las mejillas de Trinity se oscurecieron y se agachó frente a la niña. —Tienes razón, Heather. No debería haber dicho esa palabra. Gracias por corregirme.

Heather sonrió radiante y se marchó corriendo, feliz por el elogio.

—¿Dónde aprendiste a jugar? —le pregunté.

Ella miró fijamente el aro y dijo: —Mi padre. Le encantaba jugar. Teníamos una canasta encima de nuestro garaje cuando era pequeña. Cuando nos mudamos, solo jugaba durante la clase de educación física. Quería probar para el equipo escolar, pero nos mudamos antes de la temporada y ya habían elegido el equipo en mi nueva escuela. Para el año siguiente, ya estaba haciendo joyas con mi abuela.

—Parece que fue como montar en bicicleta para ti.

Sonrió. —De alguna manera lo fue. Además, fue divertido ganarte.

Solté una carcajada y negué con la cabeza. —Sigo pensando que me timaste.

Ella negó con la cabeza. —Eres un mal perdedor. ¿Dónde aprendiste a jugar? Sabía que jugabas al béisbol, pero no sabía que también jugabas al baloncesto.

—¿Investigándome?

Resopló. —Difícilmente.

Sonreí y miré alrededor del desgastado gimnasio con la

pintura descolorida y el suelo de madera más viejo que yo. —Aprendí aquí. En este suelo.

Entrecerró los ojos e inclinó la cabeza en señal de interrogación.

—Mi hermano y yo éramos estos niños al crecer. Madre soltera, viviendo en un apartamento destartalado, sin suficiente comida la mayoría del tiempo, y contando con un extraño para que nos enseñara algo porque nuestra madre trabajaba en tres empleos solo para intentar llegar a fin de mes.

Ella mantuvo mi mirada durante un minuto. No estaba seguro de si me estaba juzgando o intentando decidir si estaba mintiendo, pero ya estaba dicho.

Nunca le conté a nadie sobre cómo crecí. Lo odiaba. Constantemente se burlaban de mí por los almuerzos gratuitos que recibía de la escuela y la ropa de segunda mano que usaba. El niño más rico de la escuela donó algo y mi madre me lo trajo a casa. No me di cuenta de que había sido suyo hasta que me presenté en la escuela vistiendo su ropa descartada y él me llamó la atención. Nunca me había sentido más avergonzado en mi vida.

Estar en el centro comunitario era diferente. Era el único lugar donde sentía que no me juzgaban. Todos los demás eran iguales que yo. Todos éramos un poco desaliñados y un poco atrasados en todo.

Por eso le doy crédito al centro comunitario por entrar en los equipos de béisbol y baloncesto en el instituto. El béisbol era mi deporte, pero no teníamos dinero para que jugara en la Liga Infantil. No fue hasta que pude jugar para la escuela, y tener el equipo proporcionado gratuitamente, que jugué. Pero la confianza que gané en mí mismo y el uso de la sala de pesas gratuita en el centro comunitario hicieron que todo eso sucediera.

Esperar a que Trinity se riera de mí y dijera que no era lo

suficientemente bueno para ella, se sintió como si alguien estuviera sacando lentamente mis entrañas. Cala MacKellar no era un pueblo rico, pero sabía que ni siquiera estaba a la altura de los estándares de Cala MacKellar.

Lo último que esperaba era que ella se acercara más a mí y dijera: —Si crees que voy a dejarte escapar de pagar mi cena, no has estado prestando atención a quién soy.

Sonrió con una de esas sonrisas de "ven a por mí" y se dio la vuelta, añadiendo un pequeño rebote a su paso mientras me provocaba con su trasero curvilíneo.

Dios mío, era perfecta.

—Es una mujer agradable —dijo mi madre a mi lado.

Estaba tan perdido observando a Trinity que ni siquiera noté que mi madre se acercaba. —Lo es. Aunque te lo habría dicho si me hubieras llamado para preguntarme sobre ella.

Mamá se encogió de hombros.

—¿Por qué no me llamaste?

Cruzó los brazos y se volvió hacia mí. —No eres la única persona que conozco en la comisaría. Además, pedirte ayuda siempre me hace sentir que estoy eludiendo el sistema.

—¿Por qué? Sabes que no me importa.

Mamá se encogió de hombros. —Pensé que no querrías hacer este.

—¿Por qué?

—Las referencias que me dio eran personas que has mencionado. Imaginé que la conocías, y no quería ponerte en una posición incómoda o violar alguna confidencia. Así que le pedí a otra persona que lo hiciera.

—¿A quién?

Mamá se encogió de hombros y miró hacia otro lado.

—Mamá, ¿a quién?

—A tu compañero.

—Masterson —gruñí.

—Es muy amable.

—No, no lo es. Es un imbécil.

—Jimmy Rucker. No uses ese lenguaje en este lugar.

Apreté la mandíbula hasta que crujió. Negué con la cabeza porque no había razón para discutir con ella. Mi madre siempre gobernaba con mano de hierro, pero tenía muchos momentos en que era suave como una pluma con mi hermano y conmigo. Hablar mal de alguien y decir palabrotas eran dos de sus líneas inquebrantables. Nunca dejaba pasar ninguna de las dos. Nunca.

—No me cae bien, mamá. Creo que es un arrogante capullo sin compasión por la gente de este pueblo. Quiere arrestar a todo el mundo.

—¿No es ese tu trabajo?

Puse los ojos en blanco. —¿No eres tú la que siempre me dice que mire más allá de la primera impresión de las personas? ¿Que si solo ves la superficie, te perderás las mejores partes?

—Sí, por eso necesitas buscar más en Rowan. Es un buen hombre, y no le estás dando una buena oportunidad.

—Pero...

—Jimmy, no vas a hacerme cambiar de opinión sobre él. Déjalo. ¿Vas a venir pronto a cenar?

—¿Por qué no vienes a mi casa?

Negó con la cabeza. —Tu casa es demasiado elegante para mí. ¿Por qué no vienes al viejo apartamento?

Suspiré. —Veré, mamá.

Ella asintió y me besó en la mejilla. —Márchate de aquí, cariño. Voy a terminar y me iré a casa. Te quiero.

—Yo también te quiero, mamá.

Salí, saltando sobre las grietas en la acera, casi tropezando con algunas nuevas. Hice girar mis llaves alrededor de mi dedo y silbé mientras caminaba hacia mi camioneta.

Y dejé caer mis llaves cuando rodeé el final y encontré a Trinity apoyada contra mi puerta.

—Hola —dije, agachándome para agarrar mis llaves y sintiéndome como un idiota.

—Hola. Empezaba a pensar que debería irme.

—Lo siento. No sabía que me estabas esperando. Estaba hablando con mi madre.

—¿Está todo bien?

Asentí. —Sí, todo bien. Solo poniéndonos al día.

—¿La ves a menudo?

Levanté una ceja y me apoyé en mi camioneta junto a ella. —¿Realmente esperaste aquí fuera para preguntarme sobre mi madre?

Sonrió y bajó la barbilla. Luego negó con la cabeza. —No, no lo hice.

—Entonces, ¿por qué sigues aquí, Trinity? —pregunté, con mi voz bajando de tono.

—Porque me debes una cena —dijo.

Me reí. —Vale. ¿Adónde quieres ir?

—Vaya, ¿y puedo elegir? Creo que voy a disfrutar esto.

Me reí y asentí. Ella no era la única.

Medio esperaba que Trinity eligiese algún sitio ridículamente caro para cenar, pero me sorprendió con la sugerencia de comprar comida para llevar y hacer un picnic en el Parque Catherine.

—¿Estás segura de que esto está bien? —le pregunté mientras nos sentábamos. No tenía una manta para sentarnos, así que cogimos un par de sillas y equilibramos nuestra comida sobre el regazo.

Asintió y dio un sorbo a su batido. —Es perfecto. La noche es preciosa. Este es mi tipo de clima. Fresco pero no incómodo para estar fuera. Intento disfrutarlo al máximo con el otoño a la vuelta de la esquina.

—¿No te gusta el otoño? —le pregunté, desenvolviendo mi bocadillo y dándole un mordisco.

Negó con la cabeza. —No, me encanta el otoño. Lo que no me gusta mucho es lo que viene después.

Me reí. —¿El invierno?

Se estremeció. —Ni siquiera lo menciones.

Volví a reírme. —¿No creciste en Syracuse? No es precisamente cálido allí.

Negó con la cabeza. —No he dicho que quiera volver allí o que haga más calor. Solo que no me gusta el frío. Me he planteado seriamente mudarme a algún sitio como San Diego donde siempre hace unos veinte grados, pero creo que echaría de menos las cuatro estaciones.

—Así que, ¿no te gusta el invierno, pero no estás dispuesta a renunciar a él?

—Nunca dije que tuviera lógica o que fuera fácil de entender.

Sonreí. —Eso es definitivamente cierto.

Compartimos una sonrisa y comimos nuestros bocadillos en silencio durante un minuto. Una pareja joven con un perro lanzaba un frisbee en el césped frente a nosotros. Una pareja mayor caminaba de la mano junto al agua. Los suaves sonidos del pueblo flotaban a nuestro alrededor. El agua lamía la orilla. Las gaviotas volaban sobre nuestras cabezas. Era bueno pasar tiempo con ella.

—¿Ayudas mucho a tu madre? —preguntó, arrugando el envoltorio y tirándolo a la bolsa.

Asentí y puse mi basura con la suya. —Lo intento. Tengo una relación de amor y odio con ese lugar. Pasamos mucho tiempo allí mientras crecíamos, y en cuanto pude, me alejé de todo lo que me recordaba a mi antigua vida.

—¿Pero sigues viviendo aquí?

Me reí. —He considerado mudarme un montón de veces. Mi hermano se fue a la universidad y nunca volvió. Está casado, tiene un hijo, un perro y una valla blanca. Es feliz y no quiere volver. Pero mi madre sigue aquí. No siento que pueda dejarla.

—Parece bastante independiente.

Resoplé. —No tienes ni idea. Creo que solo me pide ayuda para que tenga que ir a verla.

—¿No vas a ver a tu madre? —preguntó Trinity.

—Sí voy. Pero intento que venga a mi casa.

Trinity asintió. —Lo entiendo. No creo que pudiera volver a visitar a mi madre en la casa donde crecí. Perder a mi padre y que nuestras vidas cambiaran tanto... sería difícil estar allí. La casa de mi abuela es diferente. No me molesta tanto estar allí.

—He intentado que mi madre se mude. Incluso le ofrecí vivir conmigo...

—¿En serio?

Me encogí de hombros. —No quiero que esté en ese lugar. Oak Hill está deteriorado y no es seguro. Especialmente para una mujer que vive sola.

—¿Realmente crees que no puede cuidar de sí misma?

Respiré hondo y dudé si decir que sí, pero en el fondo no era la verdad. Miré a Trinity. —Odiaba crecer allí. Odiaba crecer como lo hice. Siempre fui responsable de mi hermano, y estábamos solos en casa la mayor parte del tiempo. Mi madre trabajaba en tres empleos. Volver allí, me siento como un fracasado. Como si nunca debiera haber salido de allí. Y Anna... ¿la madre de Joey?

Trinity asintió en señal de comprensión.

—Crecí con ella. Ella vivía allí. Verla a ella y a sus chicos...

—Te hace sentir culpable —sugirió Trinity.

Mantuve su mirada y asentí. —Sí. ¿Por qué yo salí y ella no? Y peor aún, estaba celoso de ella cuando se casó. Yo quería eso. Quería una familia. Le tenía resentimiento por tenerla.

—No es culpa tuya que las cosas no les hayan ido bien — dijo Trinity suavemente.

Sonreí. —Lo sé, pero sigo sintiéndome como un imbécil. Me lo has dicho muchas veces.

Sonrió. —Bueno, normalmente lo eres conmigo.

Sonreí y mantuve su mirada durante un largo momento. Lo suficiente como para que sus ojos se volvieran oscuros y llenos de deseo. Por un minuto, olvidé dónde estábamos y me incliné hacia ella. Entonces el perro ladró, y salimos de nuestro trance.

—Eh, entonces, ¿debería acompañarte a casa?

Se levantó y sonrió. —Creo que puedo arreglármelas para ir unas pocas manzanas por mi cuenta.

—¿Y si te acompaño de todas formas?

Inclinó la cabeza, sus rizos oscuros deslizándose sobre su hombro. La mirada en sus ojos decía que no estaba segura de lo que yo pensaba, pero mis intenciones eran definitivamente honorables. Esta vez. Quería pasar unos minutos más con ella. Me gustaba. Mucho.

Asintió y esperó mientras llevaba nuestra basura al cubo más cercano y la metía dentro. Cuando volví a su lado, me dio un golpecito con el hombro y luego envolvió su mano alrededor de mi brazo.

La miré y sonreí. —¿Ahora estás dispuesta a que te vean conmigo en público y que la gente sepa que nos gustamos?

Se encogió de hombros. —¿Preferirías que te soltara?

—Joder, no.

Sonrió y deslizó su mano hacia abajo para entrelazar sus dedos con los míos. —Aun así no me gustas.

Me reí. —Entendido.

Pasamos junto a O'Kelley's, dejando que el rugido de la multitud fuera nuestra conversación por un momento. Cuando dejamos atrás el ruido, sin interrupciones, le pregunté a Trinity: —¿Sabías que mi madre trabajaba en el centro comunitario antes de que fueras allí?

Negó con la cabeza. —No lo supe hasta que ella lo dijo hoy. ¿Por qué?

Me encogí de hombros. —No me había dado cuenta de que estabas pensando en trabajar allí. Y ella hizo lo posible por no decírmelo. Le pidió a mi compañero que te investigara.

—¿Es un problema?

Negué con la cabeza. —No. Es solo que... no dejo que mucha gente entre en esa parte de mi mundo.

—¿Estás diciendo que no quieres que sea voluntaria allí? —preguntó, apartándose.

—No. Trinity, no. Yo... me gustas. Sé que las cosas entre nosotros han sido...

—¿Raras?

Solté una risa. —Podemos dejarlo así. Cuando la gente ve de dónde vengo, hay un cambio. No es un buen cambio.

—¿Crees que voy a odiarte ahora porque creciste sin mucho dinero? —preguntó.

No respondí, lo que fue respuesta suficiente.

—Bueno, ya no me gustabas antes, así que eso realmente no va a cambiar nada.

Solté una carcajada y negué con la cabeza. —Realmente quiero besarte ahora mismo.

Me miró y sonrió. —Gracias por confiarme tu pasado.

—Gracias por no huir de mí.

Seguimos caminando en silencio. Le sostuve la puerta para que entrara en su edificio y la seguí por las escaleras. Cuando llegamos a su puerta, forcejeó con sus llaves.

—¿Quieres entrar?

Asentí y me acerqué más. Ella me miró, con deseo en su mirada. —Me encantaría, pero no voy a hacerlo.

Ella parpadeó para disipar la bruma y entrecerró los ojos. —¿Qué? ¿Por qué?

Le coloqué los rizos detrás de la oreja y le besé la frente. —Porque no quiero solo follar contigo, Trinity. —Le besé la mejilla—. Quiero tocarte. —Le besé la oreja—. Quiero abrazarte. —Le besé la mandíbula—. Quiero volverte loca hasta que no puedas evitar enamorarte de mí.

Ella soltó una risa sorprendida.

Le besé la nariz. —Te dije antes que esto no es solo sexo

para mí. Me lo pasé bien esta noche. Quiero verte otra vez. Y espero que estés de acuerdo.

Dudó un momento y luego asintió.

Me incliné lentamente, manteniendo su mirada hasta que sus ojos se cerraron y nuestros labios se sellaron. Ella separó sus labios bajo los míos, dejándome entrar y tomando el control a la vez. Su lengua se deslizó junto a la mía. Me rodeó el cuello con los brazos y pegó su cuerpo al mío. Gimió suavemente en mi boca y murmuró su aprobación cuando le rodeé la cintura con los brazos y la atraje más cerca.

Nos separamos con jadeos idénticos, mirándonos con apenas un aliento de distancia.

—Debería irme —respiré.

Ella asintió. —Lo sé.

La besé de nuevo, lenta y profundamente, hasta que no estuve seguro de poder parar.

Ella se apartó una vez más. —Buenas noches, oficial.

Negué con la cabeza y di un paso atrás. —Buenas noches.

Ella entró y cerró la puerta con llave entre nosotros. No pude evitar sonreír durante todo el camino a casa.

Durante los siguientes días, debatí qué debía hacer con Trinity. Realmente me gustaba, y definitivamente nos estábamos acercando. No la había visto desde la noche que cenamos, pero quería verla durante el fin de semana.

Lo que significaba que tenía que terminar con la mujer con la que me habían emparejado en Novios Literarios Buscados.

Sabía que era una jugada de capullo, pero había estado hablando con ambas durante un tiempo. Lo de Trinity... nunca esperé que sucediera. La mujer de la aplicación... era genial. Fácil de hablar con ella, divertida, amable. Realmente podría gustarme. Pero aún no era real para mí. Trinity sí lo era.

Necesitaba terminar las cosas con la mujer de la aplicación, pero no estaba seguro de cuál era la mejor manera de hacerlo sin ser un imbécil. La única razón por la que lo estaba terminando era porque no era justo para Trinity ni para ella que estuviera hablando con ambas. No era porque no me gustara. Si pudiera fusionarlas en una sola persona, sería perfecto.

Estaba mirando mi teléfono, con la aplicación abierta y un nuevo mensaje listo para enviar a chica diamante cuando Hudson se detuvo frente a mí con una cerveza.

—¿Estás bien?

Asentí. —Intento encontrar la manera de terminar las cosas con alguien a quien nunca he conocido.

—Al menos sabes que no te tirará una bebida a la cara o hará algo loco —dijo Hudson.

Levanté la mirada hacia él y seguí su mirada hacia donde una pareja estaba discutiendo. El tipo estaba chorreando, limpiándose lo que solía ser su bebida de la cara. La mujer estaba de pie frente a él gritándole.

Después de unos segundos, ella se marchó enfadada y él miró a su alrededor como si pensara que a todo el mundo en el bar podría no haberlo notado.

Hice una mueca por él. —Sí, eso es cierto.

—¿Con quién estás terminando? —preguntó Hudson—. ¿Y por qué?

—He estado hablando con esta mujer en esa aplicación que hizo Karissa. Es genial, pero necesito terminar las cosas con ella.

—¿Por Trinity?

Me eché hacia atrás. —Sí. ¿Y cómo diablos lo sabías?

Hudson resopló. —Por favor. Siempre estás haciendo estupideces cuando estás cerca de ella. Eres un hijo de puta con suerte de que ella siquiera se haya molestado en mirarte dos veces.

Asentí. —Lo sé. Y no quiero estropearlo continuando con esta otra mujer. Cuando Trinity y yo... la primera vez simplemente ocurrió. Ella no estaba contenta con eso, y...

—¿Qué quieres decir con que no estaba contenta con eso? —gruñó Hudson, inclinándose cerca y poniéndose en mi cara.

Calmadamente mantuve su mirada y negué con la cabeza. —No es lo que piensas. Fue completamente consensuado. Nunca me forzaría con una mujer.

Me miró fijamente durante otro minuto antes de asentir y retroceder.

—De todos modos, ella me ha odiado durante tanto tiempo que no estaba contenta de que durmiéramos juntos, aunque no la obligué. La segunda vez fue diferente, pero todavía no estaba seguro de cómo se sentía. Luego se ofreció como voluntaria en el centro comunitario.

Las cejas de Hudson se elevaron y se echó hacia atrás, cruzando los brazos. —¿En serio?

Asentí. —Fui allí el martes por la noche para ayudar a mamá, y Trinity estaba allí enseñando a unos niños a hacer joyas. Empezamos a hablar y cenamos, y fue bien.

—Y ahora estás listo para terminar con esta otra mujer.

Asentí de nuevo. —Necesito hacerlo. Me gusta, pero no sé su nombre real ni nada. No voy a tirar por la borda lo que podría tener con Trinity por un quizás con una desconocida. Pero no quiero ser un completo imbécil cuando termine las cosas.

—Hillary siempre me decía que dijera la verdad. Incluso cuando parecía peor, ser honesto.

Bebí un sorbo de mi cerveza y respiré profundamente. —Hillary era una mujer inteligente. Excepto por la parte de casarse contigo.

Hudson me hizo una peineta y negó con la cabeza mientras se alejaba. Pero vi su sonrisa y supe que no estaba cabreado.

Hudson y Hillary eran el tipo de pareja que todos querían tener. No la conocía bien, pero era obvio para cualquiera que los conociera que estaban hechos el uno para el otro. Hudson nunca había sido más feliz en su vida, y Hillary era perfecta para él. Cuando ella murió, él apenas lo soportó. Ella era su razón para vivir. Se habían mudado de vuelta a Cala MacKellar, pero él se alejó de todos en el pueblo después de que Hillary muriera. Vendió la casa que tenían y compró un bungalow en las afueras del pueblo. Apenas salía de casa durante meses, pero un día se recuperó y dijo que Hillary no querría que él tirara su vida por la borda debido a ella.

Todavía le llevó uno o dos años recomponerse, pero cuando lo hizo, se dedicó a hacer de O'Kelley's un lugar donde todos se sintieran como en casa. Estaba seguro de que Hillary habría estado orgullosa de él.

Perder a Hillary fue duro para todos nosotros. Ella fue un punto brillante en Cala MacKellar mientras vivió allí. Hudson me dijo una vez que ella era la razón por la que se había mudado de vuelta. Ella no estaba cerca de su familia, y aunque la familia de él había dejado la zona, ella sabía que él la amaba. Quería que vivieran en un lugar que se sintiera como un hogar, sin importar dónde fueran en el pueblo.

Cuando regresé después de la academia, me alegré de tener a mi amigo de vuelta en mi vida. Y me alegró que trajera consigo la sabiduría de una mujer inteligente.

Escribí un mensaje rápido a chica diamante y lo envié antes de que pudiera detenerme.

—Hola, tú —dijo Trinity justo a mi lado.

—Hola —dije, guardando el teléfono antes de que ella pudiera ver la pantalla.

Su teléfono sonó con una alerta. Lo sacó y entrecerró los ojos hacia la pantalla.

—¿Todo bien?

Ella asintió y lo volvió a guardar en su bolsillo. —Sí. No es gran cosa. No sabía que ibas a estar aquí esta noche.

—Es jueves. Ian, Ramsey, Colin y yo solemos reunirnos.

—Oh. Los he visto un montón de veces, pero a ti no. Te dejaré disfrutar de tu noche.

Me volví hacia ella. —Preferiría pasarla contigo.

Sonrió y negó con la cabeza. —Necesitas a tus amigos. No soy una de esas mujeres que exigen todo tu tiempo.

—No pensaba que lo fueras, pero no he tenido mucho de tu tiempo en absoluto. Quiero verte de nuevo.

—Sí, vale. Seguro que podemos encontrar algo.

Asintió y se deslizó de su taburete. Saludó con la mano, sonrió y desapareció entre la multitud. La busqué, pero no pude ver dónde había terminado.

—¿Todo bien? —preguntó Hudson.

Me volví hacia él y negué con la cabeza. —No lo sé.

—Supongo que contarle lo de la otra mujer no fue bien.

—No le conté nada sobre la otra mujer. Le dije a la otra mujer que había conocido a alguien en persona y que no me sentía bien engañándola. No le dije nada a Trinity.

Hudson aspiró aire. —Eso te va a morder el culo. Ella debería saberlo.

Me encogí de hombros. —No hay nada que ella deba saber. Nunca conocí a esta mujer. No pasó nada.

—Se llama infidelidad emocional —dijo Hudson—. Para las mujeres, eso es igual de malo.

—No es... no creo que sea gran cosa.

Mi teléfono vibró en mi bolsillo antes de que Hudson pudiera responder. Él fue a servir bebidas a otra persona mientras yo lo sacaba. chica diamante había respondido.

CHICA DIAMANTE

Lo entiendo perfectamente. He estado intentando encontrar una manera de decirte lo mismo. Buena suerte.

Tecleé *gracias, igualmente*, y cerré la aplicación. Eso estaba hecho. Nada de qué preocuparse.

TRINITY

Vi cómo James volvía a guardarse el móvil en el bolsillo. La aplicación me alertó de que había respondido. Era una coincidencia que estuviera enviando un mensaje a alguien justo cuando yo recibía uno. Estaba bastante segura de que era demasiada coincidencia para que no fuera él quien me estaba enviando mensajes.

Negué con la cabeza. James era JPo. El chico que realmente me gustaba y con el que no estaba segura de poder seguir hablando por culpa de James... era James.

Y acababa de romper conmigo por mí.

Estaba intentando decidir qué debería hacer cuando Piper me trajo una cerveza y la dejó frente a mí. —De parte del chico de la barra —dijo, señalando con la cabeza hacia el extremo donde no estaba sentado James.

Miré y vi a un chico guapo con su vaso en alto. Tenía el pelo castaño oscuro y la piel morena clara. Su sonrisa era amable, no espeluznante. Normalmente, no lo pensaría dos veces antes de aceptar una bebida de un desconocido, pero me sentía incómoda cuando estaba involucrada con otra persona.

—¿Qué se supone que debo hacer? —le pregunté a Piper.

Ella arqueó las cejas y sonrió. —Bueno, normalmente levantas el vaso y bebes de él. Puedo conseguirte una pajita si lo prefieres.

Puse los ojos en blanco. —Sabes a qué me refiero.

—Tus opciones son aceptar la bebida y saber que probablemente vendrá a hablar contigo, o rechazarla y perderte una cerveza gratis.

—No estoy disponible —confesé.

Ella sonrió. —Sí, lo sé.

—Tú... Hablaremos de eso en un minuto. ¿Qué debo hacer con la bebida?

—Sea lo que sea, hazlo rápido porque ya viene hacia aquí.

Piper se alejó apresuradamente, dejando la cerveza en la mesa frente a mí. Y justo detrás estaba el hombre que me la había enviado.

—Hola —dijo, mostrándome de nuevo esa sonrisa acogedora.

—Eh, hola.

—¿Te importa si me siento?

Lo miré fijamente, tratando de averiguar cómo responder a su pregunta. Desde su punto de vista, había aceptado la bebida. No tenía ni idea de lo que estaba hablando con Piper.

Miré a James, pero estaba de espaldas a mí. Volví a mirar al desconocido y asentí. —Claro.

Tomó asiento y tendió su mano. —Soy Adam.

—Encantada. Trinity.

—Un nombre hermoso para una mujer hermosa. ¿Vives por aquí, Trinity?

Asentí. —Sí. ¿Y usted?

Él negó con la cabeza. —No, pero es precioso. Me cuesta imaginar volver a mi aburrida vida en Nueva York.

—¿Es usted de Nueva York?

Asintió y dio un sorbo a la cerveza que había traído a la

mesa. —Sí. Nacido y criado allí. De vez en cuando intento salir y explorar el resto del mundo. Ir más despacio. Creo que todos necesitamos un ritmo más lento.

Asentí. —Estoy de acuerdo. Por eso me mudé aquí. Me encantaba el paisaje, pero también me encantaba la gente. Es un gran lugar para vivir.

—¿Tu casa está cerca?

Asentí de nuevo, cuestionándomelo en cuanto lo hice. Acababa de ser robada, y le estaba diciendo a un completo desconocido que vivía cerca. Sin mencionar que estaba viendo a alguien y aún no había mencionado ese detalle.

—Quizás puedas enseñármela —dijo, inclinándose y deslizando un dedo por mi brazo.

—Hora de irse, amigo —dijo James, levantando al tipo de su silla y empujándolo hacia la puerta.

—Eh, tío, ¿qué demonios? —dijo Adam, tratando de zafarse de James.

—Ella no está disponible —dijo James.

—Nunca me dijo eso. ¿Cómo iba a saberlo? —argumentó Adam.

James se quedó inmóvil. Su mirada pasó de la mía a las cervezas en la mesa frente a mí y de vuelta a la mía. Soltó a Adam y dio un paso atrás. Asintió una vez y dijo: —Lo siento. Debo haber malinterpretado la situación.

Adam se encogió de hombros y asintió. James lo rodeó y salió furioso por la puerta.

Salí disparada de mi silla y corrí tras James antes de que Adam pudiera dar dos pasos hacia mí. Trató de alcanzarme, pero pasé junto a él y salí apresuradamente.

James se alejaba a grandes zancadas en dirección opuesta a mi apartamento, moviéndose rápido. Le llamé, pero me ignoró y siguió caminando.

Maldiciendo por llevar sandalias a mediados de septiembre, caminé/corrí por la acera tras él. Podía ver su silueta subiendo la colina en el parque Catherine, e intenté moverme más rápido antes de que abandonara el parque y desapareciera. Me di cuenta en ese momento de que ni siquiera sabía dónde vivía y no podría localizarlo si se iba a su casa.

Subí corriendo la colina y miré alrededor, pero todo estaba tranquilo. Nadie caminaba. Pasó un coche, pero no era la camioneta de James. No tenía ni idea de dónde estaba.

—Maldita sea —dije en voz alta.

—¿Problema? —preguntó, sentado en una silla a unos metros de mí.

Di un respingo al oír su voz. Estaba escondido en el asiento, invisible desde atrás. Pero hizo notar su presencia.

Tomé asiento junto a él y dije: —No le invité a sentarse conmigo.

—Y no le dijiste que estabas saliendo con alguien. Quizás...

—¿Quizás qué?

—Quizás estoy más involucrado en esto que tú.

—¿Te refieres a terminar las cosas con tu pareja en En Busca del Galán de Papel? —pregunté.

Se volvió para mirarme, con las cejas juntas en señal de interrogación.

Levanté una ceja. —¿Eres JPo?

—¿Cómo demonios sabes eso?

—Porque yo soy chica diamante. Terminaste conmigo antes.

Inclinó la cabeza, claramente sin saber qué pensar.

Desbloqueé mi teléfono y abrí la aplicación. Fui a nuestras conversaciones y le entregué mi teléfono para que pudiera leer las palabras que nos habíamos escrito.

Se rio. —Supongo que no tenía que terminar contigo antes. Ya que lo estaba terminando por las cosas contigo. ¿Desde cuándo lo sabes?

—Desde que estaba recibiendo mensajes al mismo tiempo que tú estabas contactando con alguien.

Negó con la cabeza. —Supongo que debería haber imaginado que encontrar a una mujer era bastante difícil. Encontrar a dos tenía que ser imposible.

Me reí con él. Nos sentamos en silencio durante un minuto.

—Terminé las cosas con la versión virtual de ti porque no quería ser injusto con la versión real. Necesito saber si estamos en la misma página. Si no, está bien. Pero si sigues buscando opciones, no estoy seguro de poder soportarlo.

Negué con la cabeza y busqué su mano. Me dejó entrelazar nuestros dedos, pero no me miró. —Ese tipo me envió una bebida. Le pregunté a Piper qué debía hacer ya que no estoy soltera, pero antes de que pudiéramos resolverlo, el tipo se unió a mí. No le dije que estaba saliendo contigo porque no tuve oportunidad. Me preguntó mi nombre y si vivía aquí, dijo que era de Nueva York, se autoinvitó a mi casa, y entonces tú lo sacaste de su asiento. Le habría dicho que no y le habría explicado por qué, pero no tuve la oportunidad.

James apretó mis dedos y soltó mi mano. Se inclinó hacia delante y apoyó los codos en las rodillas. —Mi padre nos abandonó cuando era niño. Solía viajar mucho, y un día no volvió a casa. Tenía una novia en otro lugar y ella se quedó embarazada. Estaba empezando una nueva familia con ella en vez de terminar de criar la que había iniciado con mi madre.

"Fue duro para todos nosotros, pero fue peor para mi hermano. No entendía cómo papá podía tener una segunda familia. Era joven. Yo soy seis años mayor, así que lo entendí lo suficiente. Pero me juré a mí mismo que nunca estaría en una relación con alguien si ambos no estábamos completamente comprometidos. Sé que pasan cosas, pero no estoy bien con las infidelidades o las mentiras. Nunca lo estaré.

—Yo no estaba...

—Lo sé. No hiciste nada malo. Pero saco conclusiones precipitadas. Mi madre nunca lo vio venir. Era feliz y estaba estúpidamente enamorada de mi padre. Durante años, se convenció de que volvería con ella. Simplemente sabía que había alguna otra razón, algo más ocurriendo. Mi padre no le sería infiel. Insistía. Pero nunca volvió. Y verla mantener la esperanza durante tanto tiempo... esa fue la parte más difícil para mí. Que creyera que él todavía la amaba cuando se había mudado completamente y nos había olvidado me hizo preguntarme si alguna vez conocemos realmente a una persona. Si la persona en quien pones toda tu confianza y fe te engaña y miente y te abandona, ¿conoces realmente a otra persona?

—Todo en la vida es frágil. Mi madre me enseñó esa lección —le dije—. Mi padre murió en un accidente de coche. Simplemente ocurrió. No hubo advertencia, ni preparación, solo estaba allí un día y al siguiente se había ido. Durante un tiempo, me convencí de que tenía que exprimir al máximo la vida antes de que mi tiempo se acabara. Luego decidí ser feliz y no dejar que el miedo me dominara. Pero ahora me doy cuenta de que no importa lo que hagamos, la vida es frágil y podemos tratarla con guantes de seda y preocuparnos por todo o podemos confiar en que incluso si se rompe, sigue ahí.

—No estoy seguro de entender —dijo, volviendo la cabeza para dedicarme una sonrisa irónica.

—No quiero tener miedo de todo. La vida está hecha para vivirla. Solo tenemos una. Si decidimos atravesarla con precaución en cada giro, podríamos perdernos algo. Si decidimos tirar la precaución al viento, podríamos perdernos algo. No hay una sola regla. La vida está hecha para disfrutarla, y si no estamos dispuestos a intentar hacer eso, sea lo que sea para cada uno de nosotros, entonces ¿cuál es el sentido?

—Entonces, ¿estás diciendo que la confianza no importa?

Negué con la cabeza. —Estoy diciendo que tu madre confió en tu padre, le rompieron el corazón, pero también tuvo dos hijos. Mi padre no traicionó a mi madre, pero aun así se ha ido. Nunca dirías que rompió su confianza, pero ella sigue con el corazón roto por haberlo perdido. Estoy diciendo que no importa qué camino elijamos, la vida nos va a cagar y a levantarnos en todos ellos.

—Esperemos que nos deje lavarnos la mierda antes de levantarnos para que todos nos vean —dijo James con una sonrisa.

Me reí. —Eso espero.

Se recostó en su asiento y miró hacia el pueblo. —Creo que me gusta lo que estás diciendo. Hagamos lo que hagamos, vamos a tener algunos arrepentimientos y vamos a tener algo de alegría, y la vida no consiste en eliminar uno u otro, sino en elegir más cosas que creemos que nos traerán alegría.

Asentí. —Exacto.

—Eres bastante inteligente. ¿Lo sabías?

Me encogí de hombros. —Bueno, te elegí dos veces.

Soltó una carcajada. —No sé cómo tuve tanta suerte.

—Elegiste la alegría —le dije.

Se volvió hacia mí y arqueó una ceja. —Sé una manera en la que podría elegir mucha más alegría. —Me sacó de mi silla y me puso en su regazo. Me besó en la garganta y dijo—: Mucha más.

—Sí, por favor —suspiré.

—Tu casa está más cerca.

Me apartó de su regazo y me cogió de la mano mientras

corríamos por el pueblo hacia mi apartamento. Subimos las escaleras y entramos sin que nadie nos detuviera. Un pequeño milagro en un pueblo como Cala MacKellar.

Tan pronto como la puerta se cerró tras nosotros, comenzamos a quitarnos la ropa mutuamente y a buscarnos. Me siguió hasta mi habitación y se dejó caer en mi cama conmigo, él encima, presionándome contra el colchón.

Fue besando mi garganta y lamió un círculo alrededor de mi ombligo. Me retorcí y gemí al sentirlo, sus hombros empujando mis muslos para abrirlos. Sus dientes pellizcaron mis caderas y besó sus muslos hacia abajo. Cuando llegó a mis pies, lamió el camino de vuelta, deteniéndose para besar y succionar mis muslos internos y entre mis pechos.

Cuando presionó sus labios contra los míos, yo ya estaba jadeando por más. Se extendió sobre mí y me besó lánguidamente. Entrelazó nuestros dedos y los llevó por encima de mi cabeza, besando y succionando mi garganta.

Deslicé mi pie por su pierna, disfrutando de la sensación de tenerlo encajado entre mis muslos. Me besaba como si nada más importara fuera de nosotros dos.

Cuando se apartó y me miró, esperé a que dijera algo, pero solo me miró fijamente. Apartó mi desorden de rizos salvajes de mi cara y me besó por todo el rostro, deteniéndose lo suficiente para susurrar: —No puedo esperar para estar dentro de ti otra vez.

Gemí suavemente ante sus palabras sucias. —Por favor.

—Pronto. —Arrastró su lengua entre mis pechos y trazó los bordes de mi sujetador—. Quítatelo para que pueda lamerte.

Me incorporé para alcanzar mi sujetador mientras él me quitaba las bragas. Me recosté en la cama completamente desnuda y abierta para él, confiando en él.

Se quedó de pie al pie de la cama y me miró. Su mirada se deslizó desde mi cara hacia abajo por mi cuerpo y volvió a encontrarse con mis ojos. El pánico amenazaba con abrumarme, con hacer que me cubriera. ¿Iba a alejarse y dejarme allí, deseándolo? ¿Iba a reírse y decir que realmente no me quería? ¿Iba a volver a unirse a mí en la cama y elegir la alegría conmigo?

Contuve la respiración mientras lo esperaba. Cuando se quitó los calzoncillos y se puso un condón, dijo: —Gracias por confiar en mí.

Gateó sobre la cama y me besó. El beso se prolongó mientras una vez más se deslizaba por mi cuerpo. Esta vez se detuvo entre mis muslos y presionó sus labios contra mí.

Un gemido largo y bajo se escapó de mi boca. Ya estaba cerca. No estaba perdiendo el tiempo con juegos previos que no llevaban a ninguna parte. James era el tipo de hombre que sabía exactamente cómo tocar mi cuerpo y me iba a hacer llegar al clímax lo más rápido posible.

Mi orgasmo se acumuló y rápidamente me robó el aliento y todo mi sentido. Intenté contener su intensidad, pero James no me dejó, presionando su lengua contra mi clítoris e introduciendo dos dedos en mí. Me corrí con fuerza, todo mi cuerpo pasando de caliente a frío mientras estallaba bajo su toque experto.

—Me encanta cómo te corres —susurró contra mi cadera. Retiró lentamente sus dedos, jugando con mi cuerpo mientras besaba su camino hasta mis labios.

Se contuvo de besarme, pero lo atraje hacia mí. Gruñó y se sumergió, acomodándose entre mis muslos y empujando dentro de mí mientras nos besábamos. Bombeaba dentro y fuera, sosteniendo su peso sobre mí mientras me volvía loca con sus besos. Envolví mis piernas alrededor de sus caderas y gemí cuando se hundió más profundamente.

—Se siente tan condenadamente bien —gimió contra mi cuello—. Tan jodidamente bien, Trinity.

—Tú también —dije.

Me dejé perder en James, eligiendo no profundizar demasiado en lo que estaba pasando entre nosotros. Si fuera cualquier otro hombre, estaría pensando en un futuro con él. Pero James era diferente. Si me permitiera enamorarme de él, no podría salir de nuevo. Me perdería en él.

Justo como lo hacía cada vez que estábamos juntos.

Otro orgasmo se precipitó hacia mí, abrumándome mientras embestía en mí. Se mantuvo erguido y me observó. No podía mirarlo. Necesitaba mantener un poco de distancia entre nosotros. Pero no podía apartar la mirada.

Mi orgasmo exigía liberarse, y dejé que mis ojos se cerraran para que sucediera. Grité su nombre y me agarré a él mientras caía con más fuerza.

—Te tengo, Trinity —susurró en mi oído mientras gritaba—. Te tengo.

Mi cuerpo temblaba con las réplicas mientras él empujaba profundamente y encontraba su propio alivio. Lo sostuve cuando se desplomó sobre mí, sin querer soltarlo pronto.

Nuestros cuerpos se enfriaron mientras nuestros latidos se ralentizaban. La pegajosidad del sudor y la euforia del sexo se combinaron para hacerme sentir increíble. No quería dejar ir nunca los sentimientos que él despertaba en mí.

Hizo un movimiento para levantarse y a regañadientes lo dejé ir. Miró alrededor y luego fue al baño. Cuando regresó, parecía que no estaba seguro de qué hacer.

—¿Quieres quedarte a tomar algo? —pregunté, apoyándome en mis codos.

Me miró y sonrió. —Sí, quiero.

Le devolví la sonrisa y bajé torpemente de la cama. —Te veré allí en un segundo. Siéntete libre de ver lo que tengo. Si quieres quedarte un rato.

Asintió. —No voy a ninguna parte.

Sonreí. Tal vez alegría no era una palabra lo suficientemente fuerte porque en ese momento estaba sintiendo
mucho más que solo eso. Pero aún no estaba lista para usar
esa otra palabra.

James tuvo que trabajar durante el fin de semana, así que no nos vimos mucho durante unos días. Decidí compartir con todas en la noche de chicas del domingo que estábamos saliendo. Después de haber insistido tanto en que no nos gustábamos, no estaba segura de cómo iba a resultar y seguía posponiendo el momento de decir algo.

—¿Has tenido noticias de tu pareja de la aplicación últimamente? —me preguntó Finley una vez que todas terminamos la tarta de queso con frambuesa de Melody.

Asentí y me recosté en mi asiento.

—De hecho, lo dejó. Conoció a alguien en la vida real y pensó que era mejor no hablar con las dos a la vez.

—Eso es una pena, pero es honorable por su parte —dijo Blake. Arrugó la cara—. Especialmente porque estabas pensando en conocerle.

—Eso debe estar de moda —dijo Laura poniendo los ojos en blanco—. Las cosas terminaron entre el chico con el que salía y yo —sonaba indiferente, pero sus ojos decían que le molestaba.

—¿En serio? Si acabas de conocerle el fin de semana pasado —dijo Elise.

Laura asintió y soltó una risa breve.

—Sí, pero dijo que no había química. Parece que tengo ese efecto en los hombres.

—Encontrarás a alguien —le aseguró Elise.

Laura sonrió y se encogió de hombros.

—No sé. Estoy pensando que tal vez deje que las cosas sucedan durante un tiempo. No preocuparme por encontrar a alguien, simplemente tratar de disfrutar de la vida. Antes era así. Salía con quien me parecía interesante. Quiero volver a disfrutar de la vida.

—Elige la alegría —dije.

Laura me señaló con su tenedor y asintió.

—Exactamente. He pasado demasiado tiempo deseando que Nico se fijara en mí, y no lo hace. Necesito superarlo, que es lo que estoy haciendo, pero también necesito dejar de desear lo que tenéis el resto. No para siempre, pero sí por ahora. Si intento aferrarme a ese sueño con demasiada fuerza, se me escapará entre los dedos.

—Si eso te hace feliz, hazlo. Diviértete. Acuéstate con tíos guapos. Ve a visitar a Peyton unos días —sugirió Elise.

Había oído hablar de Peyton, pero no la conocía. Laura me contó que era su antigua jefa y buena amiga de donde vivía cerca de Buffalo. También sabía que era una de las personas que hizo posible que la Sra. Georgia se casara con Eddie antes de morir. No la había conocido, pero me caía bien solo por esa razón.

—Quizás lo haga. Hace demasiado tiempo que no voy. Está a punto de dar a luz a su segundo bebé en un mes. Debería ir antes de que las cosas se vuelvan demasiado locas para ella —dijo Laura.

—¿Puedo ir contigo? —preguntó Karissa, inclinándose hacia Laura—. Me encantaría verlos a todos otra vez, y también necesito un descanso de unos días. ¿Un fin de semana largo?

Laura asintió enérgicamente.

—Sí, hagámoslo. Hablaré con Ally y veré cuándo puedo tomarme libre en las próximas semanas. A Peyton no le importará. Será divertido.

—Me estoy acostando con James —solté de golpe mientras todas estaban centradas en Laura. Esperaba que tal vez no lo notaran, pero por supuesto, todas lo hicieron.

—¿Que tú qué?

—Lo sabía.

—¿James Rucker?

—¿Desde cuándo?

Me recosté en mi silla y traté de no arder de vergüenza. Me alegraba llevar una sudadera grande y poder meter las manos en las mangas para esconderme un poco. Llevaba el pelo recogido en una cola suelta. Estaba preparada para el aluvión de preguntas, pero que me las lanzaran todas a la vez seguía poniéndome nerviosa.

—¿Cuánto tiempo lleváis juntos? —repitió Blake.

—Unas semanas.

—¿Después de que te robaran el bolso? —preguntó Finley. Asentí.

—¿Cómo acabasteis juntos? —preguntó Karissa.

Suspiré y les conté sobre encontrármelo en mi puerta una noche después de la noche de chicas y cómo simplemente sucedió.

—Espera, pero insististe después de eso en que no pasaba nada entre vosotros —dijo Karissa. Su mirada era penetrante.

Asentí y tomé aire.

—Sí, porque pensé que era algo de una sola vez. No hablamos. Fue ese sexo furioso donde simplemente nos desahogamos. Pensé que no había nada que contar. Y luego volvió a pasar. Y la semana pasada estaba en el centro comunitario cuando yo estaba allí. ¿Sabíais que su madre es la directora?

Todas asintieron.

—¿No lo sabías? —preguntó Laura.

Negué con la cabeza.

—No. No tenía ni idea hasta que ella dijo algo. Él cree que ella estaba intentando evitar que descubriera que yo era voluntaria allí.

—¿Por qué haría eso? —preguntó Piper.

Me encogí de hombros.

—No lo sé. James no parece muy contento de que su madre siga trabajando allí. O que viva en el apartamento donde él creció. Creo que quiere borrar su pasado o algo así.

—Definitivamente quiere eso —dijo Finley—. Una chica de nuestro curso creció en el mismo barrio que James —señaló a Blake—. Nos contó lo duras que eran las cosas para su familia. Estaba agradecida por tener un lugar donde vivir, pero dijo que muchas de las familias de Oak Hill apenas sobrevivían. Pero creo que Amelia está intentando que sea un lugar mejor. Empezó un huerto comunitario hace unos años y hace que todos los vecinos ayuden cuando pueden. Ha intentado asegurarse de que todos se conozcan para que se sientan más cómodos pidiéndose ayuda. Aunque no es fácil sentirse tan solo.

—Hudson estaba hablando de un proyecto para ayudar allí —dijo Piper—. Dijo algo sobre la mujer cuyo hijo te robó el bolso.

Asentí. No los había conocido todavía, pero sabía que ella tenía casi la misma edad que Hudson y James.

—Quieren hacer algo para ayudar a la gente que vive allí. Quizás una barbacoa comunitaria o algo así —continuó Piper.

—Deberían ponerse en contacto con Amelia —dijo Elise—. Si ya está intentando ayudar al barrio, sabría qué sería de más ayuda.

—Se lo diré —dijo Piper—. Creo que estará abierto a eso. Está buscando tantos voluntarios como pueda conseguir. Ya le dije que yo me apuntaba a lo que decidieran.

—Contad conmigo también —dijo Finley—. Quizás podamos donar algunos libros a los padres del barrio. Pondré una caja cerca de la caja registradora para que la gente deje sus ejemplares en buen estado que no quieran conservar.

—Es una gran idea —dijo Elise—. Podríais crear una de esas mini bibliotecas en el barrio para que la gente pueda intercambiar los libros.

—Gran idea —dijo Finley.

Seguimos hablando sobre otras cosas que podríamos hacer para ayudar al barrio. No dejaba de pensar que quería contribuir más. Estaba enseñando en el centro comunitario, pero sabía que podía hacer más. Tenía que haber algo más. Solo tenía que averiguar qué era.

INTENTÉ CONCENTRARME en el trabajo durante los días siguientes, pero me encontré continuamente distraída. Karissa activó mi aplicación, y me enviaba una notificación por todo. Había una cuando se descargaba una nueva aplicación. Otra cuando alguien pedía algo. Una más cuando alguien dejaba un comentario en uno de mis vídeos. Me estaba volviendo loca.

Decidí salir un rato el miércoles y disfrutar del aire fresco. El otoño estaba llegando al pueblo y trayendo consigo ese aire fresco y las hojas coloridas que tanto me gustaban, pero las noches se estaban volviendo demasiado frías para mi gusto. Ya no podía abrir mi puerta de cristal por las noches sin que saltara la calefacción.

El pabellón en el parque Catherine estaba tranquilo cuando llegué. Con los niños en la escuela y la mayoría del pueblo trabajando, había muy poca gente fuera a media tarde. Me dio la oportunidad de sentarme y pensar, pero también de ver el sol brillando sobre el agua y los grandes barcos deslizarse suavemente.

La tranquilidad de Cala MacKellar me recordó por qué me mudé allí. Nunca podría encontrar ese tipo de relajación en la ciudad. Había parques, pero siempre estaba tensa. Sentía como si estuviera esperando a que sucediera lo siguiente. En Cala MacKellar, no estaba esperando nada. Estaba disfrutando de la vida.

Mi teléfono vibró en mi bolsillo y lo ignoré hasta que volvió a vibrar, indicándome que era una llamada y no una alerta. Lo saqué y sonreí antes de contestar.

—Hola, abuela.

—Hola, cariño. ¿Cómo estás?

—Bien. ¿Y tú?

—Oh, bien. Simplemente sentí que debía llamarte por alguna razón. ¿Está todo bien?

Me reí.

—Sí, abuela. Todo está bien. ¿Cómo estáis mamá y tú?

A mi abuela le gustaba considerarse algo psíquica. A veces tenía un sexto sentido y me llamaba cuando realmente necesitaba hablar con alguien, pero también llamaba cuando hacía tiempo que no sabía de mí y decidía que iba a comprobar cómo estaba.

—Estamos bien. Tu madre está trabajando hoy. Estoy haciendo más de estas pulseras que me enseñaste. Voy a quedarme sin amigos a los que regalárselas dentro de poco.

—Deberías venderlas, abuela. Haces piezas preciosas.

—Bah. Sabes que no hago esto por el dinero —argumentó.

Una bombilla se encendió en mi cabeza.

—¿Estarías dispuesta a hacerlo para ayudar a la gente?

—Por supuesto, pero no estoy segura de cómo hacer joyas podría ayudar a la gente.

—Estoy trabajando en un proyecto con algunos amigos. Hay un barrio que está bastante mal. Por lo que me han contado, la gente que vive allí no tiene otra opción.

—Sabemos lo que es eso —dijo la abuela.

Asentí.

—Lo sabemos. Pero mamá y yo te teníamos a ti para ayudarnos. Esta gente no tiene a nadie. Para algunas personas, una pieza de joyería no es gran cosa, pero para alguien que no tiene mucho, podría significar mucho. ¿Estarías dispuesta a hacer algunas piezas y donarlas?

—Por supuesto —dijo la abuela sin dudar—. ¿Qué más podemos hacer?

—Todavía no lo sé, pero creo que necesito hacer más. Hay demasiada gente que no tiene suficiente. El accesorio adecuado podría darles la confianza necesaria para conseguir un nuevo trabajo o superar el día o quizás ir a una cita.

—Siempre te dije que la gente subestima el poder de sentirse bien consigo misma.

Sonreí.

—Lo has hecho. Y creo que yo también he olvidado esa lección. Sigo pensando que quiero retribuir de alguna manera y ayudar a más personas, pero hacerlo no tiene que significar ayudar a todos a la vez. Significa hacer lo que puedo ahora y luego hacer más después.

—Siempre habrá más por hacer —dijo la abuela.

—Siempre. Gracias, abuela. Me alegro de que hayas llamado.

—¿Cuándo vas a venir de visita? —preguntó.

Sonreí.

—Pronto. Pero podría traer a un amigo, si está bien.

Se rió.

—Por supuesto. Estoy deseando que llegue el momento.

Colgué con ella y asentí. Ya me sentía mejor, pero quería hablar con Hudson sobre las ideas que tenía. No sabía todo lo que estaba planeando, pero si todos aportábamos algo, podríamos hacer que el evento fuera un gran éxito.

O'Kelley's estaba tranquilo cuando entré. Hudson estaba detrás de la barra, así que tomé asiento en un taburete y fui directa al grano.

—¿Qué estáis planeando hacer para ayudar a Oak Hill?

Sus cejas se dispararon hacia arriba. Agarró la visera de su gorra, se la ajustó y luego se encogió de hombros.

—Realmente no lo sé todavía. Hablamos de una barbacoa o algo así. Estoy tratando de reunir algunas ideas. Colin se ofreció a arreglar cosas ya que parece que no tienen una persona de mantenimiento. Pero no estoy a cargo de nada.

—¿Quién lo está?

—James. Todo esto fue idea suya. Él quiere retribuir. Todos queremos, pero fue él quien dijo que si vamos a ayudar, no podemos ayudar solo a una persona. Anna... le ofrecí trabajo a su hijo y ella no le dejó aceptarlo porque no consideré a otras personas. Tenía razón. Iba a darle un trabajo para ayudarles. Hay mucha gente que necesita ayuda. James sabe que no podemos ayudar a todos, pero quiere intentar ayudar a más de una familia.

—Pensé que Piper dijo que tú estabas a cargo —dije.

—¿Qué dije yo? —preguntó Piper, apareciendo a mi lado y atándose un delantal.

—Pensé que Hudson estaba a cargo del evento para ayudar a Oak Hill.

Piper negó con la cabeza.

—No, él está ayudando y O'Kelley's probablemente será la

base de operaciones ya que todos están aquí todo el tiempo, pero James está tomando la iniciativa.

Asentí.

—No me había dado cuenta. Gracias.

—Por supuesto. ¿Qué estás pensando hacer?

—Estaba hablando con mi abuela sobre hacer joyas que podríamos donar. ¿Es una tontería?

Piper negó con la cabeza.

—Para nada. Yo me pongo algo cada día cuando vengo aquí. A veces son unos pendientes, a veces es un collar. No llevo mucho, pero me hace sentir que estoy poniendo un poco más de esfuerzo. Tú siempre llevas algo genial.

—Sigo preguntándome si realmente importa. He estado enseñando en el centro comunitario durante unas semanas y lo disfruto, pero es algo para mantener a los niños ocupados. Y me siento un poco egoísta porque fui allí para ayudar a mi carrera. ¿Realmente estoy ayudando a la gente al darles joyas?

Piper se encogió de hombros.

—A algunas personas, probablemente no. Esa es la verdad. Habrá algunas personas que no vean el valor de un artículo nuevo. Pero yo soy el tipo de persona que usa sujetadores y bragas de encaje porque quiero sentirme bien. Quiero saber que debajo de mi camiseta negra y mis vaqueros, llevo algo increíble y me siento sexy con ello.

—Es como bragas de encaje por fuera —dije.

Piper se rió.

—Exactamente. Podrías usar eso totalmente en tu marketing. Bragas de encaje por fuera.

Me reí con ella.

—No estoy segura de que los demás lo entendieran.

Piper asintió.

—Cierto. Pero honestamente, creo que podría ayudar a la gente. ¿Y si alguien tiene una entrevista de trabajo o una cita?

Si esa pieza les da un pequeño impulso de confianza, vale la pena.

Asentí.

—Eso es lo que yo también pensaba.

—Me alegro de que estés a bordo con esto. Creo que va a ser bueno para la comunidad. Y para los que estamos retribuyendo. Sé que yo no hago lo suficiente.

—Yo tampoco, pero quiero cambiar eso.

—¿Cómo van tus clases en el centro comunitario? —preguntó Piper.

—Realmente bien. Me desanimé la primera semana porque solo dos chicas querían participar. James dijo que era una buena asistencia. Esta semana trajeron a otra amiga.

—¿En serio?

Asentí.

—No es mucho, pero ambas volvieron así que estoy contenta.

—Vaya. Eso es genial.

Sonreí.

—Sí. Va bien. Una parte de mí desea poder hacer dos días a la semana, pero creo que sería demasiado. Quizás cuando tenga más niños de los que pueda manejar en una sesión haré dos.

—Ese sería un buen problema para tener.

—Muy cierto.

—¿Vas a estar aquí un rato? Necesito atender a esta gente.

Asentí, y Piper se alejó. Hudson puso una bebida frente a mí y dijo:

—Gracias por ayudar. Sé que significará mucho para James que participes.

—¿Sabes por qué no me lo pidió?

Hudson se encogió de hombros.

—Probablemente porque todo esto comenzó por ti. Joey te robó el bolso. Aceptaste no presentar cargos. Ha hecho que

James se enfrente a algunas cosas difíciles, pero siente que ya te pidió mucho al no presentar cargos. No puede pedir más.

—No lo dejé pasar por James. Lo dejé pasar porque ningún niño debería tener que pasar hambre.

—Sería bueno hacer de eso una realidad.

Asentí. Definitivamente estaba de acuerdo con ese pensamiento.

JAMES

—Tengo un caso para que lo investiguéis vosotros dos —dijo el capitán Reynolds, dejando un expediente sobre mi escritorio—. La posada Cala MacKellar sufrió un allanamiento anoche. La señora Holbrook estaba bastante alterada. Dijo que escuchó ruidos y fue a ver qué ocurría, lo que debió asustar a los intrusos. Tiene cámaras de seguridad, pero no sabe cómo enviarnos las grabaciones. Necesito que vayáis a hablar con ella y recojáis todo.

Asentí. La señora Holbrook había sido propietaria de la posada desde siempre. No recordaba a nadie más regentándola. Se encontraba frente a la casa de los MacKellar en la entrada a la Cove. Las dos propiedades eran las estructuras más grandes del pueblo, y ambas llevaban allí más tiempo que cualquier otra cosa. El resto del pueblo se construyó para dar servicio a las familias que edificaron esas casas.

La familia MacKellar poseía más terrenos y decidió dar su nombre tanto a la cala como al pueblo que estaban construyendo. La familia Robinson, que construyó lo que luego se convirtió en la posada, mantenía una disputa con ellos. Según cuentan, ambos hijos estaban enamorados de Catherine Winters cuando eran pequeños, y ella eligió a Travis MacKellar. Harry Robinson odiaba estar cerca de ellos y abandonó el pueblo. Sus padres, sin ninguna otra razón para quedarse sin su hijo, también se marcharon.

La casa familiar permaneció vacía durante años. Nadie quería gastar el dinero que pedían por la propiedad, y nadie podía permitírselo. Finalmente bajaron el precio, y los Holbrook la compraron y la convirtieron en una posada local. El turismo a la zona estaba comenzando, y fue una buena inversión. Después de unos años añadieron una residencia privada en la parte trasera para la familia, y con el tiempo mejoraron la casa hasta convertirla en uno de los mejores lugares donde alojarse de la zona.

La señora Holbrook se acercaba a los ochenta años, así que me sorprendía que no se hubiera jubilado y vendido el lugar. Si nada la había convencido antes, era posible que un allanamiento pudiera hacerlo.

—Presenta al nuevo a Gina. Asegúrate de que sea amable con ella —dijo el capitán Reynolds en voz baja.

Asentí. —Lo haré, capitán. —Llevé la carpeta al escritorio de Masterson y se la entregué—. Tenemos que irnos. ¿Qué tal se te dan los ordenadores?

—Muy bien. ¿Por qué?

—Quizá necesitemos tus habilidades. Vamos. Puedes leer por el camino.

Masterson hojeó el expediente mientras conducía hacia la posada. Cuando llegamos, preguntó: —¿Cuántos años tiene este lugar?

—Es una de las casas originales de aquí. La de enfrente es la otra. —Señalé la casa MacKellar—. Dos familias que se asentaron aquí. Supuestamente buenos amigos en algún momento, pero los MacKellar tenían más dinero que los Robinson, y los hijos se pelearon por la misma mujer, lo que creó problemas. Los Robinson se marcharon y la casa permaneció vacía durante años antes de que la señora Holbrook y su marido la compraran y la transformaran en lo que es ahora. Él murió hace años, y la señora Holbrook ha estado dirigiendo el lugar sola durante mucho tiempo. El encargado del faro la ayuda, pero en su mayoría, está por su cuenta.

—¿No tiene familia?

Negué con la cabeza. —No. Nunca tuvo hijos. Tiene una sobrina y un sobrino que solían venir aquí durante el verano, pero hace mucho que no vuelven.

—Eso es duro.

Asentí, preguntándome si Masterson realmente tenía un poco de compasión por los demás.

Caminamos hasta la puerta y entramos por la principal. Sonó una campanilla, anunciando a la señora Holbrook nuestra presencia.

—Ahora mismo voy —gritó ella.

Masterson y yo miramos alrededor del vestíbulo. Antes era la sala de estar de la casa y mostraba fotografías de algunas de las reformas que los Holbrook habían realizado a lo largo de los años. Todo el exterior se había renovado con un nuevo revestimiento y se había sustituido el tejado. Tuvieron que dejar la casa casi en los cimientos para hacer ambas cosas, ya que había mucho deterioro tras años en el mercado sin nadie que cuidara la casa.

—¿Existe alguna posibilidad de que los de enfrente tuvieran algo que ver con esto? —preguntó Masterson en voz baja.

Seguí su mirada a través de las ventanas hacia la casa MacKellar, que brillaba bajo el sol radiante de la mañana. Negué con la cabeza. —El único que vive allí es un cuidador. La familia no ha estado en el pueblo desde hace años. El encargado de mantener la propiedad suele mantenerse apartado. Es un buen tipo y es amistoso con la señora Holbrook. No veo a Andrew teniendo nada que ver con esto.

Masterson asintió y volvió a mirar las fotografías de la casa. El arrastrar de pies y el golpeteo de un bastón anunciaron la llegada de la señora Holbrook.

—Buenos días, caballeros. ¿Cómo estáis?

Me giré y le sonreí, y ella sonrió y se acercó a mí.

—Jimmy Rucker. No sabía que te vería hoy. ¿Cómo está tu madre? ¿Y tu hermano?

—Ambos bien. Mamá sigue en el centro comunitario. Johnny está casado y tiene una niña. Viven en Albany y les encanta.

—Oh, qué bonito. Por favor, diles que les mando saludos.

—Lo haré, señora Holbrook.

—Bien. Entonces, ¿qué os trae por aquí, y con uniforme? —preguntó, mirándonos a los dos.

Asentí hacia Masterson y expliqué: —El agente Masterson y yo hemos venido a comprobar cómo está tras el allanamiento de anoche. El capitán Reynolds dijo que tiene cámaras de vídeo y pensó que Masterson podría ayudarla a conseguir las grabaciones.

—Oh, esos aparatos. Sebastian insistió en instalarlos, pero sabe que no tengo ni idea de cómo funcionan. Debería estar aquí pronto si podéis esperar. ¿Por qué no os preparo un té? Y vosotros, muchachos, podéis desayunar.

—Realmente necesitamos ver esas grabaciones, señora — dijo Masterson.

La señora Holbrook agitó la mano. —¿Por qué tanta prisa? Tenéis toda la vida por delante, agente. Venid a desayunar y podemos hablar.

Me encogí de hombros y seguí a la señora Holbrook. No había manera de visitarla y no marcharse al menos cinco kilos más pesado y sonriendo. Era el tipo de persona que insistía en cuidar de todos a su alrededor, y no le importaba lo que dijeras al respecto.

Masterson me miró con enfado mientras tomaba asiento

en la desgastada mesa de madera del comedor. La señora Holbrook ya estaba sirviéndome café y colocando un plato de pasteles daneses frente a mí.

—Puedo prepararos unos huevos si queréis, chicos. O tostadas francesas. ¿Qué tal un poco de bacon?

—No se moleste, señora Holbrook —le dije.

Ella miró a Masterson. —Siento que no haya nada aquí que te interese. ¿Qué puedo prepararte? ¿Tortitas? ¿Gofres? Creo que también tengo salchichas. Hornee una hogaza de pan de masa madre anoche.

Levanté las cejas hacia él, esperando transmitirle que más le valía elegir algo y comer o nunca saldríamos de allí.

Finalmente suspiró y dijo: —Pan de masa madre y bacon suena maravilloso. Gracias, señora.

Ella sonrió y le dio una palmadita en la mejilla con su mano libre. —Qué hombre tan guapo. Y con modales tan dulces. Te prepararé unos huevos también. ¿Cómo te gustan?

—No, no necesito huevos —dijo Masterson.

—¿Eres alérgico?

—No, pero...

—Vale, entonces prepararé unos huevos. Tengo que tener cuidado con las alergias. Mucha gente es alérgica a diferentes alimentos. Pregunto a todos. Pero sé que Jimmy no es alérgico a nada. Vuelvo enseguida. Poneos cómodos, muchachos.

Asentí y levanté mi taza de café a modo de saludo. Masterson me miró enfadado de nuevo hasta que la señora Holbrook desapareció tras la puerta batiente hacia la cocina.

—Escucha, va a darnos de comer. Si lo aceptas, podremos pasar al asunto más rápido.

—Este pueblo es ridículo —se quejó Masterson.

—Nadie te obliga a quedarte —le dije con una sonrisa.

Me gané otra mirada furiosa por eso.

Masterson se sirvió una taza de café y tomó asiento frente a mí. Le ofrecí el plato de pasteles daneses, pero negó con la cabeza. No hablamos mientras esperábamos a que la señora Holbrook regresara con su desayuno y cualquier otra cosa que hubiera preparado en la cocina.

No pasó mucho tiempo antes de que sonara la campanilla sobre la puerta. Me giré para ver quién entraba y sonreí al ver a Sebastian Parks con una bolsa de comestibles.

—Vaya, no estaba seguro de si volvería a verte —le dije.

Me levanté y me acerqué a él, estrechándole la mano y dándole una palmada en el hombro. Parecía un poco más demacrado que la última vez que lo vi, hace años. Sebastian supervisaba el faro y se mantenía apartado, lo cual no es fácil en un pueblo pequeño. Era dos años mayor que yo, pero podría haber parecido una década mayor por su aspecto. Piel curtida, barba completa y más de un poco de canas salpicando su pelo.

—Me alegro de verte, James. ¿Estáis aquí por el allanamiento?

Asentí. —Así es. Y recibiendo el tratamiento completo.

Sebastian sonrió y agachó la cabeza. —Bueno, solo quería ver cómo estaba Gina y traerle algunos comestibles. Últimamente tiene cada vez más problemas para moverse. Mantener este lugar no es algo que pueda hacer durante mucho más tiempo.

—¿Has hablado con su sobrina y su sobrino? —preguntó Masterson—. Rucker dijo que son su única familia. ¿Podría alguno de ellos ayudar?

Sebastian se tensó ante la mención y negó firmemente con la cabeza. No estaba del todo seguro de qué iba eso, pero estaba claro que no quería hablar del tema.

—¿Se ha distanciado de ellos? —le pregunté.

—No, pero no están interesados en volver jamás aquí. Eso ha quedado muy claro —dijo Sebastian firmemente—. Necesito ver cómo está Gina.

Salió del comedor sin decir una palabra más, dejándonos a Masterson y a mí preguntándonos de qué iba todo eso.

—¿Crees que tuvo algo que ver? —preguntó Masterson en voz baja.

Me encogí de hombros y volví a sentarme. —No sé qué demonios ha sido eso, pero creo que debemos averiguarlo.

Comimos en silencio hasta que la señora Holbrook trajo un plato repleto de huevos, bacon, salchichas y tostadas. La señora Holbrook insistió en que Sebastian se sentara y comiera con nosotros, y él aceptó a regañadientes.

La señora Holbrook charlaba como si nada fuera de lo común estuviera ocurriendo, contándonos todo sobre su jardín y cómo quería decorar la posada para las fiestas, y luego lo que hacían su sobrina y su sobrino.

Sebastian se fue quedando más callado con cada tema de conversación, pero se disculpó cuando la señora Holbrook mencionó a su sobrina, Zoey.

Le seguí hasta la cocina y lo encontré agarrando el borde de la encimera frente al fregadero con los nudillos blancos.

—¿Está todo bien?

Se dio la vuelta, sin haberme oído entrar. Miró detrás de mí y negó con la cabeza. —No he visto a Zoey en diez años, desde su último verano en la universidad. No debería afectarme tanto, pero todavía no puedo respirar cuando escucho su nombre.

—¿De qué estás hablando? —le pregunté.

—Zoey y yo estábamos juntos. Pensé que lo sabías. Parecía que todos lo sabían.

Negué con la cabeza. Zoey y su hermano, Gavin, visitaban el pueblo algunos veranos, pero nunca vivieron en Cala MacKellar. Ella era más joven que nosotros, mucho más joven. Gavin era un par de años menor, pero Zoey debía ser casi diez años más joven, así que para que Sebastian y Zoey estuvieran juntos...

—¿Qué pasó?

—Ella quería mudarse aquí después de la universidad. Lo tenía planeado. Íbamos a estar juntos y formar una familia.

—¿Por qué no volvió?

Sebastian se encogió de hombros. —No lo sé. Intenté ponerme en contacto con ella, pero cambió su número y desapareció. Le pregunté a Gina por ella algunas veces, pero estaba claro que no tenía ni idea de que estábamos juntos. Zoey se casó y tuvo un par de hijos. Dejé de preguntar después de eso, y no puedo estar en la misma habitación cuando Gina empieza a hablar de ella.

—¿Por eso actuabas de forma tan extraña cuando Masterson preguntó si habías hablado con alguno de ellos?

Asintió. —Quiero a Gina. Cuido de ella porque es como una familia para mí. Haría cualquier cosa por ella, pero no puedo escucharla hablar de Zoey.

Asentí. —Lo entiendo. ¿Tienes alguna idea de quién podría haber entrado aquí?

Negó con la cabeza. —Ojalá la tuviera, pero no. Supuse que probablemente sería alguien que buscaba dinero en efectivo y pensó que ella podría guardar algo, pero no es así. La llevo al banco todos los días para depositar su efectivo. Guarda unos cientos de euros aquí, pero no le gusta tener mucho dinero alrededor.

—Yo pienso lo mismo, pero queremos examinar las grabaciones si puedes ayudarnos con eso.

—Por supuesto —dijo Sebastian—. ¿Quieres ir a buscar a tu compañero?

Sonreí. —No, creo que necesita algo de tiempo para conocer a la señora Holbrook.

Sebastian resopló. —Eres cruel.

—Créeme, se lo merece.

UNA VEZ que Sebastian me dio las grabaciones, recogí a Masterson y nos dirigimos de vuelta a la comisaría. Él se quejó de que lo dejara con la señora Holbrook, e intenté no reírme, pero fracasé.

—Ella es de lo que trata Cala MacKellar, Rowan. Si vas a quedarte, necesitas conocer a la gente. No tienes conexiones aquí, así que necesitas hacerlas.

Hizo una mueca y gruñó, pero no discutió. Quizás el pueblo empezaba a gustarle. De alguna manera esperaba que no fuera así.

Revisamos el vídeo del allanamiento y conseguimos algunas buenas tomas de los dos hombres. Uno de ellos era una persona de interés en otro caso que teníamos, así que lo trajimos para interrogarlo. Delató a su amigo y al final del día, teníamos a ambos en celdas y podíamos darle las buenas noticias a la señora Holbrook.

—Las cosas nunca se resuelven tan rápido de donde vengo —dijo Masterson mientras salíamos al final de nuestro turno.

Me encogí de hombros. —Esa es la belleza de un pueblo pequeño. Cuando ya sabes quién es el culpable y dónde vive, es más fácil atrapar a los malos. Obviamente, no todo es siempre tan fácil, pero cuando podemos resolver un caso en menos de veinticuatro horas, todos están un poco más contentos.

Masterson se detuvo junto a mi camioneta y ladeó la cabeza. —¿Todo el mundo es así? ¿Quiere hablar con todos los demás y contarles su historia de vida?

—¿A qué te refieres?

—Esa señora Holbrook... quería saberlo todo sobre mí. Me contó la historia de la posada y todo lo que sabía sobre los propietarios anteriores. Incluso habló de su familia y de cómo su sobrina y su sobrino solían venir aquí en verano pero no lo han hecho en años. Habló de algunos de sus huéspedes. Fue un poco demasiado.

Sonreí. —Significa que le caíste bien. Y sí, prácticamente todo el mundo es así. Entiendo que estar en una ciudad es diferente. La gente se mantiene para sí misma. Pero estar aquí... hace que la gente se sienta segura al conocer a sus vecinos. No significa que no sigan pasando cosas malas, pero es menos probable que robes algo a un amigo que a un extraño.

Masterson resopló de una manera que me hizo preguntarme un poco más sobre él.

—¿Qué te trajo hasta aquí?

Negó con la cabeza. —Necesitaba un cambio de aires.

—Sí, bueno, no pareces demasiado entusiasmado con este en particular. ¿Te vas a quedar?

Me miró y por primera vez sentí que realmente lo estaba viendo. Estaba un poco roto, un poco frágil y un poco inseguro de sí mismo. Por lo general, parecía un gilipollas arrogante que no podía equivocarse. Quizás había más en él de lo que parecía en la superficie.

—Por ahora —dijo finalmente—. ¿Vas a ir a O'Kelley's otra vez esta noche?

Asentí distraídamente, preguntándome qué secretos tendría en su interior.

—¿Te importa si te acompaño? Sé que es tu grupo, pero parecían buenos tipos.

Encontré su mirada y asentí. —Lo son. Y parece que les caíste bien, así que sí. Solemos estar allí alrededor de las seis o las siete.

Masterson asintió. —Gracias.

Asentí una vez y lo vi caminar hacia su SUV. Tal vez después de todo tenía un lado humano.

19

*H*udson alzó las cejas cuando entré en O'Kelley's con Masterson. Me encogí de hombros, sin saber tampoco qué estaba pasando.

Hudson actuó como si Masterson siempre estuviera allí con nosotros y le preguntó qué quería beber. Puso una cerveza delante de mí y preguntó si íbamos a cenar.

—Sí, estoy hambriento —dijo Masterson—. ¿Hamburguesa?

Hudson asintió.

—Claro. ¿Qué quieres ponerle? ¿Patatas fritas, aros de cebolla o palitos de mozzarella de guarnición?

—Cheddar, bacon y kétchup con patatas fritas. Gracias.

—Lo mismo para mí —dije. Sonaba bien.

Hudson fue a hacer nuestros pedidos, dejándonos beber en un silencio incómodo cuando no teníamos trabajo del que hablar.

—Eh, Rowan —dijo Ian, dándonos una palmada en la espalda a ambos y ocupando el asiento junto a mí—. Me alegro de que pudieras unirte a nosotros otra vez. ¿Cómo te está tratando este tipo?

—Me ha encasquetado una anciana que me ha contado toda la historia de la posada Cala MacKellar hoy —refunfuñó Masterson.

—¿La señora Holbrook? —preguntó Ian.

Masterson asintió.

Ian se rio.

—Oh, es buena. Deberías ir a Island Designs alguna vez y escuchar la historia no oficial del pueblo de Olive. Esas dos sacan a relucir el carácter de Cala MacKellar.

—Esa es una forma de decirlo. Pero te diré, sabía todo lo que ha pasado allí. Me mostró una marca en la pared de un incendio de grasa en la cocina. Los de reparaciones no lo notaron hasta que terminaron, pero ella dijo que nunca la pintaron para asegurarse de que recordaran tener cuidado —dijo Masterson.

Ian y yo intercambiamos una sonrisa.

—Le cuenta esa historia a todo el mundo —dijo Ian—. Adora ese lugar. Me pregunto qué pasará con él cuando muera.

—Tío, un poco de respeto —dije.

—¿Qué? Todavía no está muerta, y no es como si fuera a vivir para siempre. Solo digo que tengo curiosidad —dijo Ian.

—¿Curiosidad sobre qué? —preguntó Colin—. Hola, Rowan. Gracias por venir a la granja el fin de semana pasado.

Masterson asintió. ¿Qué demonios?

—¿Fuiste a la granja? —le pregunté. Asintió de nuevo como si no fuera gran cosa.

—Tenía curiosidad por saber qué pasará con la posada Cala MacKellar cuando muera la señora Holbrook. No tiene hijos —dijo Ian, respondiendo a la pregunta de Colin.

—¿Quién no tiene hijos? —preguntó Ramsey.

—Gina Holbrook —dijo Ian.

—Se pregunta quién se queda con la posada cuando muera —explicó Masterson.

—Supongo que su sobrina y sobrino —dijo Ramsey—. O la vendería, pero si muere antes de venderla, creo que ellos la recibirían.

—¿Por qué? —preguntó Masterson.

—Me olvidé de ellos —dijo Ian—. Eran más jóvenes que nosotros. Creo que ambos eran más jóvenes que Blake y Finley.

Negué con la cabeza.

—Gavin no es mucho más joven. Quizás solo un año menor que tú. Zoey era mucho más joven. ¿Sabíais que ella y Sebastian estaban juntos?

—¿Sebastian y quién estaban juntos? —preguntó Hudson, trayendo nuestras hamburguesas.

—Zoey Holbrook —dije.

—¿Sebastian Parks? No. Es mayor que yo —dijo Hudson.

Me encogí de hombros.

—Colin y Elise se llevan once años. No sé si la edad importa tanto.

—Cuando ella era adolescente sí importaba —argumentó Hudson.

Negué con la cabeza.

—No voy a contradecir eso, pero creo que estuvieron juntos cuando ella estaba en la universidad. Él dijo que se suponía que ella volvería aquí después de terminar, pero nunca lo hizo. Se casó y tuvo un par de hijos.

—Ay —dijo Ian—. No es de extrañar que se quede en la posada y en el faro y no salga mucho. Yo estaría borracho la mitad del tiempo si me pasara eso.

—Sin duda —dije.

Ian se volvió hacia mí con una sonrisa burlona.

—Bueno, ya que lo has sacado... ¿Trinity? Puedo ver que seríais buenos el uno para el otro.

Negué con la cabeza y me reí. Era solo cuestión de tiempo.

—¿Ahora se lo estás contando a la gente? —preguntó Hudson.

—Oh, no, él no me lo dijo. Trinity se lo contó a Blake y a todos los demás el domingo. Este gallina se lo guardó —informó Ian.

—¿Querías que te llamara para que pudiéramos cotillear? —le pregunté, simulando marcar un número de teléfono.

Ian me empujó y se rio.

—Me alegro por ti. Supongo que ahora puedes usar tus esposas para algo más que intentar arrestarla.

Masterson se atragantó con su cerveza.

—¿Intentaste arrestar a tu novia? No voy a tocar el otro comentario. —Se estremeció.

—Es una larga historia —dije.

—Este genio pensó que ella estaba entrando a la fuerza en su coche. No sabía que era su coche —dijo Hudson.

Las cejas de Masterson se alzaron.

—¿Ibas a arrestar a alguien de verdad? Vaya. Aunque tal vez por eso ya no lo haces. ¿Quieres asegurarte de que tu novia no esté celosa?

Puse los ojos en blanco mientras el resto de ellos aullaban como niños.

—Arresté a alguien hoy.

Masterson asintió.

—Lo sé. Estaba allí. Tuve que asegurarme de que todavía recordaras las palabras de los derechos Miranda.

Le hice una peineta y le di un mordisco a mi hamburguesa, eligiendo ignorarlo por un momento.

—Me cae realmente bien —dijo Ramsey con una sonrisa y un saludo con su cerveza.

Negué con la cabeza y los ignoré a todos.

—Entonces, Rowan, ¿cómo te parece nuestro pequeño pueblo hasta ahora? —preguntó Ian.

—Es tranquilo.

—¿Eso es bueno? —preguntó Colin.

Masterson se encogió de hombros.

—Aún no lo he decidido. Estoy acostumbrado a que pasen muchas más cosas. Ser policía en una gran ciudad es a la vez más fácil y más difícil. Tienes muchos más casos y atrapas a muchos más tipos malos, pero muchos más quedan libres porque a veces no hay muchas pruebas.

—Tenemos los mismos problemas aquí —dije.

Masterson asintió.

—Cierto, pero es a mayor escala. Los días buenos son mejores, y los días malos son peores.

Asentí, entendiendo lo que quería decir. Solo había participado en una investigación de homicidio en mi carrera. Hubo más que eso, pero era raro tener delitos peligrosos en Cala MacKellar, o en los pueblos cercanos.

Lo que me hizo pensar en Joey.

—Creo que deberíamos hacer algo pronto para Oak Hill. Quizás algo tipo feria al aire libre. Comida gratis, pero tal vez algunos juegos para los niños, algunos contactos nuevos para los residentes, y un gran impulso para arreglar las cosas tanto como podamos —dije.

—Buena idea. He estado recaudando fondos y tengo un buen montón para lo que necesitemos. Y un puñado de personas dispuestas a dar tiempo para ayudar —dijo Hudson.

—Parece que ya hemos empezado. Fijemos una fecha y hagamos que esto suceda —dijo Ramsey, sacando su teléfono—. ¿Qué tal dentro de dos sábados?

Miramos alrededor y asentimos.

—Eso funciona. Empezaremos a correr la voz. Habla con tu madre —dijo Hudson.

Asentí.

—Lo haré. Ya lo sabe, pero le diré el día para que pueda

empezar a hablar con la gente. Muchos son demasiado orgullosos para aceptar caridad, pero nadie puede resistirse a la comida gratis en una parrilla.

—Maldita sea, así es —dijo Masterson. Los otros estuvieron de acuerdo.

Con la fecha y el inicio de un plan, estábamos haciendo que las cosas sucedieran para las personas a las que había dado la espalda durante años. Era más que un poco irónico que Trinity fuera una gran parte de la razón por la que estaba haciendo algo por mi antiguo barrio.

—Hola —dijo una mujer, tomando el taburete vacío junto a Masterson.

Él se volvió hacia ella.

—Hola.

—¿Quieres comprarme una copa?

Masterson asintió lentamente mientras su mirada recorría su cuerpo.

—Estaría encantado. ¿Qué vas a tomar?

—Un Slippery Nipple —le dijo a Hudson.

Ian resopló. Ramsey se cubrió la boca con la mano. Colin bebió su cerveza y fingió que era una noche totalmente normal. Yo simplemente negué con la cabeza.

—¿Quieres salir de aquí? —preguntó ella mientras se llevaba el chupito a los labios.

—Suena bien. —Se bajó de su taburete—. Gracias por la cena —me dijo con un asentimiento.

Negué con la cabeza y lo vi salir por la puerta con la mujer.

—¿Echas de menos eso? —me preguntó Hudson.

Negué de nuevo con la cabeza.

—No. En realidad me pregunto si alguna vez caí en frases como esa.

Ramsey se rio.

—Vosotros erais los que usaban frases así.

Me reí.

—Probablemente sea cierto. No quiero volver a eso.

—¿Nos estás diciendo que las cosas son tan serias con Trinity? —preguntó Ian.

Negué con la cabeza.

—No estoy diciendo nada. Solo que si las cosas no funcionan, prefiero intentar hacerlo bien a intentar hacerlo ahora mismo.

—Aw, está madurando —se burló Hudson.

Lo miré con dureza y alcancé mi botella. Alguien más tomó el asiento de Masterson. Alguien curvilínea y hermosa que olía increíblemente bien.

—Hola —le dije a Trinity—. No sabía que ibas a estar aquí.

Sonrió y saludó a los otros chicos.

—Tenía hambre. Pensé que podría conseguir que me invitaras a cenar.

Negué con la cabeza.

—Parece ser el plan de todos esta noche.

—Oye, tengo que irme —dijo Ramsey, bajándose de su taburete.

Ian y Colin se fueron con él.

—Sí, nosotros también. Gracias por la cena.

—¡Eh! ¿Qué demonios? —les grité.

Los cabrones simplemente saludaron.

Hudson se acercó y saludó a Trinity, luego preguntó dónde se habían ido los demás.

—Acaban de largarse —le dije.

Hudson miró hacia la puerta.

—¿En serio?

—Sí, me han dejado con sus cuentas. Capullos.

Hudson se rio y negó con la cabeza.

—¿Qué vas a tomar, Trinity?

—Hamburguesa con queso y patatas fritas —dijo Trinity con una sonrisa—. A su cuenta.

Me sonrió y negué con la cabeza. Luego le robé un beso. Ella jadeó sorprendida pero se derritió contra mí después de unos segundos. Su mano acunó mi mandíbula y sonrió contra mis labios.

Me aparté y sonreí.

—¿Por qué ha sido eso?

Me encogí de hombros.

—Solo quería un beso. ¿Cómo ha sido tu día?

—Bueno. Grabé algunos vídeos hoy y tengo un nuevo proyecto para los niños del centro comunitario. Además, vendí algunas piezas desde mi aplicación hoy. —Sonrió ampliamente.

—¿Sí? ¿Supongo que eso es bueno?

Asintió.

—Realmente no quería la aplicación, pero Karissa la hizo y es increíble. No pensé que sería algo que mis clientes querían. Ella sabe más que yo. Es asombrosa.

—Bueno, es bueno que la escucharas. Oye, fijamos una fecha para el evento comunitario en Oak Hill. ¿Sigues interesada en ayudar?

—Absolutamente. Mi abuela y yo estamos haciendo joyas para regalar. ¿Qué más necesitas que haga?

—Necesitamos correr la voz. ¿Crees que podrías ayudar con eso?

Asintió.

—No hay problema. Me encargaré de ello.

Hudson le trajo su hamburguesa y patatas.

—¿Algo más?

—Todo bien. Gracias —dijo ella.

Hudson arrancó la cuenta e hizo un espectáculo de colocarla frente a mí.

Levanté una ceja.

—¿En serio?

Se encogió de hombros.

—No querría tener que llamar a la policía porque te escapas sin pagar la cuenta.

Lo miré fijamente y le entregué mi tarjeta.

—Así sabes que voy a pagar.

Se rio y tomó la tarjeta. La pasó y me la devolvió con el recibo para firmar.

—Asegúrate de darle propina a tu camarero.

Negué con la cabeza y le di una buena propina, luego firmé y escribí *el cliente siempre tiene razón* en la parte inferior.

Trinity miró por encima de mi hombro y se rio.

—Eres gracioso. Y gracias por la cena.

Le guiñé el ojo.

—Cuando quieras. Para ti. Esos otros tipos me deben la próxima vez.

Ella se rio y le dio un mordisco a su hamburguesa.

Salimos de O'Kelley's e hicimos una pausa.

—¿Vas a casa?

Trinity asintió.

—Esa era mi intención. Puedes acompañarme si quieres. O podemos hacer otra cosa.

—Puedes venir a mi casa —dije. Nunca la había invitado antes. Pude notar por su pausa que sabía que era un gran paso que me abriera a ella de esa manera.

Ella envolvió mi brazo con su mano y asintió.

—Suena bien.

La guié hasta mi camioneta y le abrí la puerta para que entrara. Respiré hondo y me apresuré al asiento del conductor.

Charlamos sobre nada en particular durante el trayecto a

mi casa. Estaba ansioso. ¿Había limpiado la pasta de dientes del lavabo? ¿Había guardado los platos? ¿Cuándo fue la última vez que quité el polvo?

Nada de eso importó cuando entramos y ella lo observó todo y luego actuó como si hubiera estado allí cien veces antes, acomodándose en el sofá y encendiendo la televisión.

—¿Películas?

Me senté junto a ella y encontramos una película para ver. Se acomodó contra mí y la rodeé con mi brazo. No podía recordar la última vez que me sentí tan cómodo con otra persona.

Cuando la película terminó, ella dijo:

—Enséñame la casa. Quiero ver tu casa.

Nos levantamos y fuimos a la cocina.

—Cocina pequeña, pero me funciona.

—No es tan pequeña como la mía. Me gusta. Estos armarios son preciosos.

Sonreí.

—Gracias. Los restauré cuando compré la casa. La cocina estaba bastante deteriorada. Gran parte de la casa lo estaba. Por eso pude permitirme el lugar.

—¿Cuánto tiempo llevas viviendo aquí?

—Nueve años.

—Vaya. Nunca he vivido en ningún sitio durante nueve años. Estoy un poco celosa ahora mismo.

Me reí.

—¿Qué más has hecho por aquí?

Sonreí y le mostré el resto de la casa. Ella se maravilló con los suelos restaurados y los baños remodelados, y me tomó el pelo por la decoración escasa que lo hacía parecer una habitación de residencia universitaria.

—Ni siquiera tienes una foto de tu madre aquí —dijo cuando llegamos al dormitorio.

—Bueno, mi madre es la última persona en la que quiero pensar cuando estoy en mi dormitorio.

Puso los ojos en blanco.

—Me refería a toda la casa. ¿Por qué no has decorado? Podría ayudarte. Ir de compras alguna vez.

Dudé un poco demasiado, y ella se retractó.

—Lo siento. No estaba pensando así. No quería decir que yo debería decorar tu casa. O que... Lo siento. No pretendía sobrepasarme.

Negué con la cabeza y la rodeé con mis brazos.

—No te has sobrepasado. ¿Puedo decirte algo?

Ella asintió contra mi pecho.

—Te conté sobre cómo crecí. Cómo no teníamos nada. Cada vez que conseguíamos algo, sentíamos que estábamos en la cima del mundo. Éramos adoptados por familias cada año para Navidad, pero a mediados de enero, estábamos tratando de averiguar cómo costear comida de nuevo. Mucha gente quiere ayudar durante las fiestas, pero ¿qué hay de un martes de febrero o nuestros cumpleaños o la vuelta al colegio? Hubo momentos que estuvieron bien, pero hubo muchos más que no. Y los momentos bajos se sentían aún más bajos después de un momento alto. Irse a la cama con hambre era normal en verano. Irse a la cama con hambre el veintisiete de diciembre apestaba.

—Lo siento —dijo ella suavemente.

Asentí.

—No te cuento todo esto para que sientas lástima. Es por eso que estoy tratando de ayudar a Joey y su familia. Pero también es por eso que... nunca he decorado porque tengo miedo de que todo esto desaparezca. Quiero que sea fácil para mí dejarlo atrás. Mantengo prácticamente todo en mi vida así. Elegí un trabajo que puedo hacer en cualquier parte. Tengo una casa que puedo dejar en un instante. Todo.

—¿No quieres quedarte aquí? ¿En Cala MacKellar?

Me encogí de hombros, y ella se tensó.

—No tengo planes de irme, pero es de donde soy. Es donde crecí. Nunca fui a ningún otro lugar para echar raíces. Simplemente me quedé aquí.

—¿No hay nada en tu vida que quieras conservar?

Negué con la cabeza.

—No es exactamente eso. Es más que sé lo frágil que es todo. Sé lo fácilmente que puede desaparecer todo. Y no quiero apegame demasiado.

—Soy igual en cierto modo debido a mi padre. Me mudé cada pocos años después de la universidad. Nunca me quedé en un lugar. Nunca sentí que ningún sitio fuera mi hogar. Pero estar aquí... me encanta Cala MacKellar. Me encanta tener amigos con los que puedo contar y personas que me importan. Podría trabajar desde cualquier lugar, pero me estoy encariñando.

—Mucha gente se siente así.

—¿Realmente no estás apegado a nada? ¿Tu madre? ¿Tus amigos?

—No puedo imaginar empezar de nuevo. Dejar a mi madre, aunque sé que estaría bien. Encontrar nuevos amigos. No quiero hacerlo. Pero no me resulta fácil sentarme y confiar en que todo saldrá bien. Que la gente seguirá ahí en ese martes cualquiera cuando no tenga nada que comer.

Ella se acercó más a mí y se puso de puntillas. Presionó sus labios contra los míos y sonrió.

—Yo estaré ahí, James. Quiero estarlo. Si estás de acuerdo con eso.

Asentí y deslicé mis brazos alrededor de su espalda, manteniéndola contra mí.

—Eres la última persona que esperaba, pero estoy bastante feliz de haber intentado arrestarte ese día. No creo que estuviéramos donde estamos ahora si solo nos hubiéramos conocido a través de los demás.

Ella sonrió.

—No sé. Todavía estoy bastante molesta por eso. Quizás deberías compensármelo.

—¿Ah, sí? ¿Y cómo propones que haga eso?

—Bueno —dijo, dando un paso atrás. Agarró el dobladillo de su camiseta y se la quitó por la cabeza—. Podrías empezar con un beso. Y veremos adónde nos lleva esto.

Sonreí e hice lo que me dijo. Toda la noche.

20

TRINITY

Mi tiempo en el centro comunitario se estaba convirtiendo rápidamente en una de mis partes favoritas de la semana. Saber que les estaba dando a los niños algo diferente en lo que centrarse durante unos minutos me emocionaba y me ayudaba a ver lo fácil que era retribuir, especialmente a los niños.

Acababa de terminar de preparar todo para el día cuando Amelia subió al escenario. Por lo general, me dejaba entrar y seguía con sus asuntos, así que cuando se me acercó, me pregunté qué pasaba.

—He oído buenas cosas sobre sus proyectos —dijo, mirando las mesas—. Parece que los niños lo están disfrutando.

—Creo que sí. Son muy divertidos para trabajar.

—Bien. Estos niños no dejan entrar fácilmente a la gente. Espero que tenga pensado quedarse por un tiempo.

Asentí. —Así es. Me encanta trabajar con ellos. Estoy intentando asegurarme de que se me ocurran ideas que cualquiera de ellos pueda hacer, así que hemos hecho algunas cosas diferentes. El proyecto de hoy es para un llavero porque algunos de ellos me dijeron que siempre pierden la llave de su casa. Pensé que podríamos hacer algo que fuera útil en lugar de solo divertido.

Amelia asintió. —Es una buena idea. Parece que realmente entiende a estos niños y lo que están pasando.

Su pregunta era directa. Le sonreí y le di la respuesta que buscaba. —No los entiendo. No por experiencia personal. Pero conozco a alguien que sí los comprende y he recibido algunos consejos.

Se cruzó de brazos. —Ya veo.

Antes de que pudiera decir algo más, los niños irrumpieron en la sala. El ajetreo de actividad siempre captaba toda su atención. Caminó decididamente por el escenario y bajó las escaleras para recordarles a los pocos niños que iban directamente a por los balones de baloncesto que guardaran sus cosas antes de empezar a jugar.

Sonreí y esperé a que algunos niños se unieran a mí. Me sorprendió cuando un chico dejó a sus amigos en la cancha de baloncesto y subió las escaleras.

—¿Puedo hacer algo hoy? —me preguntó.

—Por supuesto —dije—. Me llamo Trinity. ¿Cómo te llamas tú?

—Mark.

—Hola, Mark. Te diré cómo hacer cada paso, pero puedes elegir cómo montarlo. Hoy estamos haciendo un llavero. ¿Tienes llaves para tu casa?

Asintió. —Sí, pero siempre acaban en el fondo de mi mochila.

—Me pasa lo mismo con mi bolso. Por eso pensé que podríamos hacer esto hoy. ¿Qué te parece?

Me sonrió y caminó lentamente entre las mesas. —¿Puedo elegir el que quiera?

Asentí. —Absolutamente. Y si te gusta más de uno, puedes mezclarlos o hacer dos.

—¿Puedo hacer dos? —preguntó con los ojos muy abiertos.

Sonreí. —Quizás incluso tres.

Su sonrisa coincidía con sus ojos. Asintió y eligió un asiento. Abrió la bolsa frente a él y empezó a mirar las piezas que había dentro.

Heather y Meghan subieron corriendo las escaleras, saludaron a Mark y a mí, y luego eligieron sus asientos. Dos chicas más los siguieron de cerca.

Cinco niños. Era un buen día.

—¿Estáis todos listos? —les pregunté.

Todos asintieron con entusiasmo.

—Bien. Hoy vamos a hacer llaveros. Como siempre, os ayudaré si tenéis problemas, pero quiero que uséis vuestra imaginación y creéis algo que os encante. ¿Estáis listos?

Vitorearon, incluso Mark.

—Muy bien. Primero, sacad todo de vuestra bolsa y colocadlo en la bandeja que tenéis delante. Si queréis, podéis colocar vuestras cuentas en el orden en que queréis que estén. —Levanté el llavero que había creado para practicar—. Así es como se verá cuando terminéis.

—Vaya, es genial —dijo Heather.

Sonreí. —Entonces, comencemos.

SALUDÉ A LA MADRE de Mark cuando él le mostró lo que había hecho y me señaló en el escenario. Ella me devolvió la sonrisa, pareciendo más que agradecida. Él estaba tan emocionado de tener algo que mostrarle. Y me dijo cuando hizo el segundo que se lo iba a dar para su cumpleaños. Era un buen chico. Todos lo eran. Y conocer a James solo me ayudaba a estar abierta a ver eso.

Cuando fui allí por primera vez, buscaba ayudarme a mí

misma y a mi carrera, pero cada vez que volvía, esperaba estar ayudando a los niños tanto como ellos me estaban ayudando a mí.

Estaba recogiendo los materiales cuando escuché pasos detrás de mí. Dejé lo que estaba haciendo y me giré por si era otro niño que decidía tarde hacer algo. Había ocurrido antes, cuando veían la manualidad que tenía para ellos y decidían que querían hacerla. Intentaba estar preparada para ello.

Pero esta vez era Amelia de nuevo.

—Hola —dije con una sonrisa.

—¿Era mi hijo la persona que mencionaste antes? ¿El que te ha ayudado a ver a estos niños?

Asentí lentamente. No sabía lo cercano que era James a su madre. Él me había dicho que no le gustaba ir a su casa y que solo iba al centro comunitario para ayudar, pero no tenía idea si hablaban regularmente o si salían a comer o a cenar o algo así.

—¿Qué está pasando entre vosotros dos?

—Me gusta. Mucho.

—¿Y él siente lo mismo por ti?

Me encogí de hombros. —No lo sé, pero espero que sí. ¿Le molesta eso?

Negó con la cabeza. —James es una persona muy reservada. No comparte quién es. Cuando mencioné, el primer día que estuviste aquí, que él es mi hijo, fue para que supieras que no dijeras nada sobre él que no quisieras que su madre supiera.

—Eh, de acuerdo.

Inclinó la cabeza. —Confía en ti. Y si confía en ti, significa que le gustas. No deja entrar a la gente. Especialmente a las mujeres. Espero que entiendas lo importante que te hace eso para mi hijo.

La emoción creció dentro de mí. Preferiría oírlo de James, pero yo tampoco estaba lista para decirle lo que sentía, así que lo aceptaría. Asentí, incapaz de pronunciar palabra alguna.

—Cuando te pregunté si ibas a estar por aquí, no solo hablaba de los niños de aquí. Me refería a James también. Él ha tenido suficientes pérdidas en su vida.

—Yo también, Amelia. No tengo planes de irme, y realmente me gusta tu hijo. No voy a hacerle daño.

Ella mantuvo mi mirada por un largo momento, luego asintió una vez y se alejó del escenario.

Continué recogiendo los materiales sobrantes y guardé todas las mesas y sillas. James estaba trabajando hasta tarde esa noche, así que sabía que no pasaría para ayudar y no quería que Amelia tuviera que hacerlo sola.

Cuando terminé, cogí mi bolso y lo dejé en el borde del escenario. Bajé las escaleras y sonreí cuando uno de los chicos me pasó un balón de baloncesto. Lo boté varias veces y tiré desde donde estaba.

Golpeó el tablero y entró limpiamente en la red. Los chicos vitorearon. Desde el primer día que jugué al baloncesto con James y los niños, habían estado intentando retarme.

—¿Cómo encestas cada tiro, Srta. Trinity? —preguntó uno de ellos. Aún no había aprendido todos los nombres de los chicos, pero lo haría eventualmente.

—¿Sabéis qué? Fallo mucho. Y fallaba aún más cuando era pequeña. Pero me encanta el baloncesto, así que sigo jugando, incluso cuando fallo.

—A mí también me encanta —dijo otro chico—. La única vez que puedo jugar es cuando estoy aquí. Le pregunté a mi madre si podíamos tener una canasta en casa, pero dijo que no tenemos suficiente dinero para eso.

—Son caras —dije—. Pero aquí tenéis mucho tiempo para jugar. ¿Hay alguna canasta en el colegio o en algún otro lugar donde podáis jugar los fines de semana?

Algunos negaron con la cabeza, pero un chico asintió. —Fui a un parque con mi padre y jugamos en una cancha vieja. Junto a los campos de fútbol.

Los otros chicos asintieron y dijeron: —Oh, sí.

—Quizás podáis ir allí alguna vez —sugerí—. Podría ser divertido.

Asintieron de acuerdo y retrocedieron. —Eh, Srta. Trinity, ¿puede encestar desde aquí?

Sonreí y me acerqué a ellos. Boté el balón varias veces, alineé mi tiro, y anoté de nuevo.

Cuando dejé el centro comunitario, estaba oscureciendo fuera y la mayoría de los niños se habían ido a casa. Acababa de poner mis cosas en el coche y deslizarme detrás del volante cuando sonó mi teléfono.

No reconocí el número, pero era local así que contesté.

—¿Hola?

—¿Es Trinity Mayer?

—Eh, sí.

—Hola, Srta. Mayer. Me llamo Elizabeth Joseph. Soy reportera del Thousand Islands Times. Estuve en Island Designs la semana pasada y la dueña, Olive, me habló de usted. Compré una de sus piezas y me enamoré de ella, y Olive me sugirió que echara un vistazo a sus vídeos y su página web. Parece ser una auténtica mujer de negocios poderosa. Me preguntaba si podría hacer un reportaje sobre usted.

—Vaya, bueno, me siento halagada, pero no estoy segura de ser tan interesante.

—Tengo una columna semanal que habla sobre negocios locales, sus dueños, y cómo están haciendo cosas diferentes. Es una oportunidad para mostrar a la gente que hay otros trabajos por aquí además de trabajar en turismo, especialmente porque ese es un trabajo estacional para la mayoría de la gente. Quiero mostrar a nuestros locales que pueden crear sus propias carreras y mantener a sus familias.

—Por eso he estado trabajando en el centro comunitario —dije, mirando fijamente al gran edificio de ladrillo—. Quiero retribuir a la comunidad y ayudar a los niños desde temprana edad a saber que pueden crear algo asombroso.

—Vaya, no sabía que también estaba trabajando allí. Me encantaría pasar por allí y tomar algunas fotos de usted en el centro comunitario.

Negué con la cabeza aunque ella no pudiera verme. —Lo siento, pero eso no está permitido. No tienen permisos para fotos.

—¿Hay algún otro lugar donde pueda estar para que podamos tomar algunas fotos y hablar?

Pensé en la fiesta de Oak Hill que James estaba planeando y asentí. —De hecho, creo que tengo el lugar perfecto. ¿Qué te parece destacar algo más que solo a mí?

—¿Cómo?

—Bueno, va a haber un evento en Oak Hill el próximo fin de semana. Algunas personas de negocios locales van a estar allí ayudando a servir comida y arreglar el apartamento. Vamos a tener regalos y bolsas de obsequios, y habrá algunos locales que dirigen negocios con los que podrías conectar. Quizás puedas programar tu agenda para unas semanas. Y podrás informar sobre algo genial que está sucediendo en la comunidad.

—Me gusta. Suena como una gran idea. ¿Puedes contarme un poco más?

—Por supuesto —dije. Le prometí a James que correría la voz. Esto definitivamente iba a ayudar.

Estaba muy emocionada por todas las personas que comenzaban a hablar sobre la fiesta de Oak Hill. Para el fin de semana, parecía que todo el mundo en la ciudad estaba comentándolo.

Colin dijo que podía poner algunos folletos en la granja para asegurarme de que aún más gente los viera. En lugar de solo dejarlos, hice planes con Elise para el día.

Ella y Colin se estaban besando en el granero cuando entré, el fuerte chirrido de la puerta separándolos. —¡Lo siento! —dije.

Colin solo sonrió. Elise me miró con el ceño fruncido. —¿No podías habernos dado cinco minutos más?

Colin le apretó la mano. —Tenemos mucho tiempo después.

Elise le sonrió. —Tengo la intención de aprovecharlo bien. ¡Lo que quería decir era hola, Trinity!

Me reí y negué con la cabeza. —Hola, Elise. ¿Cómo estáis?

—Bien. Gracias por hacer esto, Trinity —dijo Colin—. Creo que esto va a ser genial para la comunidad. James parece realmente entusiasmado.

Asentí. —Lo está. Creo que se siente mal por no estar más involucrado en el barrio. Piensa que les dio la espalda a todos y quiere ayudar. Joey realmente le afectó.

—¿Estás bien con todo esto? —preguntó Elise.

Asentí de nuevo. —Entiendo por qué cogió mi bolso. Ojalá no hubiera ocurrido, pero lo entiendo. Además, no lo he visto desde entonces, así que no estoy segura de sentirme tan generosa cuando esté cara a cara con él, pero es un niño. Estaba tratando de ayudar a su familia. Nunca he estado en una situación así. Nunca he tenido que elegir entre ayudar a mi familia y meterme en problemas.

—No es una elección fácil —dijo Colin—. Esperemos que Joey aprenda a no hacerlo de nuevo.

Sonreí. —Eso espero.

Entró una clienta, y Colin fue a saludarla. Elise me ayudó a colocar los folletos en varios lugares alrededor del granero para que la gente los viera y cogiera uno. Ya teníamos suficientes artículos para los residentes, pero esperábamos conseguir algunos voluntarios más para cocinar y planificar algunas actividades, y tal vez ayudar a arreglar el lugar, ya que esa parecía ser la parte más importante del proyecto. James estaba muy emocionado y se estaba volcando por completo con el evento.

—Pareces feliz —me dijo Elise mientras tocaba una bufanda suave.

—Lo estoy —le dije—. Hay muchas cosas por las que estar feliz ahora mismo.

—¿James?

Asentí. —Él es definitivamente una de las cosas por las que estoy feliz.

—Bien —dijo ella—. He decidido mudarme con Colin.

—¿Qué?

Se encogió de hombros. —De todas formas me quedo aquí casi todas las noches. Él me dijo que quiere que viva con él, pero que no va a presionar. He estado quedándome aquí la mayoría de las noches durante meses. Es hora.

—¿Es hora porque sientes que deberías o porque quieres? —pregunté.

Elise mantuvo mi mirada y sonrió. —Porque lo amo y no quiero pasar otro minuto lejos de él si puedo evitarlo. Nunca me permití imaginar que encontraría a alguien como él, pero es increíble. Es amable, considerado y muy paciente conmigo. Y lo amo. Muchísimo.

—Esas son grandes noticias —le dije—. Me alegro mucho por ti.

Sonrió. —Gracias. Yo también estoy feliz. Espero que todos encuentren a alguien como Colin. O James.

Me reí. —Lo harán.

—¿Quieres quedarte aquí o prefieres ir a dar un paseo?

—Definitivamente un paseo. No he visto mucho de la granja. Es preciosa, pero no hago mucha naturaleza yo sola.

Elise se rió de mí y asintió hacia la puerta trasera. —Te mantendré a salvo de toda la naturaleza. No querríamos que se acercara demasiado y te tocara.

Me estremecí y negué con la cabeza. —No. No podemos dejar que eso suceda.

Elise me guió por un sendero a través de los árboles. Caminamos y hablamos de todo y nada, desde hombres hasta trabajos y nuestros amigos.

—Me alegro de que Piper haya estado viniendo a la noche de chicas —dije—. Es divertida.

Elise asintió. —Lo es. La he invitado antes, pero siempre trabajaba los domingos por la noche. No la conozco bien.

—Yo tampoco, pero estamos llegando a conocerla. Creo que se está sintiendo más cómoda con nosotras.

—Sí, especialmente después del fin de semana pasado cuando estábamos hablando de nuestras posiciones favoritas.

Me reí. —Sí, creo que la asustamos un poco.

—Al final se unió. ¿Recuerdas cuando Blake e Ian se juntaron y ella tenía miedo de hablar de él delante de Finley?

—No puedo culparla. Si James tuviera una hermana, no querría contarle sobre nuestra vida sexual. Ya es bastante malo que su madre me preguntara sobre nosotros.

—¿Su madre te preguntó sobre vuestra vida sexual?

Negué con la cabeza. —No, eso no. Solo me preguntó si estábamos juntos y qué pasaba entre nosotros.

—¿Qué le dijiste?

—Que me gusta mucho su hijo.

Elise se detuvo y me estudió. —¿Te gusta mucho? ¿Como...?

Me encogí de hombros y sonreí. —Sí, como eso. Nunca lo vi venir, pero sí. Básicamente estoy perdida. Él lo es todo para mí. Solo que no estoy segura de que él sienta lo mismo.

Elise sonrió. —Creo que sí lo siente. No tienes nada de qué preocuparte.

Bufé. —Excepto que me rompan el corazón.

Elise agitó la mano. —Lo superarás. Solo concéntrate en las cosas buenas. Y ten fe.

Solté una risa. Esperaba que tuviera razón.

21

Mi teléfono sonó mientras cerraba la puerta para ir a la noche de chicas. Forcejé con las llaves y conseguí guardarlas sin dejarlas caer y contestar al teléfono antes de que dejara de sonar.

—¿Hola? ¡Hola!

—Hola —dijo James, con su voz profunda y tan reconfortante.

—Hola. ¿Cómo estás? ¿Has salido del trabajo?

—Sí, hoy libro. Esperaba poder verte.

Dudé por un momento, pero no quería perderme la noche de chicas. —Em, en realidad, estaba a punto de salir.

—Oh, lo siento. No me di cuenta.

—No pasa nada. Un grupo de nosotras nos reunimos en casa de Finley los domingos por la noche.

—Es verdad. El club de lectura de la noche de chicas. He oído hablar de ello. Nunca le presté mucha atención —rio.

—Nunca tuviste motivo para hacerlo. Lo siento, de todos modos. ¿A menos que quieras que me lo pierda? —No era una trampa, pero realmente esperaba que dijera que no.

—Por supuesto que no. Necesitas tiempo con tus amigas. Todos lo necesitamos.

—Y esto viene después de que yo invadiera tu noche con tus amigos —dije, sintiéndome avergonzada.

Él se rio. —Eso no me importó en absoluto. Eres mucho más agradable de ver que ellos.

—Bueno, gracias, creo.

Volvió a reír. —¿Quizás te vea más tarde? ¿O mañana? Tengo un par de días libres y luego trabajo la mayor parte de la semana.

—¿Libras el sábado? —pregunté, esperando que no se perdiera el evento que trabajó para hacer realidad.

—Sí. El capitán Reynolds quiere mostrar apoyo a la comunidad y cuando se enteró de que Masterson y yo íbamos a ir, se aseguró de que tuviéramos el día libre. Pero no espera que estemos allí como policías o de uniforme, solo como ciudadanos.

—Eso es bueno —dije.

—Sí, lo es. Oye, te dejo ir. Te veré pronto.

—Suena bien. Gracias por entenderlo.

—Por supuesto. Adiós.

—Adiós.

Colgué y sonreí a mi teléfono. Lo echaba de menos más de lo que pensaba después de solo unos días separados y unas pocas semanas juntos.

Pensé en mi conversación con Elise el día anterior y me di cuenta de que no era la única. Ella sentía lo mismo por Colin. Pensé que era guapo a primera vista, pero no era un hombre al que no pudiera resistirme. Una vez que me quedó claro que estaba interesado en Elise, no tuve problemas en apartarme. Con James, siempre me fijaba en él y en con quién estaba. Incluso cuando no quería hacerlo.

Llegué a Novios Literarios Ilimitados antes de darme

cuenta. Llamé a la puerta y eché un vistazo a la otra gente que pasaba. Finley abrió la puerta y me dejó entrar, pero yo seguía aturdida.

—¿Estás bien?

Asentí. —Sí. Solo estaba pensando.

—¿En qué? ¿Ha pasado algo?

Negué con la cabeza. —No, solo tengo muchas cosas dando vueltas en la cabeza.

Finley me miró de reojo y me llevó a la parte trasera donde anunció: —Trinity tiene la cara.

—¿Qué cara? —pregunté.

El resto simplemente me miraron y se rieron.

—Definitivamente tiene la cara —dijo Karissa.

—Sí —Blake estuvo de acuerdo.

—Hablamos de ello ayer —añadió Elise.

—¿De qué hablamos? —le pregunté.

—De que estás enamorada de James y no estás segura de si estás sola en esto —dijo Elise con naturalidad.

Gemí y tomé asiento. —Ahora mismo no me caéis bien ninguna.

—En realidad, nos quieres a todas —dijo Finley—, porque vamos a ayudarte.

—¿Cómo?

—Ayudándote a ver que no eres la única que ha perdido la cabeza —dijo Melody—. Créeme, necesitas la ayuda.

Refunfuñé en señal de acuerdo, pero sabía que tenía razón. Todas tenían razón. Estaba en caída libre y estaba segura de que nadie iba a estar allí para atraparme.

—Él fue a buscarte la primera vez que os acostasteis juntos, ¿verdad? —preguntó Elise.

Asentí.

—¿Y la segunda? —confirmó Finley.

Asentí de nuevo.

—¿Y él fue quien te invitó a salir?

—Simplemente empezamos a vernos. Nos emparejaron en BBW y hablábamos allí, y nos acostábamos juntos, aunque no nos gustábamos realmente, y todo simplemente ocurrió —dije.

—Justo como Orgullo y Prejuicio —dijo Finley—. Os odiabais pero estabais enamorándoos todo el tiempo.

—Pero yo...

—¿Qué tiene de malo amarlo? —preguntó Blake—. Yo estaba aterrorizada de dejar entrar a Ian, pero no pude evitar enamorarme de él. Pero dejé entrar a William y nunca lo amé realmente. ¿Qué sientes con James?

Me encogí de hombros. —Nunca me he preocupado por nadie de esta manera. Es...

—¿Aterrador? —dijo Elise.

Asentí. —Sí. Mi madre se perdió a sí misma cuando mi padre murió. No sabía cómo hacer nada. Dejó que él se ocupara de todo, y cuando murió, no solo perdió una parte de sí misma, sino que no sabía cómo hacer cosas como pagar las facturas. Nunca quise ser así. Esperaba el amor y creía en él, pero creo que me contuve porque lo veía como una debilidad. Dar tanto de ti misma a otra persona significa que ellos se quedan con esa parte tuya. Si las cosas van mal, tienen una parte de ti que nunca recuperarás. Eso da miedo.

—Lo es —dijo Elise—. Sé que Andy siempre tendrá una parte de mí. No es que aún lo ame, pero confié en él. Nunca imaginé que estaría en una relación como la que tuve con él. Y estar con Colin... él es tan diferente. Es tan paciente, tranquilo y maravilloso. Permitirme confiar en él fue increíblemente difícil. No tenía ningún interés. Pero él me mostró quién es. Me mostró que no es la misma persona que Andy.

—Sé quién es James, pero también sé que su trabajo es peligroso y que podría resultar herido cualquier día solo por ir a trabajar —dije.

Todas asintieron, pero Piper se inclinó hacia adelante.

—Creo que cuando el amor es real, no importa cuánto tiempo puedas mantenerlo, solo que estuviste allí para vivirlo. Sé que las cosas no funcionaron con mi ex novio porque no estábamos destinados a estar juntos. Hay una parte de mí que siempre lo amará porque fue el primero en muchos sentidos. Pero no será el último. No estaba destinado a serlo. Y puedo dejar que eso me rompa o puedo aceptar que puede haber alguien más ahí fuera que sea mejor para mí. Alguien que quiera las mismas cosas que yo.

—No estoy tratando de decirte que si James no es perfecto no deberíais estar juntos. Solo digo que el amor es algo que damos por sentado cuando lo tenemos y lo echamos de menos cuando no. El amor hace que el mundo sea un lugar mejor. E incluso el amor no correspondido puede seguir siendo hermoso. Porque el amor es amor. Podemos aprender algo de él cada vez que nos enamoramos, y tendremos múltiples personas a las que amaremos de diferentes maneras que nos ayudarán a encontrar a esa persona que estamos destinados a amar para siempre. Todos nos merecemos eso.

—Vaya, maldita sea. Si eso no me pone en mi sitio y me convence de decirle lo que siento, nada lo hará —dije—. Gracias.

Piper sonrió. —Cuando quieras.

FINLEY CERRÓ con llave mientras Karissa y yo esperábamos. El viento azotaba la calle, haciéndome refugiar en mi chaqueta.

—Vaya, está enfriando rápido —dijo Karissa.

—Ya te digo. Espero que este fin de semana sea bueno. Quiero que esta fiesta salga sin ningún problema —dije.

—Así será. Creo que es genial que tanta gente del pueblo vaya a venir. Y que hayas conseguido que ese reportero aceptara asistir. Será realmente bueno tener gente allí que quiera ayudar y retribuir. Las cosas no siempre fueron fáciles, pero mi familia nunca conoció el tipo de sufrimiento que muchos conocen —dijo Karissa.

—La mía tampoco —añadió Finley—. Incluso de niña era bastante ajena a ello. Conocía a niños que vivían en Oak Hill, pero no me di cuenta de que había algo en lo que pensar dos veces con ellos. Eran solo otras personas en mi clase.

—Creo que eso es lo que cualquiera quiere. Sentir que son como todos los demás —dije—. Empecé a jugar al baloncesto en el centro comunitario con los niños para que supieran que yo era solo una persona más.

—¿Lo haces? —preguntó Finley—. Eso es muy guay.

—Lo disfruto, y ayuda a que los niños se relacionen conmigo. Hablan cuando juegan, y puedo convertir esas conversaciones en ideas.

—Todo cambia cuando consigues que la gente baje la guardia —dijo Karissa—. Por eso creé una aplicación donde no puedes subir fotos de ti mismo. Si no sabes cómo es una persona, automáticamente la juzgarás por su personalidad. Permitimos que las personas atractivas se salgan con la suya en cosas horribles por las que juzgamos a las personas menos atractivas. Si eres horrible como persona, no importa lo bueno que estés.

—Tan cierto —asintió Finley—. Conocí a un tipo en O'Kelley's una noche que pensó que estaba bien decirme que necesitaba perder algo de peso. Era guapísimo y creía que coquetear conmigo era suficiente pago por actuar como un capullo.

—No soporto a los hombres así —gruñó Karissa—. Piensan que son el regalo de Dios para todas las mujeres.

Ojalá se dieran cuenta de que todas hablamos de ellos a sus espaldas.

Nos reímos.

—Nunca lo harán. Si se enteraran, pensarían que somos mujeres ridículas por no dejarnos engañar por su buen aspecto y su nulo encanto —dije.

—Tan cierto. ¿Cómo podríamos no ver que son increíbles? —bromeó Finley.

—¿Verdad? Uf. Ya he tenido suficiente de hombres así —dijo Karissa—. Supongo que voy a estar soltera para siempre. Especialmente una vez que pase por mi cirugía.

—¿Has decidido hacerla? —preguntó Finley.

Karissa asintió. —Sí. Estoy demasiado ansiosa todo el tiempo. Si no lo hago y termino con cáncer de mama como mi madre, me arrepentiré. Si lo hago y termino soltera porque ningún hombre quiere a una mujer sin pechos, me arrepentiré. Pero me arrepentiré más del cáncer de mama que de estar soltera.

—De todos modos vamos a vivir juntas para siempre, así que no importará —dijo Finley con una sonrisa. Pasó su brazo alrededor de los hombros de Karissa y la abrazó.

—Sí, así es. No necesitamos hombres —dijo Karissa con una risa malvada.

—Sois muy graciosas —dije.

—Te invitaríamos a vivir en nuestra zona libre de hombres, pero ya te has dejado atrapar. Estás perdida para siempre —dijo Finley dramáticamente.

Solté una risotada. —Ya veremos.

Karissa enlazó su brazo con el mío. —Tú y James estáis bien juntos. Yo no me preocuparía en absoluto.

Sonreí. —Eso espero.

Nos despedimos en su planta y nos separamos. Llegué a mi planta y me detuve cuando vi a James sentado frente a mi puerta.

—Hola —dije con una sonrisa.

—Hola —dijo, levantándose. Extendió sus brazos para que caminara hacia ellos.

—¿Qué haces aquí?

—Quería verte, así que pensé en pasarme. ¿Está bien?

Asentí contra su pecho. —Absolutamente. Entremos y puedes relajarte un rato y contarme sobre tu semana.

Le dejé guiarme adentro y hasta el sofá. Estaba exhausto.

—¿Por qué no te fuiste a casa? Te estás quedando dormido aquí mismo —dije.

Negó con la cabeza. —Te echaba de menos. Quería pasar tiempo contigo.

—¿Qué tal una película? O podemos simplemente ir a la cama.

Movió las cejas sugestivamente. —Me gusta la opción número dos. Siempre.

Me reí y negué con la cabeza. —Eres malo.

Sonrió. —Te encanta.

—Sí, me encanta —admití.

Me guiñó un ojo y me llevó al dormitorio. Nos desnudamos lentamente, ambos haciendo pausas para mirar al otro. Para cuando se quitó la última de sus prendas, él estaba duro y yo estaba húmeda.

—Incluso agotado, no puedo tener suficiente de ti —dijo con voz baja y ronca mientras se colocaba un condón.

—No eres el único con ese problema —dije.

Sonrió y me alcanzó. Nos movimos juntos hacia la cama, nuestros cuerpos encontrándose antes de tocar el colchón. James se colocó entre mis piernas, su peso presionado sobre mí, y besó desde mi mandíbula hasta mi cuello y de vuelta a mis labios.

El beso fue lento y sensual, como una seducción. Lamió su camino hacia mi boca y luego se retiró para besar mis labios con suaves roces. No me tocó con sus manos, pero usó su cuerpo para volverme loca. Un suave levantamiento de su torso frotó su pecho contra mis pezones doloridos. Y un movimiento de sus caderas hizo que su erección presionara contra mi clítoris. Un roce de sus muslos hizo que me abriera más para él y temblara.

Cada movimiento me hacía desearlo más. Me hacía amarlo más. Sabía exactamente lo que me estaba haciendo. Cómo me estaba volviendo loca. El ritmo lánguido solo hacía más difícil resistirme a él.

Pero ya no quería resistirme a él.

Separé mis muslos y me moví para que nos alineáramos. Él se retiró lo justo para ver mi cara. Nuestras miradas se encontraron mientras empujaba dentro de mí. Y en ese momento, supe que él sentía lo mismo que yo. Nunca había visto esa emoción antes, de nadie.

Mantuvo mi mirada y se movió dentro y fuera. Actuaba como si tuviéramos todo el tiempo del mundo, y una parte de mí sentía que así era. Había terminado de preocuparme, de buscar y de pensar en el para siempre. Lo había encontrado, lo había encontrado a él. Lo amaba. Nunca lo esperé, pero lo hacía, y sabía que él también me amaba.

—Trinity —suspiró, sus ojos cerrándose. Su mandíbula se tensó y tembló lo suficiente como para que supiera que no podía contenerse. Quería esperar por mí, pero no iba a durar mucho más.

Deslicé mi mano entre nosotros y toqué mi clítoris. Un breve toque fue todo lo que necesité para volar hacia el éxtasis. Mi interior se apretó a su alrededor, y él me siguió en la dicha.

Se desplomó encima de mí, dejando que todo el peso de su cuerpo me mantuviera en mi lugar. Lo abracé, mi corazón tan lleno de amor por él que apenas podía contenerlo.

Después de un minuto, se movió y fue al baño. Cuando regresó, se acurrucó a mi alrededor y me abrazó con fuerza.

—¿Cómo fue tu semana? —le pregunté.

—Agotadora. El turno de noche es horrible. No tengo que hacerlo a menudo, pero cuando lo hago, lo odio.

—Lo siento.

Se encogió de hombros. —Está bien. ¿Cómo fue tu semana? ¿Cómo fueron las cosas con los niños?

—Bien. Tuve algunos niños nuevos el martes. Incluso un chico.

—Vaya, Trin. Eso es genial.

—Gracias. También estoy consiguiendo algo de publicidad para el evento del sábado. Un reportero local va a venir y hacer un reportaje sobre ello. Y estamos corriendo la voz.

Se acurrucó más cerca de mí y besó mi hombro. —Eso es genial. Gracias. No podría hacer esto sin ti.

—Por supuesto. Estoy feliz de ayudar. Lo que sea por esos niños. Y lo que sea por ti.

—Mmmhmm.

Estuvimos callados por un minuto, relajados y satisfechos juntos. James nunca se quedaba a dormir, así que sabía que no pasaría mucho tiempo antes de que se levantara y se dirigiera a la puerta. La única noche que fui a su casa, me quedé a dormir, y despertar a la mañana siguiente en sus brazos fue la mejor sensación del mundo. Quería eso de nuevo.

—No tienes que irte si no quieres —dije—. No me importa si te quedas.

—Mmmhmm —murmuró. Besó mi cuello y se acurrucó más profundamente.

Sonreí para mis adentros y deslicé mi mano sobre su brazo. Él me apretó suavemente.

Cerré los ojos y tomé una respiración profunda. Luego susurré: —Te quiero, James.

Esperé a que dijera algo o hiciera algo. A que se levantara y saliera corriendo o a que devolviera las palabras. Pero no hubo nada. Era como si ni siquiera estuviera allí.

Me volví para mirarlo y encontré sus ojos cerrados y su boca ligeramente entreabierta. Su brazo era un peso muerto encima de mí.

Solté una risa ahogada y besé su pecho, luego me acomodé para dormir con el hombre que amaba. Ya que eso era todo lo que podía manejar en ese momento.

22

James salió corriendo a la mañana siguiente y apenas hablamos durante la semana. Estaba dedicando horas extra en el trabajo para poder librar el sábado, y yo hacía lo mismo. Quería tener piezas para regalar a todos los que asistieran, si podía conseguirlo. Incluso con la ayuda de mi abuela, no era tarea fácil, pero quería hacerlo.

El sábado por la mañana, Karissa y Finley subieron a mi apartamento para que pudiéramos ir juntas a Oak Hill. Les conté sobre Elizabeth Joseph y ambas se emocionaron ante la oportunidad de ser entrevistadas por ella también.

—¿Has tenido noticias de James hoy? —preguntó Finley mientras bajábamos las escaleras con todos los suministros para el día. Llevábamos nuestras propias cosas para regalar a la gente y habíamos contribuido a la comida y bebidas que James e Ian estaban llevando al evento.

Negué con la cabeza.

—No he hablado mucho con él esta semana. No desde que le susurré *te quiero* el domingo por la noche cuando estaba dormido.

—¿Que hiciste qué? —preguntó Karissa, deteniéndose en medio de la acera.

—Fue una tontería, pero me pareció lo correcto. Estaba bastante segura de que él sentía lo mismo y lo dije.

—¿Mientras dormía? —confirmó Finley.

Asentí.

—No sabía que estaba dormido, pero sí.

—¿Estás segura de que estaba dormido y no simplemente te ignoró? —preguntó Karissa.

Me encogí de hombros.

—No lo sé. Parecía estar dormido. ¿Creéis que haría eso?

—Si no quería decirlo también, tal vez. ¿No has hablado con él en toda la semana? —preguntó Karissa de nuevo.

Negué con la cabeza y me pregunté si había malinterpretado todo con él. No dijo ni hizo nada que indicara que sentía lo mismo. Fue una sensación que tuve. ¿Podría haberla inventado?

—Estoy segura de que solo estaba dormido —dijo Finley—. Todas dijimos que creemos que está enamorado de ti. No te preocupes.

Asentí y le di una débil sonrisa. Por dentro, era un desastre. ¿Había estropeado la mejor relación que había tenido jamás?

No podía pensar en eso. Teníamos un evento que organizar y gente a la que ayudar. Todo esto comenzó por Joey y por mí, e iba a encontrarme cara a cara con él por primera vez hoy. Quería disculparse conmigo, y yo acepté.

Me subí al coche de Finley con Karissa y ella delante y me mordí la uña durante el trayecto. Hudson trajo una parrilla enorme, e Ian y James traían toda la comida. Ramsey y Melody estaban a cargo de los juegos para los niños. Colin tenía herramientas para arreglar prácticamente cualquier cosa que necesitara ser reparada. Se había convertido en algo parecido a una fiesta de barrio con muchas cosas divertidas en lugar de solo comida y regalos que parecían más caridad y menos ayuda.

Descargué el coche mecánicamente, sin saber cómo iba a ir el día. Una parte de mí pensaba que la gente de Oak Hill iba a estar molesta y no nos querría allí, pero James dijo que su madre había hablado con todos y los había convencido. Querían contribuir y muchos de ellos traían un plato para compartir o se ofrecían a ayudar de cualquier manera que pudieran. Era una forma para que la gente devolviera algo y no sintiera que solo estaban allí para recibir algo gratis.

Karissa, Finley y yo nos sumergimos en ayudar a montar mesas y sillas y hacer espacio para todo. Teníamos mesas para regalos gratuitos que la gente podía revisar y tomar lo que necesitaba. Algunos empresarios locales iban a mezclarse con la multitud y repartir tarjetas, pero otros querían dejar cosas en la mesa y simplemente mantener conversaciones.

—Buenos días —dijo Amelia, agarrando el otro lado de una mesa con la que estaba luchando para colocarla en su sitio.

—Buenos días. ¿Cómo estás?

Ella asintió.

—Bien. Gracias por ayudar con esto.

Sonreí.

—Estoy encantada de hacerlo. Lo estaba esperando con ganas. Y también de conocer a Joey.

—¿Quieres conocerlo ahora? —preguntó Amelia—. Está aquí, ayudando a montar todo.

Miré entre la multitud de voluntarios que ya teníamos y no lo reconocí. Nunca había visto bien su cara, pero aun así pensé que reconocería a la persona que me robó el bolso.

El sudor perló mi frente y mis manos se sintieron húmedas. El aire fresco de repente parecía el pleno verano. Respiré hondo y asentí, sabiendo que necesitaba enfrentarme a él en algún momento y esperando que fuera mejor hacerlo de una vez.

Amelia abrió el camino entre los grupos de personas y esperó a que la alcanzara. Asintió hacia una joven familia de tres, dos hijos y una madre que parecía no haber dormido lo suficiente últimamente.

—Vamos. Te los presentaré —dijo Amelia.

Asentí y agradecí su presencia mientras nos acercábamos. El miedo subió por mi garganta aunque mi mente sabía que estaba completamente a salvo. Todo estaba patas arriba, especialmente cuando llegué a distancia de oído y escuché a Joey y a su hermano bromeando entre ellos.

—¿Vendrá hoy tu novia? —se burló su hermano, Matty.

—Cállate. No le gusto de esa manera —siseó Joey.

—Pero tú quieres que le gustes —dijo Matty, con una amplia sonrisa.

—Lo que sea. Realmente no me importa.

Matty resopló.

—Sí, te importa.

—Dejad de molestaros y poneos a trabajar —les espetó Anna.

—Sí, señora —dijeron los chicos al unísono.

—Buenos días —dijo Amelia, dirigiendo su saludo a Anna.

—Hola, Amelia —dijo Anna, hundiéndose en un abrazo con los ojos cerrados. Por solo un segundo, parecía estar en paz.

—Quería traer a Trinity a saludar —dijo Amelia.

Anna me miró y se quedó paralizada, con vergüenza y miedo en su rostro. Se volvió hacia sus hijos y extendió un brazo para que se acercaran a ella.

—¿Qué tienes que decir? —le preguntó Anna a Joey con firmeza.

Joey dio un paso adelante y luchó por encontrar mi mirada. Cuando lo hizo, se mordió el labio.

—Lo siento, señorita Trinity. Siento haberle robado el bolso y haberla lastimado y asustado. Nunca volveré a hacer algo así. A nadie.

Asentí y forcé una sonrisa. Estar frente a un adolescente que estaba tan avergonzado de sí mismo que ni siquiera podía mirarme me rompió el corazón. Era una época de su vida en la que debería estar besando chicas, practicando deportes y disfrutando de ser un adolescente. En cambio, estaba preocupado por su hermano y su madre, tratando de cuidar de ellos y asegurarse de que tuvieran comida.

—Joey, lo que hiciste... no diré que estuvo bien, pero lo entiendo. Estabas dispuesto a hacer cualquier cosa para ayudar a las personas que amas, y lo comprendo. Sé que pedir ayuda no siempre es fácil, pero a veces es la mejor respuesta. Ahora que nos conocemos, si necesitas algo, pídemelo. Haré lo que pueda para ayudarte —miré y encontré la mirada de Anna y Matty—. A todos vosotros.

—Gracias, señorita Trinity —dijo Joey—. No merezco su perdón, pero espero algún día poder ganármelo.

Negué con la cabeza.

—Ya lo tienes, Joey. Sé que hoy es una gota en el océano y que habrá muchos otros días en los que os sentiréis olvidados, pero espero que esto inicie algo y ayude un poco.

Anna parecía querer decir algo pero no estaba segura de si era apropiado. Encontré su mirada y sonreí, esperando animarla.

—Son buenos chicos. Estoy haciendo lo mejor que puedo con ellos, pero no siempre es fácil. Sé que debería hacerlo mejor, y lamento que hayas resultado herida por ello —dijo finalmente Anna.

Negué con la cabeza y me acerqué a ella.

—No soy madre. No sé lo que es vivir en tus zapatos. No estoy aquí para juzgarte porque no sería justo de mi parte. Todos hacemos cosas de las que nos arrepentimos, y lo más importante es aprender de esas acciones para no repetirlas. Creo que estás criando a dos chicos increíbles, y estoy feliz de haberos conocido a todos.

Anna dio un paso adelante y preguntó:

—¿Puedo abrazarte?

Me reí.

—Por supuesto.

Me abrazó, su cuerpo temblando con sus lágrimas.

—He tenido tanto miedo de que cambiaras de opinión y lo mandaras a la cárcel. No sé cómo podré agradecerte lo suficiente por dejarlo libre.

La abracé con fuerza.

—Nadie debería vivir con el miedo de pasar hambre. Sé que estás haciendo lo mejor que puedes, y no te estoy juzgando. Estoy diciendo que entiendo a Joey, y odio que tu familia, cualquiera de estas familias, haya experimentado eso. Desearía que pudiéramos hacer más. Algo más allá de solo el día de hoy para ayudar.

—Sinceramente, somos gente orgullosa. No aceptamos caridad fácilmente —dijo Anna.

—Nadie lo hace —coincidí—. Pero todo esto no es caridad. Es devolver algo a personas que necesitan un poco de ayuda. Si un amigo te pidiera ayuda para mudarse, o necesitara una canguro, no dudarías si pudieras hacerlo. Pero nos cuesta pedir y aceptar favores de la gente. Me alegra que Amelia haya convencido a todos de estar abiertos a lo de hoy. Creo que va a contribuir mucho a conectar aún más a la gente de Cala MacKellar.

Anna sonrió.

—Eres una persona realmente maravillosa. Gracias.

Sonreí y apreté su mano.

—Gracias a ti.

—Y Amelia, gracias por ayudar a hacer todo esto posible —dijo Anna.

Amelia negó con la cabeza.

—No hice mucho además de hablar con la gente. Mi hijo y sus amigos merecen la mayor parte del crédito.

—Lo merecen —estuve de acuerdo—. James realmente tomó esta idea y la llevó adelante. Y es increíble.

—Bueno, voy a volver y ayudar a comenzar las cosas. ¿Venís? —nos preguntó Amelia.

Todos asentimos y caminamos hacia el frente. De alguna manera, una familia rara pero unida.

Había visto a James de refilón durante el día, pero no había logrado mantener una conversación con él. Me preguntaba si me estaba evitando. Parecía ocupado, ¿pero era solo para no tener que hablar conmigo?

Me quejé de mí misma y agarré un plato de comida. Piper me hizo señas y me invitó a sentarme con ella y con las personas con las que estaba hablando. Me los presentó a todos y señaló uno de los edificios.

—Los Smith viven en ese edificio. Me estaban contando cuánto aprecian todo esto —dijo Piper.

Les sonreí.

—Eso es genial de oír. Esperemos que esto pueda convertirse en algo más regular.

—Nos encantaría eso. Mucha gente aquí no parece poder sacar la cabeza del agua. Hemos vivido aquí durante cinco años. Cada vez que sentimos que estamos progresando, las cosas cambian y volvemos justo al punto de partida —dijo la señora Smith—. Es desalentador.

—Hola a todos.

Me volví hacia la voz y sonreí a Elizabeth Joseph, la reportera.

—Elizabeth, hola. ¿Cómo estás? ¿Te gustaría unirte a nosotros?

Ella asintió y tomó asiento.

—Hola. Soy Elizabeth Joseph. Trabajo para el Thousand Islands Times. ¿Cómo están todos?

—Bien, señora Joseph. Gracias por estar aquí —dijo Piper.

—Estoy feliz de estar —dijo Elizabeth—. Este evento es una gran noticia. Y vaya, es increíble. Solo el olor de la comida mientras conducía hacia aquí me daban ganas de venir, pero saber cuánta gente hay aquí y cuántas formas hay de ayudar a la comunidad... es bastante genial lo que está sucediendo.

Asentí.

—Lo es. Creo que ha sido un gran éxito. Los Smith viven en el vecindario y estábamos hablando de cómo esperamos que esto sea algo que podamos hacer cada pocos meses.

—Eso sería estupendo —dijo Elizabeth—. ¿Os importa si os hago algunas preguntas?

—En absoluto —dijo la señora Smith.

—Gracias. ¿Participasteis en la planificación del evento?

La señora Smith negó con la cabeza.

—¿Ofrecisteis ayuda o solo os informaron del evento?

—Nos informaron. Se suponía que era una forma para que la gente devolviera algo, y nosotros no tenemos mucho que dar. Estaba diciendo antes de que usted llegara que hemos vivido aquí durante años y cada vez que pensamos que estamos avanzando, sucede algo —dijo la señora Smith.

—Para mí, este evento hace tanto por mostrar a la gente que no están solos como por alimentarlos y entretenerlos durante unas horas. Creo que es genial, y estoy muy agradecida a la señorita Mayer por invitarme a asistir hoy. ¿Conocen a la señorita Mayer? ¿Se habían conocido antes de hoy? —preguntó Elizabeth.

La señora Smith negó con la cabeza y yo saludé.

—Está hablando de mí. Pero no, no nos conocíamos.

—Oh, lo siento. Asumí que como estabais sentados juntos... —dijo Elizabeth.

Sonreí.

—Me uní a mi amiga, Piper, y todos empezamos a hablar.

—Lo siento mucho —dijo Elizabeth—. Quizás debería hablar con algunas personas sobre el evento en general y podemos ponernos al día en un rato.

Asentí.

—Suena genial. Gracias.

Elizabeth se levantó y caminó hacia un grupo de personas. Inmediatamente comenzó a hablar con ellos, riendo y sonriendo. Yo no tenía tanta facilidad con la gente.

—Me disculpo por eso —dijo la señora Smith.

Negué con la cabeza.

—No hay nada por lo que disculparse. Elizabeth se puso en contacto conmigo hace unos días para una entrevista sobre mi negocio. Mencioné venir aquí y hacer un reportaje sobre el evento y conocer a otros empresarios locales y hacer algunas nuevas conexiones. Escribe una columna que destaca a empresarios locales.

—Oh, bueno, Charlie tiene su propio negocio —dijo la señora Smith, dando palmaditas en el pecho de su marido.

—¿Sí? Bueno, deberíamos hacer que también te entreviste. Está buscando personas con quienes hablar. Creo que es una columna relativamente nueva.

El señor Smith asintió.

—Eso sería genial. Podría ayudar un poco al negocio y finalmente hacernos avanzar.

—Eso es lo que esperamos hacer aquí. Que la gente avance un poco —dije.

—Creo que vais a hacer exactamente eso hoy. Gracias.

Terminamos de comer y fuimos a hablar con la gente.

Quería poner caras a las personas del pueblo. No conocía a muchos de ellos, lo que era extraño ya que sentía que conocía a la mayoría de la gente del pueblo. Eso solo demostraba lo pequeño que había dejado que fuera mi círculo.

Finalmente vi a James y le saludé con la mano. Estaba hablando con alguien y me devolvió el saludo. No iba a presionar y me giré para buscar a alguien más con quien hablar cuando me encontré cara a cara con Elizabeth.

—¡Hola! ¿Estás conociendo a mucha gente? —pregunté.

—A muchísima. Esta es una gran oportunidad para mí. Muchas gracias por invitarme.

—Me alegro de que hayas venido. Es un gran evento. Todos han trabajado muy duro para hacerlo realidad.

—¿Cómo te involucraste en todo esto?

Me reí.

—Bueno, de varias maneras diferentes. Principalmente porque el hombre con el que estoy saliendo es una de las personas que está a cargo de todo esto. Solía vivir aquí y quería devolver algo al barrio. Su madre todavía vive aquí.

—¿Quién es?

—James Rucker. Es policía. Su madre es la directora del centro comunitario.

—¿Donde tú eres voluntaria?

Asentí.

—Sí, pero no sabía que ella era la directora hasta después de comenzar a ser voluntaria allí. Y no estábamos saliendo entonces.

—La vida en un pueblo pequeño, ¿verdad?

—Exactamente.

—Entonces, cuéntame más sobre tu negocio de joyería. Veo que tienes regalos para que todos se lleven a casa. He estado en tu página web y tengo tu nueva aplicación. Pareces ser una muy buena empresaria. ¿Cómo haces que todo funcione? ¿Cómo lograste hacer todo esto mientras seguías trabajando?

—Tengo mucha ayuda —admití.

—¿Pensé que trabajabas sola?

Asentí.

—Lo hago, pero esto no fue un proyecto en solitario. Mucha gente se unió para hacer que esto sucediera. Mi trabajo es mío, pero este proyecto fue un esfuerzo de grupo.

—De acuerdo, entiendo. Cuéntame qué haces en el centro comunitario.

—Me encanta estar allí. Últimamente he estado filmando vídeos para ayudar a otras personas a hacer su propia joyería, pero me dijeron que no había nada para niños. He comenzado a crear vídeos para niños, y a probar proyectos en el centro comunitario para poder llegar a un nuevo mercado. Los niños son increíblemente creativos y siempre quieren probar algo diferente. Experimentan de formas que los adultos no hacen. Les doy instrucciones y algunos de ellos no escuchan todo y se les ocurren sus propios diseños. Es fascinante verlos.

—¿Prefieres trabajar con niños o con adultos?

—Sinceramente, prefiero trabajar sola. Disfruto enseñando y filmando vídeos, pero lleva mucho tiempo. Crear es una vía de escape para mí. Me permite expresarme de formas que no puedo de otra manera. Enseñar me mantiene en una caja porque no puedo cambiar las cosas sobre la marcha, y no puedo simplemente dejarme llevar. Tengo que ceñirme al guion, por así decirlo.

—¿Y aquí? ¿Te ceñiste al guion o todo surgió sobre la marcha?

Me reí.

—Creo que un poco de ambas. James tuvo la idea de hacer algo y simplemente siguió adelante. Comida y reparaciones y juegos y premios. Publicidad para correr la voz. Tuvimos gente hablándolo con el vecindario para que los residentes salieran. Las personas que viven aquí son orgullosas y no les gusta aceptar caridad. Quieren hacer las cosas por su cuenta. Quedarse quietos y aceptar algo no está en su naturaleza, así que tuvimos que trabajar en convencer a algunos de ellos para que asistieran.

—Puedo entender eso —dijo Elizabeth—. Creo que todos tenemos algo de dificultad con eso. Volviendo a tu joyería... ¿Se te ocurren todos tus propios diseños?

Moví la cabeza de lado a lado.

—Mayormente. No todos. Definitivamente busco inspiración en línea y las últimas tendencias. Intento hacer todas mis piezas únicas para que la gente sepa que lo que está recibiendo es verdaderamente único.

—¿Aceptas pedidos? Si alguien ve un diseño pero lo quiere en un color diferente, ¿lo haces?

—Depende de mi agenda. Tengo piezas en Island Designs, como viste. Por cierto, te queda genial ese collar.

—Gracias —dijo Elizabeth, agarrando su collar—. Recibo muchos cumplidos por él.

—Te va bien. Y piezas como esa, intento asegurarme de que Olive tenga variedad en colores y estilos. Hacer piezas personalizadas es algo que puedo hacer, pero me gusta dejar que mi mente divague y que las piezas vengan a mí.

—¿Cómo se te ocurren las ideas? ¿Tienes un lugar determinado donde trabajas?

—Catherine Park es uno de mis favoritos. Karissa y yo vamos allí de vez en cuando y nos sentamos a ver el agua. Es genial estar allí.

—¿Es esta tu gran entrevista? —preguntó James, con tono enfadado—. Se supone que debes estar hablando sobre el evento y ayudando a promocionar lo que estamos haciendo, pero lo estás usando para conseguir publicidad para tu propio negocio. ¿Qué demonios, Trinity?

Miré de él a Elizabeth y de vuelta antes de que se marchara furioso, dejándome preguntándome por qué estaba tan enfadado.

23

JAMES

Atravesé el recinto a zancadas intentando averiguar qué era lo que ella trataba de decirme. Me dijo que había conseguido publicidad para el evento, pero las partes de la conversación que escuché sonaban como si Trinity estuviera promocionando su negocio en lugar de ayudar a las personas a las que habíamos ido a servir.

Como todos los demás que conocía, estaba utilizando la situación para su propio beneficio. Tomando lo que podría haber sido fantástico para la gente a la que fuimos a ver y convirtiéndolo en algo que solo la beneficiaría a ella.

Estaba tan enfadado que simplemente me fui. Sabía que no le serviría de nada a nadie mientras siguiera allí y tan cabreado, así que me subí a mi camioneta y me alejé.

Entré en mi casa dando un portazo. La puerta chocó contra la pared antes de rebotar. El impacto me sacudió por completo.

El aliento salía de mí en jadeos furiosos. No podía recordar la última vez que me había sentido así. La última vez que confié en alguien tan completamente y vi cómo destrozaba esa confianza.

Nunca más. Se acabó. Me había acabado con las mujeres, con confiar en la gente y con pensar que había alguien bueno por ahí. Tenía razón sobre ella desde el momento en que la vi. Pensé que era una delincuente, y aunque me hubiera equivocado en eso, no era una buena persona.

Me dirigí a la cocina y cogí una cerveza. La chapa se desenroscó demasiado fácilmente en mi mano y la mitad de la botella estaba vacía antes de que me diera cuenta.

Todo me recordaba a ella. Todo a mi alrededor se sentía como ella. Se había infiltrado en mi mundo y se había convertido en parte de él. Estaba tan profundamente arraigada que no estaba seguro de poder funcionar sin ella.

Pero lo haría. Solo habíamos estado juntos unas semanas. Había vivido más de treinta y nueve años sin ella. Sobreviviría de nuevo.

Terminé la cerveza y la tiré al reciclaje, deleitándome con el estruendo de la botella contra el fondo. Agarré otra cerveza y dejé que la ira y la traición me llenaran antes de lanzarla contra la pared más lejana.

La botella explotó, esparciendo cerveza y cristales por toda la pared y el suelo. Me quedé allí durante un minuto, jadeando y tratando de decidir si quería beberme las otras dos que tenía en la nevera o romperlas.

—Una de cada —dije absolutamente a nadie.

Quité la chapa de una cerveza y me la bebí de un trago. Cuando se acabó, un leve zumbido se asentó en mi cuerpo. Lancé la otra botella al aire, luego agarré el cuello y la arrojé como un hacha contra la pared.

—Esa pared necesitaba algo de color —dije, saliendo de la cocina. El desastre seguiría ahí mañana.

Fui a mi habitación, me quité la ropa y las sábanas, y llevé todo a la lavandería. Todo entró en la lavadora, eliminando su aroma de mi casa. Nunca más estaría allí, y era hora de borrarla.

Alguien llamó a mi puerta, pero lo ignoré. Los golpes se hicieron más fuertes, seguidos por el zumbido de mi teléfono.

Cerré la lavadora de golpe, la puse en marcha y me fui a la ducha. Puse el agua tan caliente como fue posible y me metí, poniendo la cabeza bajo el chorro para ahogar el sonido de quien fuera que intentaba ponerse en contacto conmigo.

Froté mi cuerpo hasta dejarlo limpio, cerré los ojos y gemí al recordar a Trinity usando mi gel de baño.

No debería haber roto esas dos cervezas. Me pregunté si Hudson me traería una botella de algo. Lo que fuera.

Negué con la cabeza y terminé mi ducha. Me vestí y recorrí mi casa de un lado a otro. Quien fuera que intentaba ponerse en contacto conmigo se dio por vencido, así que todo lo que oía era paz y tranquilidad.

Era todo lo que iba a conseguir, y estaba bien con eso. No necesitaba nada ni a nadie. Nunca más.

APENAS DORMÍ esa noche en mis sábanas crujientes sin Trinity en mi cama. La odiaba por robarme tantas cosas.

Me llamó varias veces durante la noche y me envió mensajes pidiéndome hablar para que pudiera explicarse. No tenía ni idea de cómo iba a explicarlo, pero no importaba. No estaba interesado en escucharlo.

Masterson ya estaba en el trabajo antes que yo. Alzó una ceja cuando entré, pero no dijo ni una palabra. Era nuestro último día juntos, y no había llegado lo suficientemente rápido para mí. Sin compañero, sin novia y sin un lugar para mí. Tal vez Colin me dejaría montar una tienda de campaña en algún lugar de su propiedad y desaparecer durante unas semanas. Tenía vacaciones pendientes. Era un buen momento para largarme de la ciudad.

Antes de que pudiera replanteármelo, envié un correo electrónico al Capitán Reynolds solicitando tres semanas libres, a partir del día siguiente.

—¡Rucker! —gritó casi inmediatamente—. Trae tu trasero aquí.

Bloqueé mi ordenador y me dirigí a su oficina, cerrando la puerta tras de mí y tomando asiento en su silla para visitas.

—¿Tres semanas?

Asentí. —Sí, señor. Tengo ese tiempo ahorrado, otra semana del periodo anterior, y como casi es octubre, pensé que debería usar algo.

—¿Esto tiene algo que ver con que tú y tu novia lo hayáis dejado?

—¿Importa?

Mantuvo mi mirada durante un minuto y luego negó con la cabeza. —Parece que no.

—Entonces, ¿puedo tener el tiempo?

Asintió. —Sí. Pero necesitas trabajar hoy. Es el último día de Masterson contigo.

—Sí, señor —dije, poniéndome de pie—. Gracias.

Volvió a asentir. —No hagas nada estúpido mientras estés fuera.

Solté una risa. —No más estúpido que cuando estoy aquí.

Salí de su oficina y miré con furia a mis compañeros que me miraban. Volví a mi escritorio y me senté un minuto antes de asentir a Masterson y salir con él.

Estábamos de patrulla de nuevo hoy para nuestro último día juntos, pero él conducía. Necesitaba un día sin tener que tomar decisiones o pensar, así que me venía bien.

—¿Qué mosca te ha picado hoy? —preguntó mientras conducíamos por la ciudad.

—Tú.

Resopló. —Me imagino que eso significa problemas con chicas. ¿Por fin se dio cuenta de que no vales la pena?

—Que te jodan —escupí.

Se rió y pensé en usar la pistola eléctrica contra él, pero supuse que no era una gran idea cuando estaba conduciendo. O probablemente en ningún momento, pero era seriamente tentador. Borrar esa expresión petulante de su cara...

Quizás era demasiado tentador.

—Leí parte de la entrevista que hizo tu chica. Es bastante genial —dijo Masterson.

Solté una risa y me concentré en el mundo fuera de la ventana. Era mucho más interesante que cualquier cosa que Masterson quisiera decir.

—También está buena —continuó Masterson—. Si habéis terminado, estoy pensando en invitarla a salir. Podría enseñarme la ciudad, o al menos su casa.

Extendí la mano y le di un puñetazo en el brazo. Fuerte. Quería hacerle más que eso.

El cabrón se rió y se detuvo. Calmadamente apagó el coche y salió. Lo observé mientras caminaba por delante del vehículo y se quedaba en la acera.

—¿Vas a intentar golpearme cuando pueda devolvértelo? —preguntó.

No tuvo que pedírmelo dos veces. Salí del coche lanzando golpes, listo para ensangrentarle la nariz o la cara o alguna otra parte de su cuerpo. No me importaba siempre que mi puño conectara con su cuerpo.

Esquivó mi primer golpe y me atrapó con un puñetazo en el riñón. Me tambaleé, el dolor era agudo y directo. Me enderecé y lo encaré de nuevo. Estaba allí parado como si estuviera esperando a alguien, sin una preocupación en el maldito mundo.

Volví a balancear el puño. Conecté con su hombro, pero él aprovechó y me dio un golpe en el estómago. Me doblé, pero no había terminado. Me erguí de nuevo con un uppercut que lo sorprendió y resultó en un fuerte crujido.

Retrocedió tambaleándose, sujetándose la boca. Pero el imbécil ya no estaba sonriendo, así que me sentía feliz.

Vino hacia mí, derribándome y empujándome contra el lateral del SUV. Mi cabeza golpeó el marco de la puerta y mi espalda se estrelló contra la manilla. Contraataqué, empujándole y golpeando sus costillas lo mejor que pude.

—¿Qué demonios estáis haciendo vosotros dos? —escuché por encima del rugido en mis oídos—. ¡Para, James! ¡Basta ya!

Sus gritos nos separaron, pero seguíamos mirándonos con furia.

—¿Qué os pasa a los dos? Dos policías peleando en la calle en medio de la ciudad no da buena imagen. Ambos deberíais saberlo mejor.

Finalmente la miré y me di cuenta de que era Blake la que nos gritaba. Masterson se había detenido frente a Cracked y ella había salido corriendo para detener nuestra pelea. Las ventanas estaban llenas de comensales disfrutando de su desayuno con el espectáculo que Masterson y yo habíamos montado.

—Lo siento, Blake —dije.

—Voy a llamar a Trinity —respondió, sacando su teléfono—. Ella te hará entrar en razón.

—No lo hagas —dije con firmeza.

Me miró agudamente, entendiendo claramente que mi única palabra significaba exactamente lo que yo quería que significara. Habíamos terminado, y Trinity no necesitaba estar involucrada en nada de lo que yo estuviera haciendo. Nunca más.

Me aparté de Blake y volví al SUV. Masterson siguió mi ejemplo. Bloqueé la vista a través de la ventanilla con mi brazo e hice una mueca por el dolor que se filtraba a través de la niebla de adrenalina. Tres semanas de vacaciones no podían llegar lo suficientemente rápido.

Masterson se puso en marcha y recorrimos las calles en silencio. La tensión irradiaba de él, ambos enfadados y listos para seguir golpeándonos.

—¿Cuál es tu problema conmigo? —preguntó finalmente Masterson.

—No quiero un compañero —gruñí.

Se rió. —¿Y crees que yo quería emparejarme contigo? Es un trabajo. Haces lo que te dicen.

—¿Por qué te mudaste aquí? —exigí.

—Necesitaba un cambio.

—¿Conoces a alguien en la zona?

—¿Qué tiene eso que ver con algo? —preguntó.

—¿Por qué viniste aquí?

—¿Esto es sobre mí o sobre tu novia?

—Te dije que no quiero hablar de ella —gruñí.

—Sí, excepto que decidiste lo mismo sobre ambos. Que no valemos la pena. No cumplimos con tus estándares invisibles de cómo debe ser una persona, así que simplemente nos descartas. ¿Qué demonios te pasa?

—No te metas en esto. Este es nuestro último día juntos. Después de esto, no tendremos que preocuparnos por pasar tiempo juntos o meternos en los asuntos del otro. Simplemente pasemos las próximas horas y sigamos por caminos separados —dije.

Negó con la cabeza y se rió.

No importaba. No lo necesitaba. Ni a nadie más. Se acabó.

Cuando terminó mi turno, fui directamente a casa y preparé una bolsa. Decidí que llamar a Colin era una mala idea porque Elise sabría dónde estaba, y llegaría a oídos de todos los demás. Así que empaqué mi equipo de acampada, reservé un sitio en línea y conduje hasta Cedar Point State Park.

Estaba a punto de apagar mi teléfono, pero dudé un momento. Envié rápidos mensajes a mi madre y a Hudson diciendo que estaría desconectado durante unas semanas y que no se preocuparan. Apagué el teléfono antes de que cualquiera de ellos respondiera y lo dejé en la guantera de mi camioneta. Agarré mi tienda y mochila y monté mi campamento.

La paz y la tranquilidad del bosque fueron bienvenidas durante los primeros días. Nadie sabía dónde estaba y podía pescar, caminar y no pensar en nada. Excepto que no podía dejar de pensar en todo. Y cada vez que lo hacía, me enfadaba más y más.

Bajé la guardia con Trinity, y ella se aprovechó de eso. Se metió en mi vida y me hizo imposible seguir adelante sin ella.

Lo más difícil era que la quería conmigo. Quería que apareciera, me explicara y dijera que lo sentía. Quería verla, abrazarla y amarla.

Pero no podía. No podía confiar en ella si iba a utilizar una oportunidad para destacar su propio negocio. Me dijo que tenía un periodista interesado en hacer un reportaje sobre el evento. Alguien que realmente arrojaría luz sobre la forma en que vivía la gente. Alguien que podría ayudar de una manera en la que nunca me ayudaron a mí.

Nadie organizó un evento así cuando yo vivía allí. Nadie intentó retribuir. A nadie le importaba lo suficiente mi vecindario.

Pero yo no era mejor. Quería creer que lo era porque reuní a un montón de gente y alimenté al vecindario, pero no era así. Me alejé y no miré atrás hasta que alguien de allí se insertó en mi mundo. Los separé y me dije a mí mismo que era mejor. Me negué a visitar a mi propia madre.

Era peor que todos los demás porque sabía cómo era vivir en Oak Hill y aun así fingía que no existían.

Había una parte de mí que quería correr de vuelta a Cala MacKellar, pero nada había cambiado. No realmente. No importaba que yo no fuera mejor, seguía sin poder confiar en ella. Y definitivamente no podía confiar en mí mismo cerca de ella.

Fui a una larga caminata y volví a mi campamento cuando el sol se ponía. Me acomodé en mi silla y observé cómo parpadeaba el fuego que había encendido. Asé salchichas y abrí una lata de espaguetis, deseando estar con Trinity.

Cuando terminé mi cena, fui a mi camioneta y cogí mi teléfono. Lo encendí e ignoré todos los mensajes perdidos para buscar el artículo.

Comunidad local se une

Leí detenidamente el artículo, devorando todo lo que escribió el periodista. Hudson me dio crédito por la idea y por querer reunir a todos. Ramsey mencionó una parte desatendida de la ciudad llena de personas que tenían grandes ideas pero no tenían la oportunidad de convertirlas en realidad y cómo quería ayudar a que eso sucediera. Colin dijo que no sabía que existía el vecindario hasta el evento y que esperaba invitar a la gente a su granja para explorar el bosque y disfrutar del aire fresco.

Y luego estaba Trinity. Quien dijo que nada de esto hubiera sucedido sin el apoyo de mi madre para reunir al vecindario y mi liderazgo para hacerlo realidad. Se entusiasmó con lo mucho que estábamos devolviendo y lo bien que se sentía hacer algo. El periodista le preguntó sobre su trabajo en el centro comunitario y ella dijo que recibía tanto de trabajar con los niños como ellos de aprender una nueva habilidad. Habló sobre mudarse a Cala MacKellar hace un año y no estar segura de que fuera la decisión correcta para ella, pero saber después del evento que era un pueblo del que estaba orgullosa de formar parte, y uno al que esperaba poder ayudar más en el futuro.

—Maldita sea —murmuré cuando terminé el artículo. Todo lo que dijo fue positivo y bueno. Hizo que Oak Hill sonara como un lugar donde sería feliz viviendo. Me hizo querer vivir allí.

Pero sobre todo me hizo desear haberme detenido en lugar de sacar conclusiones precipitadas sobre ella. Otra vez.

Miré alrededor del campamento y supe que no podía quedarme allí. Tenía que hablar con Trinity. Tenía que disculparme. Tenía que decirle que estaba equivocado, de nuevo, y pedirle que me perdonara.

Solo esperaba que no fuera demasiado tarde. Ya había desperdiciado demasiado tiempo enfadado con ella por lo que resultó ser nada.

Preparé mi camioneta y estaba a punto de irme cuando pensé en llamarla. No me gustaba la idea de hablar y conducir, pero tampoco quería esperar treinta minutos hasta llegar a Cala MacKellar.

Su teléfono sonó y sonó, pero no contestó. Me dije a mí mismo que simplemente no lo había oído y revisé mis mensajes. El primero era de mi madre preguntando qué me había pasado en la fiesta y si estaba bien. El siguiente era de Trinity, llorando y preguntando dónde estaba. Eso dolió. Tenía uno de Masterson disculpándose por la pelea. Y el último era de Hudson, diciéndome que necesitaba ir a O'Kelley's si todavía tenía dos neuronas para pensar.

24

TRINITY

$\mathcal{M}$e senté sola en una mesa en la esquina, observando cómo existía el mundo a mi alrededor. No quería participar. Participar fue lo que me llevó hasta allí. Participar fue lo que me hizo pensar que las cosas iban bien. Era una tonta.

Había pasado casi una semana desde la fiesta, y no había tenido noticias de James. El rumor era que se había marchado. No sabía adónde había ido, pero se había ido. Expulsado de su propio pueblo por mi culpa.

Nadie decía esa última parte en voz alta, pero las miradas que recibía me indicaban que eso era lo que todos pensaban. Todo era culpa mía.

Así que me escondía en la esquina y bebía. Me sentaba allí y fingía ser parte de algo a lo que ya no pertenecía porque solo tenía una opción. Tenía que mudarme.

Por fin lo había conseguido. El agente James Rucker finalmente me había echado del pueblo. Y no porque fuera horrible y cruel, sino porque él pensaba que yo lo era.

Todavía no sabía qué había hecho que le molestara tanto. Intenté revivir todo el asunto en mi mente, pero estaba perdida. Sin embargo, no importaba. Para cuando él regresara al pueblo, yo ya me habría ido.

Alguien se acercó y escondí la mirada tras mi vaso, esperando que pasara de largo sin hablarme. Había ocurrido lo suficiente como para estar segura de que volvería a pasar, pero no tuve tanta suerte. Piper ocupó el asiento frente a mí y esperó hasta que dejé mi vaso sobre la mesa.

—No puedes seguir haciéndote esto —dijo Piper con firmeza—. Ningún hombre merece esta autodestrucción.

—Le destruí. Me lo merezco. Nunca debí involucrarme con él. En este pueblo le adoran, y yo soy la paria.

—Nadie piensa eso —dijo Piper suavemente.

La miré con dureza, pero ella ni se inmutó.

—¿Crees que vas a asustarme? Porque llevo trabajando aquí el tiempo suficiente como para haber enfrentado todas las versiones de lo terrorífico. Y lo siento, Trinity, pero tú no eres ninguna de ellas. He llamado a Karissa y a Finley. Vienen de camino para recogerte.

—No —dije, negando con la cabeza. Gemí. Me dolía—. Ojalá no hubieras hecho eso.

—¿Por qué? Son tus amigas, y necesitas amigas ahora mismo.

—No, no las necesito. Necesito disfrutar de mi última noche en el pueblo para poder aferrarme a los recuerdos cuando me haya ido.

—¿Última noche? ¿De qué estás hablando?

—Estoy hablando de mudarme. Supongo que esto es un adiós, Piper. Ha sido un placer conocerte, pero me voy mañana. Mis maletas están hechas y estoy lista para irme. Como la canción. Excepto que me iré en mi coche, no en un avión a reacción. —Solté un bufido ante mi propio chiste.

—No puedes irte —dijo Piper, con pánico en su voz—. No puedes. ¿Por qué te irías?

—Porque este es su pueblo. Él es quien debería quedárselo. Le eché, pero me habré ido cuando regrese para que pueda quedarse. Necesito irme. —Me levanté de mi asiento y la habitación se balanceó. No, era solo yo.

Tropecé hacia la puerta principal y puse la mano en el marco para ayudarme a abrirla. El aire frío de la noche me golpeó, pero la sensación era mejor que todo lo demás que estaba sintiendo.

Llegué a casa lentamente, agradecida de que la acera estuviera bien iluminada. Ja, igual que yo. Miré mi coche, aparcado en el mismo lugar que usé aquel primer día que me mudé al pueblo. Qué apropiado que empezara y terminara mi vida en Cala MacKellar en el mismo sitio. Un coche aparcado lleno de mi vida. Qué triste.

Las escaleras fueron mucho más difíciles que la acera, pero sabía que si no me daba prisa, me encontraría con Karissa y Finley, así que seguí moviéndome. Llegué a mi planta sin ver a ninguna de las dos y entré sola.

Estaba a salvo. Podía esconderme aquí y fingir que no estaba en casa y nadie me molestaría. Y por la mañana, podría desaparecer y nunca sabrían adónde había ido. Ninguna de ellas tenía el número de teléfono de mi madre, ni sabía dónde vivían ella y la abuela, así que podía simplemente irme, esconderme y esperar que sus vidas fueran mejores sin mí.

No, no era esperanza. Lo serían. Sabía que lo serían.

Especialmente la de James.

Me dejé caer en el sofá y quería llorar, pero todavía tenía algunas cosas que empacar. Miré alrededor de mi casa vacía y suspiré. Fue un sueño divertido por un tiempo.

Debí quedarme dormida porque me desperté con alguien aporreando mi puerta. Lo ignoré, fingiendo que no estaba en casa, pero la persona era implacable. Mis vecinos empezaron a gritar para que la persona parara, y supe que tenía que dejar entrar a Karissa y Finley.

Abrí la puerta sin mirar por la mirilla e inmediatamente intenté cerrarla al verles. No eran solo Karissa y Finley, James también estaba allí.

—Déjame entrar —exigió.

—No —grité, intentando cerrar la puerta. Su pie estaba en medio, pero no estaba por encima de aplastárselo para que lo quitara.

—Maldita sea, Trinity, déjame entrar.

Negué con la cabeza y luché por contener las lágrimas. —Por favor, vete. Siento no haberme ido ya. Me marcho por la mañana para que nunca tengas que verme de nuevo. No sabía que volverías esta noche. Lo siento, James. Lo siento mucho.

Toda la lucha se desvaneció de mí, y me hundí en un charco en el suelo. Él empujó mi puerta para abrirla y comenzó a dar órdenes a Karissa y Finley.

—Traedla una toalla. Necesita agua, o café. Y desempaquetad su maldito coche —dijo.

Negué con la cabeza. —No, no lo hagáis. Por favor, dejadme en paz. Me voy. No voy a obligarte a renunciar a tu pueblo. Todo esto es culpa mía, y voy a arreglarlo por ti.

—No vas a ir a ninguna parte —gruñó—. No sin mí. Si quieres irte, nos iremos juntos, pero te encanta estar aquí. Y yo te quiero, así que no voy a ir a ningún sitio.

Solté un sollozo ahogado y me reí. —No es una broma graciosa. Eso de que me quieres. Es simplemente cruel. Sé que te hice daño, pero no esperaba que fueras malo. No puedo conducir esta noche porque he estado bebiendo, pero me habré ido en menos de doce horas. Solo vete, James.

Me puse de pie y me alejé. Mi cuerpo quería derrumbarse, pero necesitaba poner distancia entre nosotros.

La puerta se cerró silenciosamente detrás de mí, y me derrumbé en el sofá. Sola otra vez. A salvo.

Las lágrimas llegaron y esta vez no pude detenerlas. Un sollozo desgarró mi pecho y me hundí en el lateral del sofá.

Entonces él me levantó sobre su regazo y me abrazó. Al principio luché contra él, pero no me soltó. Susurró: "Te quiero", una y otra vez en mi oído mientras me sostenía y me dejaba llorar sobre él.

A medida que mis sollozos se calmaban y mis lágrimas se secaban, James me abrazó con más fuerza. No dejó de hablarme, diciéndome que me quería y que lo sentía. Quería decir algo, pero no estaba segura de qué decir.

—¿Estás bien? —preguntó finalmente.

Negué con la cabeza. —Siento haberte hecho daño. No era mi intención. Y me voy mañana. No sé por qué estás aquí, pero no voy a obligarte a mudarte.

—¿No has oído lo que he dicho? Te quiero, Trinity. Eso no era una frase hecha, ni una broma. Te quiero. Quiero estar contigo. Te quiero en mi vida, para siempre si estás dispuesta. Puedes mudarte de aquí, pero si lo haces, te mudarás conmigo. No te irás del pueblo sin mí. Así que, dondequiera que quieras ir, cuenta conmigo. Porque te quiero.

Negué con la cabeza otra vez. —Estabas tan enfadado conmigo. Y te fuiste.

Me apartó el pelo de la cara y tomó aire. —Lo sé. Y no debería haberlo hecho. Cuando te escuché con la reportera, parecía que estabas promocionando tu negocio. Que conseguiste que alguien hiciera un reportaje sobre la fiesta y luego lo usaste para tu beneficio y ayudarte a ti misma.

Negué con la cabeza, pero él apretó mi muslo.

—Ahora sé que no es lo que hiciste. Saqué conclusiones precipitadas. Otra vez. Pero te conozco. He visto quién eres. No dejo entrar a la gente. Y caí rendido por ti. Te quería, y me asustó muchísimo, así que vi lo que quería ver y creí lo que quería creer.

—¿Cómo sé que esto no va a volver a pasar? ¿Que no vas a alejarme de nuevo porque te asustas?

Negó con la cabeza. —No lo sabes. Yo tampoco lo sé. Quererte es lo más frustrante, irritante, asombroso y maravilloso que me ha pasado jamás. No puedo imaginar mi vida sin ti. Hudson me envió un mensaje de que necesitaba volver aquí, y cuando me dijo que le habías dicho a Piper que te ibas del pueblo, sentí como si me hubieran destripado. No quiero ni siquiera pensar en mi vida sin ti, Trinity. Y sé que voy a meter la pata, mucho, pero te quiero ahí llamándome la atención por ello.

—Si esto va a funcionar, no puedes huir. Necesito saber qué pasa por tu cabeza.

—Entendido —dijo.

—Si necesitas espacio, está bien, pero no puedes desaparecer. No lo llevo bien.

—Lo siento por eso.

—Y si digo algo que te enfada, necesito que me lo digas.

—Entendido —dijo. Entonces se inclinó y me besó el cuello.

—Tienes que estar dispuesto a hablar conmigo en lugar de con todos los demás.

—Absolutamente. —Me lamió la garganta.

—Y confiar en mí.

—Siempre. —Me mordisqueó la mandíbula.

—Y quererme.

—Ya lo hago. —Succionó el punto de pulso detrás de mi oreja.

—Y dejarme quererte.

Sonrió contra mi piel. —Me encantaría que eso ocurriera.

—Ya lo hago —admití.

—Gracias a Dios —respiró—. ¿Puedo llevarte ya a la cama? He echado de menos abrazarte.

—¿Eso es todo lo que has echado de menos?

Negó con la cabeza. —He echado de menos todo de ti. Me odiaba por ello cuando quería odiarte, pero te quiero demasiado para odiarte.

—Supongo que eso es bueno, ¿no?

Se rio. —Solo intento hacer lo que me pediste y hablar contigo y confiar en ti. Te quiero, Trinity.

—Te quiero, James.

Él gimió. —Te ha costado bastante decirlo.

Me reí. —En realidad lo dije hace unas semanas, pero estabas dormido y no me oíste.

Negó con la cabeza. —Me he perdido mucho. Nunca más. Ahora es hora de ir a la cama.

Chillé cuando se puso de pie, me cogió y me llevó a mi habitación. Como si estuviéramos destinados a estar juntos.

Me desperté a la mañana siguiente con dolor de cabeza y un vago recuerdo de la noche anterior. Todo parecía un sueño, pero cuando intenté moverme, un bulto del tamaño de James me mantenía en mi sitio.

Sonreí contra mi almohada y me di cuenta de que si él estaba allí, entonces todo lo demás también había ocurrido. Gritar a Piper, Karissa y Finley. Les debía disculpas a todas.

James se movió detrás de mí y me acercó más a él. Me besó el hombro y se acurrucó contra mi cuello. —La mejor manera de despertar.

Me aferré a su mano y disfruté de la sensación de su cuerpo contra el mío. —No fui muy amable con todo el mundo ayer.

Tomó aire y me besó el cuello. —Lo entenderán. Yo tampoco lo he sido. Durante la última semana.

—Solo espero que me perdonen —dije en voz baja. Si no lo hacían, no estaba segura de qué iba a hacer. Mis amigas

eran personas increíbles, pero no me debían nada. Especialmente cuando me había comportado de forma tan
desagradable.

—Estoy seguro de que lo harán. Levantémonos y vayamos
a verlas para que te sientas mejor.

Asentí, agradecida de que entendiera lo importantes que
eran mis amistades para mí.

Nos duchamos, nos vestimos y desayunamos. Nuestra
primera parada fue en casa de Karissa y Finley, aunque
estaba segura de que Finley no estaría allí.

Karissa abrió la puerta justo después de que llamara.
James me preguntó si quería que me acompañara, pero necesitaba disculparme yo sola.

—Voy a cerrar esta puerta otra vez si estás aquí para decir
adiós. No voy a escucharte —dijo Karissa.

—Estoy aquí para disculparme.

—¿Por qué?

—Por ser una imbécil ayer.

Karissa resopló y negó con la cabeza. —Oh, por favor. Yo
he sido mucho peor que eso. Estabas borracha y dolida. Pero
realmente pensé que él iba a arreglar todo. Lo siento, Trinity.

Negué con la cabeza y sonreí. —Lo hizo, pero te debía
una disculpa.

—Espera, ¿tú y James estáis bien? ¿No te vas y estáis
juntos?

Asentí, incapaz de evitar que mi sonrisa se ampliara.

—Vaya, deberías haber empezado por ahí. Cuéntamelo
todo.

Le conté sobre la conversación que James y yo tuvimos y
cómo se quedó a pasar la noche. Estaba encantada por mí y
no estaba enfadada en absoluto. Me hizo sentir mejor cuando
salí y me dirigí a Novios Literarios Ilimitados para hablar
con Finley.

Ella estaba detrás del mostrador hablando con una clienta

cuando entré. Miró con una sonrisa, pero vaciló cuando vio que era yo. Iba a ser más difícil de convencer.

Una vez que su clienta se fue, me acerqué al mostrador. —¿Tienes algo sobre una mujer que es una amiga horrible con las personas que se preocuparon por ella durante más de un año y lo tira todo por un hombre?

—Estamos en una librería de novela romántica. Tengo muchos de esos.

—¿Cómo termina al final?

—Las amigas la perdonan, porque eso es lo que hacen las amigas, y ella se queda con el chico, porque el romance está hecho para finales felices.

—Bueno, uno de dos no está mal —dije.

—Oh, Trinity, siento que las cosas con James no funcionaran.

Negué con la cabeza. —No, ese es el que funcionó. Estaba hablando de nosotras. Lo siento mucho por lo que dije e hice anoche. No estaba siendo justa.

Finley se rio. —Estabas sufriendo y estabas desahogándote. He estado ahí. Apesta tener el corazón roto. Pero, ¿has dicho que las cosas están bien?

Asentí.

—Vaya. Bien por vosotros. Me alegro por los dos. Ambos os lo merecéis.

—Gracias. Tú también.

Resopló. —Encontraré mi final feliz algún día.

Una clienta entró, así que charlamos un minuto más y luego fui a buscar a Piper. No estaba en O'Kelley's, pero le di las gracias a Hudson por llamar a James. Estuvo tan brusco como siempre y dijo que se alegraba de que las cosas hubieran salido bien.

Encontré a Piper en un banco del paseo del río de camino a casa. Estaba mirando el agua otra vez, con el aspecto que yo tenía la noche anterior.

—Hola —dije, sentándome a su lado.

—Trinity. ¿Sigues aquí?

Asentí. —Resulta que me voy a quedar un tiempo. Y tengo que agradecértelo.

Negó con la cabeza. —No hice nada.

—Sí lo hiciste. Llamaste a Finley y Karissa, y le dijiste a Hudson, que le dijo a James, que me iba. Esperaba que me detuviera, pero nunca imaginé que realmente lo haría.

Sonrió. —Me alegro de que todo haya salido bien.

—Yo también. Pero siento cómo te traté ayer. No merecías que te gritara o te hablara como lo hice. Lo siento.

Piper se rio. —Oh, por favor. Eso es lo de menos. La mayoría de la gente es mucho peor cuando ha estado bebiendo.

Me reí con ella. —Lo siento por eso también.

Negó con la cabeza. —Está bien. Me encanta mi trabajo. Hablar con la gente y conocer gente nueva. Es el mejor trabajo del mundo.

—Bueno, me alegro de no haberte espantado.

Resopló. —No va a pasar.

—Oye, ¿estás bien?

Asintió. —Estoy bien. Solo disfrutando del sol. Y has traído un poco más al saber que las cosas están bien entre tú y James ahora.

—Gracias.

Sonrió. —Quizás un día todas encontremos hombres como James para nosotras.

Asentí. —Lo harás. Estoy segura.

Se rio. —¿Noche de chicas el domingo? Hudson cambió mi horario para que pueda estar allí, si te parece bien.

—Por supuesto. Eso es genial.

Asintió. —Pensé lo mismo. ¿Crees que estaría bien si trajera a una amiga? Es genial.

—Absolutamente. No tienes que preguntar. No somos un club secreto ni nada.

—No, pero es en la tienda de Finley después de cerrar, así que no estaba segura si ella era cuidadosa con quién entra. Si no está bien, se lo diré a mi amiga.

Negué con la cabeza. —No. Finley nunca ha dicho nada sobre eso. Estoy segura de que está bien. Nos vemos entonces. A las dos.

Piper asintió. —Suena bien. Es hora de mi turno, pero me alegro de que las cosas estén bien con James.

Sonreí. —Yo también.

Caminé el resto del camino a casa y me sorprendió encontrar a James en mi apartamento. Se fue cuando yo lo hice y dijo que iba a su casa a dejar sus cosas. No sabía que iba a volver. Ni cómo entró.

—¿Un poco de allanamiento por parte del policía? —pregunté.

Se encogió de hombros. —No exactamente. Convencí a Richie para que me dejara entrar.

—¿En serio? —pregunté, un poco sorprendida de que mi casero abriera mi apartamento a alguien sin mi aprobación.

James asintió. —Somos amigos. Y sabe que tú y yo estamos enamorados. Pero me dijo que debería usar mi propia llave la próxima vez.

—¿Te dio una llave?

James negó con la cabeza. —No, pero espero que tú lo hagas. Yo tengo una para ti.

—Esto se siente muy doméstico —dije mientras él me rodeaba con sus brazos.

—Se siente correcto —dijo.

Asentí. —Nunca lo esperé, pero sí, definitivamente lo es.

—Te quiero, Trinity.

—Te quiero, James.

EPÍLOGO

PIPER

—¡*P*iper, ven a sentarte! —gritó Blake por encima del ruido de la multitud.

Me giré y le sonreí. Era una locura. Debería haber sido mi noche libre, pero me sentía mal dejando a Hudson sin ayuda extra. Levanté un dedo para que Blake esperara y fui en busca de Hudson.

Él estaba detrás de la barra como siempre, sirviendo bebidas tan rápido como podía. Tony, el otro camarero, estaba justo a su lado, haciendo lo mismo.

Me abrí paso hasta el frente de la cola y pregunté:

—¿Quieres que te ayude?

Hudson levantó la mirada lo suficiente para ver quién le hablaba y negó con la cabeza.

—Estaremos bien.

Un estrépito detrás de él nos hizo mirar hacia donde Nikki, la nueva camarera, estaba parada sobre un desastre. Platos y vasos estaban hechos añicos en el suelo con comida y bebidas fluyendo alrededor de sus pies. La bandeja que supongo que alguna vez sostuvo con toda la comida estaba encima del desastre.

Hudson agachó la cabeza y gimió.

—Yo lo limpiaré —le dije—. Tú despide a Nikki.

Él asintió y se alejó de la barra. Para cuando llegué al final, él estaba llevando a Nikki a su oficina. Su labio inferior temblaba. Sabía lo que venía.

Cogí la bandeja de la parte superior del montón y la apoyé contra el armario. El trapo de la barra estaba cerca, pero con los fragmentos de vidrio y cerámica en el suelo, sabía que no era buena idea. Fui a la parte trasera y cogí la escoba y el recogedor industrial y me puse a trabajar.

Para cuando Hudson regresó, sin Nikki, ya había echado la mayor parte del desastre a la basura. También le había dicho a Steven que se diera prisa en rehacer la comida y que me avisara cuando estuviera lista y dónde debía llevarla.

—Eres una salvavidas —dijo Hudson mientras me ayudaba a limpiar el resto del desastre—. Se supone que deberías estar libre esta noche. ¿Qué haces aquí?

—Supongo que ahora formo parte del grupo —señalé con la cabeza hacia todos ellos. Hudson era amigo de todos, por eso siempre bebían en O'Kelley's, pero mi incorporación era reciente. Y frágil en mi mente.

—Siempre lo has sido —dijo Hudson con una mirada extraña—. ¿Pensabas que no?

Me encogí de hombros.

—Realmente no conozco bien a la mayoría.

Resopló.

—¿Te das cuenta de que eso funciona en ambas direcciones, verdad? No puedes conocer a la gente si no intentas hablar con ellos. Ábrete un poco.

—Simplemente soy una persona reservada. Hablo, pero es raro hablar demasiado. Hacer amigos como adulto no es fácil.

—Eres amiga mía —argumentó Hudson.

—Eres como un hermano. Molesto y raro.

—Claramente no has tenido una conversación con ninguno de los chicos de allí. Eso podría describir a todos.

Me reí.

—¿Hay otra razón por la que no quieras pasar el rato con ellos? ¿Pasó algo?

Negué con la cabeza.

—No, por supuesto que no. Te lo habría dicho.

—¿Me lo prometes?

Asentí.

—Absolutamente. Solo me cuesta conocer a gente nueva, especialmente cuando todos tienen historia.

—Entonces trae tu propia armadura. Invita a Sofía a ir contigo.

Asentí. Me conocía demasiado bien.

—Vino el fin de semana pasado a la noche de chicas.

—¿Y?

Suspiré profundamente.

—Fue bien.

—¿Dónde está esta noche?

—No necesito que haga todo conmigo —dije.

Me miró como si estuviera loca.

—No quieres ir allí sin apoyo, pero cuando te pregunto por tu apoyo, actúas como si yo fuera ridículo. Solo ve a sentarte.

—Pero necesitas ayuda.

Hudson miró alrededor del bar donde las cosas se habían calmado. Los otros camareros ya habían entregado la comida que Nikki había tirado, y todo lo demás. Tony tenía todas las bebidas servidas. Casi había silencio.

—Vamos —dijo Hudson—. Iré contigo.

Me reí de él y asentí. Realmente era como un hermano. Y me conocía bien.

Hudson llevó una jarra de cerveza a la mesa y la colocó en el centro antes de girar una silla y sentarse en ella. Señaló la silla del otro lado, entre Blake y James. Le sonreí y puse los ojos en blanco, pero tomé el asiento.

—¡Piper, por fin te uniste a nosotros! —dijo Finley—. Nos preguntábamos si alguna vez te dejaría tomar un descanso.

Hudson negó con la cabeza.

—Ni siquiera se suponía que estuviera trabajando esta noche. Estaba tratando de ayudar porque tuve que despedir a Nikki.

—Vaya, siento oír eso. Parecía agradable —dijo Trinity. Se apoyó contra James, con su brazo alrededor de sus hombros. Él le susurró algo al oído que la hizo levantar la cabeza para sonreírle.

Yo quería algo así. Un hombre que me susurrara al oído y me hiciera sonreír. Alguien que admitiera cuando estaba equivocado y me suplicara que lo aceptara de nuevo. Oh, demonios, simplemente alguien que me mantuviera caliente por la noche durante el largo invierno de Cala MacKellar estaría bien.

—Era agradable —dijo Hudson—. Pero era un desastre sirviendo comida y bebidas. Odio despedir a gente.

—Parte del trabajo —dijo Ramsey.

—La peor parte. Pero esa es una salvavidas —Hudson inclinó la cabeza hacia mí—. No podría hacer ni la mitad de este trabajo si no fuera por ella.

—Vosotros dos deberíais salir juntos —dijo Finley.

Hudson y yo cruzamos miradas y estallamos en carcajadas.

—Es como un hermano para mí. En serio. Nunca ha habido momentos cargados de tensión sexual o miradas prolongadas. Además, prefiero a los hombres que me hacen reír. Este es demasiado rígido.

—A algunas mujeres les gusta eso —bromeó Ian.

Puse los ojos en blanco.

—Me gusta ese tipo de rigidez, pero él no se relaja.

—Cierto —asintió Hudson—. Y simplemente no estoy listo para salir con nadie. Esta es genial, pero es como si vosotros dos salierais juntos —señaló a Finley e Ian.

Los hermanos se miraron con el ceño fruncido y se estremecieron.

Me reí.

—Creo que encontrar a la persona adecuada requiere un poco de suerte y el momento adecuado. Y a algunos nos lleva más tiempo que a otros encontrar esa combinación.

—Y hasta que lo hagamos, es muy divertido explorar las posibilidades —dijo Finley con una sonrisa burlona—. Como ese chico en la mesa al otro lado de la barra. Te está mirando seriamente, Piper.

Me giré hacia donde señalaba y vi a un chico guapo mirándome. Levantó su vaso. Le sonreí. Me resultaba familiar, pero no era alguien que conociera. Sin embargo, definitivamente había estado aquí antes.

—Deberías ir a hablar con él —dijo Trinity—. Ver si el momento y la suerte son adecuados.

Miré alrededor de la mesa a todos ellos observándome.

—No puedo ir a hablar con él con todos vosotros mirándome fijamente.

—Bueno, necesito volver al trabajo —dijo Hudson y se levantó.

—No estamos prestando atención —insistió Finley—. Pero él todavía te está mirando. Ve a hablar con él.

Resoplé y me levanté. Era realmente guapo. Añadí un poco de contoneo a mis anchas caderas mientras caminaba a través del bar hacia donde estaba sentado. Estaba solo en una mesa para tres o cuatro, pero el bar estaba lleno.

Sonreí mientras me acercaba, y él me devolvió la sonrisa.

—Hola —dije cuando estuve más cerca.

—Hola, gracias. No estaba seguro de cuánto duraba tu descanso. Esperaba que vinieras cuando terminaras. No quiero perder la mesa, pero necesito que me rellenen el vaso. Jack con Coca-Cola.

Me entregó su vaso, y me quedé allí de pie.

—No sé quién es mi camarera. Creo que se fue. Rubia oscura, camisa negra. No puedo recordar su nombre, pero hace tiempo que no viene por aquí. ¿Puedes traerme la bebida o necesito esperar por ella?

Sonreí.

—Lo traeré. No hay problema.

Rellené su bebida y la dejé en la mesa con un fuerte golpe. Me di la vuelta para alejarme y él dijo:

—¿Puedo darte mi pedido? He quedado con alguien aquí, y quería pedir algo de comida y una bebida para ella antes de que llegue.

Me volví hacia él y esbocé una gran sonrisa forzada.

—En realidad, no. No puedo tomar tu pedido. Estoy libre esta noche. Esos son mis amigos allí, y estaba tratando de disfrutar de mi noche. Puedes llamar a alguien más y que tome tu pedido, o puedes ir a la barra.

—Pero no quiero perder la mesa.

Me encogí de hombros.

—Lo siento, no puedo ayudarte.

Me alejé poniendo los ojos en blanco y con paso enfadado. Por eso no había tenido una cita en mucho tiempo. Porque no podía leer a un hombre ni aunque mi vida dependiera de ello.

—¿Qué pasó? —preguntó Trinity cuando me senté. Parecía tan feliz que casi me sentí mal por admitirlo.

—Pensó que estaba trabajando. Quería que le rellenara el vaso.

—¿En serio? —preguntó Finley—. Eso fue mucho contacto visual para un simple relleno.

—Ha quedado con alguien. Antes de irme, quería que le consiguiera comida y una bebida para ella también.

Finley estalló en carcajadas.

—Tú y yo debemos permanecer unidas, Piper. Eso es totalmente algo que me pasaría a mí. Los hombres son estúpidos.

—¡Eh! —dijeron los chicos en la mesa.

—Y solo son buenos para una cosa —añadió Karissa.

—¡Eh!

—Y hay juguetes que ayudan con eso —se rio Laura.

—Oh, vaya.

—Quédate con nosotras, Piper. Los hombres como ese tipo no valen la pena —dijo Finley.

—Mala suerte —dijo Laura.

—Pésimo momento —añadió Karissa.

—Pero estamos bien. Estar soltera no es el fin del mundo. Creo que es bastante genial. Y ese bombón de allí me está llamando —dijo Finley—. ¡No me esperéis despiertas!

Se bajó del taburete y caminó hacia el chico. La observé mientras se inclinaba hacia él y coqueteaba. No pasó mucho tiempo antes de que caminaran hacia atrás, ya fuera hacia la parte trasera de O'Kelley's o a los baños, pero estaba claro que el intento de flirteo de Finley había sido mucho más exitoso que el mío.

—Vaya —suspiré.

—Sí, Fin no tiene miedo. Tal vez deberías quedarte con ella porque Laura y yo estamos bastante fuera de suerte cuando se trata de hombres —dijo Karissa.

—Creo que encajo mejor con vosotras dos —dije—. Quizás ella pueda enseñarnos a todas a coquetear.

Karissa se rio.

—Ganaría un millón si diera clases de coqueteo.

—Yo lo pagaría —dijo Laura.

Me reí con Karissa. Pero coquetear era solo la mitad de mi problema. Incluso si pudiera hacer que se interesaran en algo más que las bebidas que servía, mis instintos sobre los hombres eran peores que horribles. Era más fácil simplemente no arriesgarse. Y dolía mucho menos.

GRACIAS POR LEER la historia de James y Trinity. Siempre me encantan los libros de enemigos a amantes y ver cómo las cosas cambian para dos personas que piensan que el otro personaje es el último con quien deberían estar. Espero que hayáis disfrutado de los altibajos por los que nos hicieron pasar, y se hicieron pasar el uno al otro.

El siguiente libro de la serie es el de Piper y Gavin. Gavin no tiene intención de quedarse en el pueblo una vez que la posada de su tía esté lista para venderse, pero Piper llama su atención. Ella no ha confiado en sus instintos desde que perdió a su novio y su trabajo al mismo tiempo. Pero cuando Gavin invita a Piper a una cena familiar y le dice a su tía que están saliendo, ella le sigue el juego. Al final de la noche, sus besos se sienten demasiado reales, y Piper no está segura de qué es real y qué es parte del juego que están jugando. ¡Consigue *Su Regalo Curvilíneo* hoy mismo!

¿TE ENCANTARON TRINITY Y JAMES? ¡Se van a vivir juntos! ¡Los suscriptores pueden unirse a la diversión! ¡Suscríbete ahora!

ACERCA DEL AUTOR

USA TODAY La autora superventas Mary E Thompson pasó la mayor parte de su infancia deseando tener algunas curvas menos. Se escondía entre las páginas de los libros porque a sus personajes favoritos nunca les importaba qué talla de ropa usaba. Ahora, a Mary tampoco le importa, y escribe historias que celebran a mujeres como ella. Mujeres reales que tienen curvas, persiguen sueños y encuentran el amor, porque todas merecemos ser felices, sin importar nuestra talla.

Mary pasa su tiempo fuera de la escritura con su esposo y sus dos hijos, viendo demasiada televisión, animando a su equipo local de fútbol americano (¡Vamos Bills!) y escondiendo chocolate de su familia.

Suscríbete ahora al boletín de Mary. ¡Los suscriptores reciben libros electrónicos gratuitos y otras cosas divertidas, como contenido exclusivo solo para miembros y sorteos, además de ser los primeros en conocer los nuevos lanzamientos y ofertas!